Klaus G. Förg

Hinter rotem Stacheldraht

Klaus G. Förg

Hinter rotem Stacheldraht

Ein Kriegsgefangener erzählt von seinem Schicksal

Der Bericht des Josef Sedlmeier

Edition Förg

Umschlagfoto vorne:
Am 19. Mai 1948 wurde der 500.000. deutsche Kriegsgefangene in der sowjetischen Entlassungsstelle in der Hornkaserne bei Frankfurt/ Oder entlassen.

Umschlagfoto hinten:
Holztransport von Kriegsgefangenen im russischen Lager Panovka, 1948

www.rosenheimer.com

Titelfoto: © vorne: Bundesarchiv, Bild 183-S78938
© hinten: Willy Steinberg, München

Satz: Edition Förg GmbH, Rosenheim
Bildbearbeitung: Fotoweitblick Raphael Lichius, Bad Aibling
Dieter Stragenegg, Oberaudorf
Lektorat: Hans Demberger und Richard Prechtl, Rosenheim
Druck und Bindung: GGP Media GmbH, Pößneck
Printed in Germany

ISBN 978-3-96600-009-3

Inhalt

Meine Jugendjahre in München

Die 1920er-Jahre waren in Südbayern so beschaulich wie vermutlich fast überall im deutschen Reich. Meine Eltern hatten sich eigentlich in einem kleinen oberbayerischen Dorf kennengelernt, aber geboren wurde ich dann doch im Jahre 1921 in München. Für uns Kinder war es eine schöne Zeit, auch wenn wir in einer kleinen Mietwohnung hausten und wenig Geld zur Verfügung hatten. Aber ich kannte ja nichts anderes und war glücklich und zufrieden. Die Vormittagsstunden verbrachte ich mehr oder weniger interessiert in der nahegelegenen Volksschule und am Nachmittag rannte ich mit meinen Schulfreunden in den Straßen herum oder haute mit den Füßen auf etwas Ball-

Ich als Taferlbub

ähnliches. Einen richtigen Fußball konnte sich keiner leisten. Durch Pferdefuhrwerke oder gar Autos wurden wir übrigens beim Spielen selten gestört.

Zum Glück hatten wir in Giesing in der Nähe des Grünwalder Stadions einen Schrebergarten. Zu diesem wanderten meine Eltern zusammen mit mir, meinen drei Brüdern und meiner Schwester Elisabeth am Wochenende und an so manchem Sommerabend. Der Standort für den Schrebergarten war für meinen Vater, der übrigens Postler war, wichtig, denn er war glühender Fan des TSV 1860 und konnte somit die Fußballspiele des Vereins ansehen. Mutter pflegte einstweilen ihr Gemüse im kleinen Gärtchen.

Dann sollte mein älterer Bruder Ludwig Zither spielen lernen. Der Unterricht wurde im Vorhinein bezahlt. Aber Ludwig war ein derartiger Striezi und Umtreiber, dass an Zither spielen nicht zu denken war. Er wollte einfach nicht. Deshalb hat mein Vater bestimmt, dass eben ich Zither spielen lernen soll, damit das Geld für den Unterricht nicht verfällt. Also musste eine Zither gekauft werden. Aber es war wieder mal kein Geld da. Schließlich hat meine Mutter so viel Geld zusammengekratzt, dass es für die Anschaffung einer Zither gereicht hat. Der Unterricht machte mir überraschenderweise Freude, und ich spielte später gerne mit meinem Vater sowie auf der einen oder anderen Berghütte.

Mit Beendigung der Volksschule war das Münchner Lausbubenleben weitgehend aus, der berühmte »Ernst des Lebens« begann mit der Aufnahme einer Tapeziererlehre in einem kleinen Münchner Familienbetrieb. Nach dieser Lehre hatte ich das Gefühl, einen zweiten Beruf erlernen zu müssen, weil mir bewusst wurde, dass Tapezierer keine allzu guten Berufsaussichten hatten. Also lernte ich Polsterer und hatte Glück mit meinem Chef, der ein lieber Kerl war, sodass mir das Arbeiten Freude machte.

Josef Sedlmeier als Sechzehnjähriger

Mittlerweile war der furchtbare Krieg in vollem Gange, viele Soldaten kämpften an verschiedenen Schauplätzen in Europa, es gab unzählige Meldungen von Männern, die ihr Leben verloren hatten. Leid und tiefe Trauer waren plötzlich ganz nah, in unserem direkten Umfeld. Von meinen Brüdern gab es leider keine Nachrichten, nur den

Funken Hoffnung, dass sie noch lebten. Eine große Belastung für meine Eltern. Herzliches und befreites Lachen wurden zur Seltenheit.

Josef Sedlmeier im Winter 1940/41 in Frankreich

Unbeschwerte, später furchtbare Kriegsjahre

Dann brachte der Briefträger ein Schreiben, das an mich gerichtet war. Ein Standardschreiben, in dem mir mitgeteilt wurde, dass ich mich zum Reichsarbeitsdienst einfinden musste. Der Spaten sollte mein ständiger Begleiter werden. Wir schaufelten, was das Zeug hielt. Schützengräben, immer wieder Schützengräben.

Der Reichsarbeitsdienst war ohne Spaten undenkbar.

Und natürlich hatten wir uns mit dem Karabiner zu beschäftigen, reinigen, zerlegen, zusammenbauen, Schießübungen. Der Karabiner war ja die angebliche »Braut« des Soldaten. Meine Braut habe ich mir allerdings ganz anders

Fasching beim Reichsarbeitsdienst

vorgestellt. Aber in meiner Jugendzeit dachte ich logischerweise sowieso nicht ans Heiraten, vielmehr beschäftigte mich die Unsicherheit der nahen Zukunft.

In einem Sonderzug nach Frankreich

Unsere Kompanie im Gelände

Ich möchte an dieser Stelle aber nur wenig von der Zeit im Reichsarbeitsdienst, der relativ kurzen Zeit der Grundausbildung und dem anschließenden Kriegseinsatz sprechen, denn im Nachhinein betrachtet war dies überwiegend eine furchtbare Phase in meinem Leben, die ich immer wieder zu verdrängen versuche, weil wir eigentlich so vielen Menschen Leid zugefügt haben. Unschuldigen Menschen, in deren Land wir eingedrungen sind, ohne dass es einen wirklichen Grund dafür gegeben hat.
Nach der Grundausbildung wurde ich im Jahr 1940 dem gerade neu aufgestellten 306. Infanterie-Regiment zugeteilt. Das bedeutete, dass wir mit einem Sonderzug nach Frankreich in die Normandie gefahren wurden. Die Aufgabenstellung war im Wesentlichen Sicherung der Besatzungszone im Nordwesten des Landes und gleichzeitig Abwehr von eventuellen alliierten Angriffen.
Mit innerer Spannung fuhren wir Richtung Paris. Wir, der wir noch nie aus unserem direkten Umfeld herausgekommen sind. Endlich hinaus in die große, weite Welt. Mit Deutschland ging es offensichtlich steil bergauf. Natürlich

waren wir von dieser Entwicklung zunächst begeistert, und von der Position, die wir plötzlich innehatten. Vom Polstererlehrling bin ich auf einmal »Herr über Frankreich« geworden. So fühlte ich mich wenigstens.

Unser Ziel war Caen, eine schöne Stadt im Département Calvados im Nordwesten von Frankreich. Stationiert waren wir in Verson, einem Dorf, das sieben Kilometer im Westen von Caen lag. Wir patrouillierten in der Stadt, die wir besetzt hatten wie den gesamten Norden Frankreichs.

Flakstellung bei Caen

Vor der Stadt hatten wir im Gelände einige Flakstellungen aufgebaut, um von England herannahende Bomber abzuwehren. Einmal gelang es uns, ein solches Vögelchen vom Himmel zu holen. Da und dort war Widerstand zu verspüren, wir verloren einige Kameraden, die von Partisanen aus dem Hinterhalt erschossen worden sind. Aber ansonsten hatten wir im Wesentlichen ein geruhsames Leben. Die Monate verstrichen wie im Flug, und vom Schicksal vieler Kameraden in Russland erfuhren wir zwar, aber wir verdrängten es. Russland war ja weit weg.

Von einer Flak abgeschossenes Flugzeug

Irgendwann einmal erwischte es mich: Ein Granatsplitter traf mich im Frühjahr 1943 in den Rücken. Keine allzu dramatische Sache. Aber ich musste ins Lazarett. Der Zug brachte mich nach Wiesbaden, wo mir der Splitter entfernt wurde. Die Wochen der Genesung in Wiesbaden waren eigentlich im Rückblick die schönsten für mich während der gesamten Zeit des Krieges. Ruhe, kein Krieg weit und breit, beste Betreuung von den sympathischen Krankenschwestern. Da hätte man sich schon verlieben können.

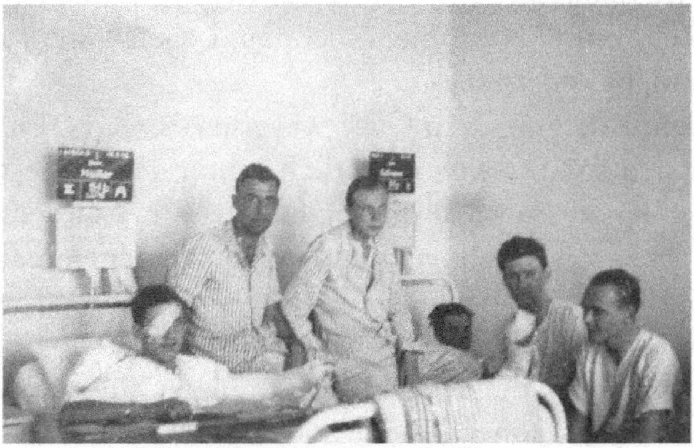

In unserem Lazarett in Wiesbaden

Beste Stimmung im Lazarett in Wiesbaden

Mittlerweile war die Situation in Stalingrad eskaliert, die Einheiten dort erheblich dezimiert, wenn nicht sogar vernichtet. Zur Verstärkung sind deshalb schon vor einigen Monaten Einheiten unserer 306. Infanterie-Division angefordert worden. Bedauerlicherweise wurde ich im Sommer 1943 wieder als einsatzfähig betrachtet und erhielt den Befehl, nach Osten zu meinen Kameraden zu fahren, nach Russland an die Front. Dass viele von ihnen zu diesem Zeitpunkt bereits nicht mehr am Leben waren, konnte ich nicht ahnen.
Mit dem Zug ging es in Güterwaggons ostwärts. Obwohl unser deutsches Reich eigentlich schon durch die vielen Fliegerangriffe fast vollständig kaputt war. Auf dem Weg herrschte großes Tohuwabohu, immer wieder einmal Fliegerangriffe, raus aus dem Zug, in Deckung, dann wieder rein und weiter ging's, Richtung Kaukasus. Dort kamen wir aber nie an, denn die Russen drängten uns mit Macht zurück. Im Kanonendonner und ihm Heulen der Granaten ging es fluchtartig zurück nach Westen. Immer wieder

versuchten wir, die Stellung zu halten, aber die Kampfkraft der Russen war einfach zu groß. Lange, elende Monate vergingen in der grausamen Kälte des russischen Winters, aber auch in der gnadenlosen Hitze eines subtropischen Landes, ohne einigermaßen gute Versorgung, ständigen Angriffen ausgesetzt.

Jedem von uns war nach dem Winter 1944/45 klar, dass das Ende des Krieges gekommen war, dass wir einfach keine Chance mehr hatten. Es ging einfach nur noch ums Überleben und um die Frage, wann wir in Gefangenschaft geraten und vor allem von wem wir gefangen genommen würden. Von den Russen oder den Amerikanern, wobei die Russen gefürchteter waren. Also mussten wir so weit es ging nach Westen gelangen, in ein von den Amerikanern besetztes Gebiet. Denn bei den Russen schwangen noch die grausamen Erlebnisse mit, die sie mit den deutschen Soldaten verbanden. Schließlich sind wir ja in ihr Land eingedrungen, haben viele Menschen erschossen, von Vergewaltigungen war die Rede, von unsäglichem Leid, das wir über ihr Land gebracht haben.

Brennender Panzer

Also versuchten wir, in der Nacht zu marschieren, suchten am Tag Zuflucht in irgendeinem Wald und ernährten uns von irgendetwas, das wir bekommen konnten. Weiter, immer weiter nach Westen, der untergehenden Sonne nach. Wir schafften es tatsächlich, bis in die Tschechoslowakei zu gelangen, in unserer abgerissenen Kleidung, mit Stoppelbärten, dreckig, verschwitzt, verlaust, einfach kaputt, nicht nur körperlich, auch seelisch. Keiner wusste, wie es weiterging. Wir wollten nur noch nach Hause. Der Weg war unendlich lang und führte durch Länder, deren Bewohner uns hassten.

9. Mai 1945

Irgendwann ist es dann so weit. Es musste ja so kommen. Und leider haben wir in diesem Moment Deutschland noch nicht erreicht. Wir stehen, eine lange Kolonne von Fahrzeugen mit Flüchtlingen, Kindern und Soldaten, inmitten der Tschechei und können nicht weiter, weil uns zwei russische Panzer den Weg nicht freigeben. Ab und zu schießen sie über unsere Köpfe hinweg, um uns Angst einzujagen. Ein deutscher Major geht die Wagenkolonne entlang und fordert uns auf, mit Panzerfäusten einen Angriff zu machen, um die Panzer zu beseitigen. Keiner hat Lust, keiner folgt dem Befehl. Die Leute fluchen und schreien. Sie empfehlen dem Major, mal bei den jungen Leutnants zu fragen, die sich den halben Krieg lang auf der Waffenschule herumgedrückt haben.

Eine Frau auf meinem Fahrzeug weint und sagt: »Das sind unsere Soldaten, auf die wir einmal so stolz gewesen sind.« Ich werde rot vor Scham, aber ich bin ja auch nicht besser als die anderen und will nichts mehr riskieren.

Tatsächlich haben sich ein paar Leutnants zusammengefunden, die den Angriff mit Panzerfäusten wagen wollen. Sie gehen nach vorne, aber der Panzer muss etwas gemerkt haben. Er schießt nun mit Kanone und MG, was das Zeug hält. Es dauert auch nicht lange, bis die Offiziere wieder ohne Waffen angelaufen kommen und schon von weitem rufen: »Der Panzer greift an!«

Die vorderen Wagen, auf die der russische Panzer zuerst stoßen muss, versuchen umzukehren, was aber bei der schmalen Straße nicht geht. Rücksichtslos wird vor- und rückwärts gefahren. Es gibt eingestoßene Kühler, verbeulte Kotflügel und Knochenbrüche. Andere versuchen auf der abfallenden Wiese links der Straße umzukehren, aber auch da geht es nicht. Die Wiese ist zu steil, die Fahrzeuge kippen und fangen zum Teil zu brennen an. Es gibt die ersten Toten und Verletzten nach dem Krieg. Alles schreit durcheinander, einer sucht den anderen. Zu guter Letzt bekommen wir aus der Ortschaft von den Tschechen Gewehrfeuer. Jetzt ist alles aus. Jeder sucht noch schnell sein sogenanntes »Fluchtgepäck«, seine Freunde, und ab geht der ganze Haufen zu Fuß nach Westen.

Ich bin mit einem Freund und mit einer Mutter und ihrer Tochter beisammen. Sie haben zwei große und einen kleinen Koffer sowie noch das Bett auf dem Rücken. Wir rennen, was die Beine und vor allem die Lunge hergeben wollen. Die Tschechen hinter uns veranstalten das reinste Hasentreiben. Mit Gejohle wird jeder unserer Toten und Verwundeten von ihnen quittiert. Wir können schon bald nicht mehr und drängen immer mehr nach rechts, vom großen Haufen weg, machen einen weiten Bogen und laufen zum Schluss sogar wieder in östliche Richtung. Ich bin am Ende meiner Kraft, meine Lunge sticht furchtbar.

Die Frauen wollen schon lange aufgeben, aber wir ziehen sie an den Händen mit. In einem Gebüsch legen wir uns nieder und wollen warten, bis die Dunkelheit hereinbricht, um dann die Wanderung wieder aufzunehmen. Ich habe auf dem Weg ein gutes Fernglas gefunden und suche nun mit ihm die Gegend ab. Fast sind wir wieder am Ausgangspunkt unserer Flucht. Ich sehe die Straße, die in den Ort führt. Ein Omnibus kommt noch daher, das rote Kreuz an den Seiten ist deutlich zu sehen. Er wird von Halbwüchsigen zum Halten gebracht. Rund dreißig Rotkreuzschwestern steigen aus. Ich kann die Gedanken der Burschen genau erraten. Aber auch die Gedanken der Schwestern.

Langsam wird es dunkel, deshalb wollen wir aufbrechen und weiter nach Westen wandern. Vielleicht kommen wir durch. Wir sind wieder ganz gut aufgelegt, machen uns gegenseitig Mut und marschieren, uns nach den Sternen richtend, los. Unterwegs stoßen wir noch auf eine Gruppe Soldaten, denen die Flucht zu beschwerlich ist und die sich den Tschechen stellen wollen. Sie fragen uns, ob wir mitmachen wollen. Wir wollen natürlich nicht. Freiwillig nie! Wenn sie uns schnappen, dann haben wir Pech gehabt. Also gehen wir weiter und kommen an einen Bach, suchen eine Brücke, um hinüberzukommen. Die Brücke ist bald gefunden. Aber mit dem Hinüberkommen wird es nichts, weil sie von einem Posten bewacht wird. Zum Glück hat er uns nicht bemerkt. Wir schleichen wieder zurück, bis wir sicher sind, nicht mehr bemerkt zu werden, ziehen unsere Schuhe aus und waten, die Frauen auf dem Rücken, auf die andere Seite. Das Gepäck wird nachgeholt. Es geht immer weiter nach Westen. Wir rechnen uns schon aus, wann wir an der Grenze sind und freuen uns, dass alles so glatt geht.

Bald kommen wir an eine schöne, breite Straße, wie eine Autobahn, die, so glaube ich, Prag mit Brünn verbindet. Ein Auto nach dem anderen fährt an uns, die wir an der Böschung liegen, vorbei. Jetzt warten wir, bis sich eine Lücke zwischen den Fahrzeugen auftut, um schnell über die Straße zu kommen. Aber das dauert lange. Endlich ist es so weit. Ein kleiner Abstand zwischen zwei Fahrzeugen, die mit offenem Licht fahren, wird ausgenutzt, und wir rennen los. Aber das nachfolgende Auto hat uns schon im Scheinwerfer. Es ist schneller da, als wir glauben. Wir hören noch die Bremsen, die »Stoz«-Rufe der abspringenden Soldaten. Wieder rennen wir, als ob es um unser Leben ginge. Als sie uns noch mit ihren Maschinenpistolen nachschießen, werfen die Frauen das ganze Gepäck weg, um besser laufen zu können. Nur der kleine Koffer mit den Papieren ist ihnen geblieben. Später wird es einmal heißen: Ihr habt nichts gehabt, als ihr zu uns gekommen seid. Unsere Hände und vor allem die Füße zittern vor Aufregung. Eine kleine Pause wird eingelegt, eine Zigarette geraucht, dann geht es wieder besser. Es wird schon langsam hell, und wir wollen noch bis zu einem Wald kommen, wo wir den Tag über bleiben können. Gerade haben wir die Wache eingeteilt und wollen schlafen, als uns erneut ein Motorengeräusch in Aufregung versetzt. Wir schleichen uns näher heran, um auch sehen zu können, wer es sei. Es ist nicht zu glauben, es ist eine deutsche Einheit der Luftwaffe. Wie die Trauben hängen die Soldaten an den Fahrzeugen.

Aber wo so viele Platz finden, machen wir vier auch keinen Unterschied mehr. Wir schreien wie verrückt vor Freude. Jeder springt schnell auf ein Fahrzeug, wird von den Kameraden hochgezogen und schon geht es weiter. Mein Kamerad Ludwig und ich liegen auf dem Dach eines »Sanka«, wo schon drei sind, also zu fünft nebeneinander.

Wir halten uns gegenseitig fest, damit keiner hinunterfällt, besonders ich, weil ich der Äußerste bin. Die beiden Frauen kommen anderweitig unter, und wir haben sie seit dieser Stunde nicht mehr gesehen.

In der nächsten Ortschaft hören wir, dass wir noch fünfundzwanzig Kilometer zu fahren haben, bis wir an der russischen Linie ankommen. Wir sind schon neugierig, wie sich die Russen verhalten werden. Schließlich haben wir ja schon so vieles gehört, dass wir nicht wissen, was wir glauben sollen. Waffen oder Munition habe ich schon lange keine mehr. Es kann also nicht so schlimm werden.

Als wir an die russische Linie kommen, ist weit und breit kein Russe zu sehen, nur Tschechen. Ich springe vom Fahrzeug, dabei rutscht mir der Ärmel meiner Feldbluse zurück. Meine Armbanduhr kommt zum Vorschein, und schon ist so ein hinterhältiger Kriegsgewinnler der Tschechen da, schreit mir sein »Urre Urre« in die Ohren, dabei hat er schon so sechs, acht Stück am Arm.

Ich mache meine Uhr los und werfe sie ihm vor die Füße. Er schimpft mich ein deutsches Schwein, beeilt sich aber doch, die Uhr an sich zu nehmen. Es geht weiter nach vorne. Noch ein Tscheche kommt mit einer Maschinenpistole und fordert mein Fernglas. Na, das kann er haben. Ich hab es ja auch billig bekommen. Endlich bin ich beim russischen Posten angelangt. Jeder Einzelne wird genau untersucht und abgetastet. Später ist dafür der Name »filzen« aufgekommen. Er schaut in meine Rucksacktaschen und lacht, als er die fünfundzwanzig Pfund Speck sieht, die als Marschverpflegung drin sind. Der Speck wechselt tatsächlich nicht den Besitzer, dann werde ich weitergelassen. Ich sehe auch viele, die nur Handtuch und Seife behalten dürfen.

Wir werden zu Haufen von eintausend Mann aufgestellt. Von einigen Posten begleitet geht es zu Fuß weiter. Ich bin wieder mit Ludwig beisammen, aber das Marschieren geht uns auf die Nerven. Die Gerüchte, die sich verbreiten, sind beunruhigend. Man spricht von Lagern und dass wir erst in einem halben Jahr heim dürfen. So lange wollen wir keinesfalls warten. Also machen wir uns auf den Weg und verschwinden bei der nächsten Gelegenheit im Wald. Es fällt keinem auf, die Posten geben nicht Acht. Sie haben nur Augen für schöne lederne Schaftstiefel. Mancher muss seine Stiefel ausziehen, wenn es sein muss mit Gewalt, und bekommt ein paar alte dafür, ob sie passen oder nicht. Aber auch mancher Russe läuft herum, als ob ihn ein Ochse getreten hätte, weil ihm die schönen »Beuteschuhe« zu klein sind.

Wir schleichen quer durch den Wald, kommen auf eine befestigte Straße und stoßen auf einen Flüchtlingstreck. Unsere Freude darüber ist groß, und wir hoffen, dass sie uns mitnehmen wollen, noch dazu, weil der Treck nach Bayern unterwegs ist. Jeder wird in Zivil eingekleidet. Ich bekomme eine Seemannshose und gebe mich als Kutscher aus. Ein Zivilist muss einen Beruf haben. Die Leute hier haben Geld, aber die Tschechen verkaufen nichts. Finster und drohend werden wir in den Dörfern gemustert. Bis zum Abend gibt es keinen Zwischenfall, dann richten wir uns neben der Hauptstraße für die Nacht ein. Um sicher zu gehen, legen wir uns zwanzig Meter von der Straße entfernt in ein Gebüsch. Es ist schon dunkel, als noch eine Kompanie Kosaken vorbeizieht. Keiner kümmert sich um den Treck, bis auf den Letzten. Er schaut auf einen Wagen, zieht die Plane weg, wo eine vierzigjährige Frau ruht. Sie wird aufgeweckt und muss mitkommen. Wir sehen sie im Vorbeigehen. Die Frau weint und sträubt sich, aber es hilft nichts. Und wir? Wir sind froh, dass er uns nicht sieht.

Keine Minute danach schreit ein dreizehnjähriges Mädchen nach ihrer Tante. Sie läuft in die Richtung, wohin die beiden gegangen sind. Mit einem Mal hören wir erschütterndes Schreien, wie nur ein Mensch in höchster Not es kann, bis das Schreien dann langsam in ein verkrampftes Wimmern übergeht. Wir sind aus unseren Decken gefahren und aufgestanden, können aber nichts sehen. Erst nach einer Weile kommt die Frau mit dem Mädchen engumschlungen zurück. Beide weinen, und wir ahnen, was ihnen widerfahren ist.

Am nächsten Tag geht es weiter. In einer Ortschaft werden wir kontrolliert. Der Treckführer erstattet Meldung, dass wir zwei Soldaten sind und nicht zum Treck gehören. Ehe wir überhaupt zum Denken kommen, haben uns zwei Mann in die Mitte genommen, und wir müssen wohl oder übel mitgehen. Nach einigen Minuten sehen wir schon, wo wir hinkommen. Es ist ein großer freier Platz am Rande der kleinen Ortschaft Pacov, das erste Kriegsgefangenenlager, das ich zu sehen bekomme.

Statt eines Stacheldrahtes stehen junge Tschechen mit deutschen Karabinern Wache. Alle zwanzig bis fünfundzwanzig Meter einer. Sie kommen sich sehr wichtig vor, und alle Augenblicke brüllt einer wegen irgendeiner Kleinigkeit, reißt den Karabiner von der Schulter, bloß damit wir Angst vor ihnen haben. Die Kameraden, die schon ein oder zwei Tage hier sind, kennen das schon und lachen nur mehr, was die Posten dann wiederum maßlos ärgert. Jetzt gehören wir also auch zu dem Haufen. Bis jetzt werden es ungefähr 10 000 Mann sein, die hier im Freien ohne Lager, Strohsack, Decke oder Zelt die Tage und Nächte verbringen. Ja, nicht einmal Schatten ist da, um am Tage vor der schon starken Maisonne Schutz zu suchen. Mit der Verpflegung geht es einigermaßen. Schon ab dem zweiten Tag bekommen wir täglich sechshundert Gramm Brot und zweimal Suppe. Suppe ist eigentlich zu viel gesagt, es ist warmes Wasser mit ein bisschen Mehl oder Brennnesseln darin gekocht. Aber immerhin ist der gute Wille seitens der Russen zu sehen, und es ist keine Kleinigkeit, für so viele Menschen plötzlich Verpflegung zu beschaffen. Man erzählt sogar, dass die ansässigen Bäcker für uns Brot backen müssen und dass für die Zivilisten deshalb keines mehr da ist. Wenn man die Gesichter der Posten bei der Brotverteilung anschaut, dann kann man das beinahe glauben. Sie glotzen wie verbrannte Wanzen.

Ich bin das ganze Lager abgegangen, von Posten zu Posten, aber ich habe kein Loch gefunden, wo man durchkommen könnte. Sogar ganze Trecks sind hier im Lager mit Frauen und Kindern. Gleich am ersten Tag, als ich mich zum Schlafen hinlege, so wie ich eben bin, ohne Mantel oder Decke und auf dem blanken Boden, kommt eine junge Frau auf mich zu und fragt, ob ich keine Decke habe. Ich verneine.

»Ich habe Angst vor den Russen. Möchtest du mit zu mir kommen? Ich fühle mich dann sicherer.«

Ich gehe mit, gebe ihr aber zu verstehen, dass ich ihr auch nicht helfen könne, wenn die Russen kommen und sie holen. Es ist aber nichts passiert.

Am Tage geht man spazieren, horcht, ob es etwas Neues gibt und wartet von einer Suppe auf die andere. Bei mir und Ludwig ist der Hunger noch nicht groß, weil wir ja noch den Speck im Rucksack haben. Einer von uns muss immer dabei Wache stehen, damit uns der Speck nicht geklaut wird. Die Suppe essen wir gemeinsam aus Ludwigs Kochgeschirr, das er sich organisiert hat. Ich wollte mir auch eines aneignen, aber ich traute mich nicht mehr, weil schon einige wegen Diebstahls verprügelt worden sind. Ich muss mich halt mit einer Konservendose behelfen. Vielen bleibt nichts anderes übrig, als aus einer rostigen Dose ihr Essen zu schlürfen. Sogar ein Major kocht für sich allein an einem kleinen Feuer in einer Konservendose Brennnesselsuppe. Ganz andächtig rührt er um, wahrscheinlich, damit sie nicht anbrennt, gibt Salz dazu und probiert. Ja, mein Lieber, vor vier Wochen hättest du dir das nicht träumen lassen, dass du heute dein eigener Koch bist. Er geniert sich ein bisschen vor mir, und ich gehe wieder.

Decke habe ich noch keine, aber dafür einen Fallschirm gefunden bei einem meiner Rundgänge. Ich kann ihn gut brauchen, weil ich jetzt allein bin. Die Flüchtlinge haben das Lager verlassen müssen. Ich danke dir, Mädchen, es waren doch noch ein paar schöne Tage mit dir. Ein Zivilist, der bei einem Treck dabei war, streitet mit einem russischen Offizier und verlangt seine sofortige Freilassung. Der Offizier geht gar nicht darauf ein, sondern betont immer wieder, dass wir in kurzer Zeit sowieso alle nach Hause dürfen. Man kann uns nur nicht gleich laufen lassen, weil wir sonst wie eine Horde wilder Tiere losrennen und das Land verwüsten würden.

Einmal bekommen wir eine auffallend gute Suppe. Die verdanken wir einem Pferd, das am Rand des Lagers umgefallen ist. So schnell haben die Posten gar nicht schauen können, da haben schon zehn bis fünfzehn Mann den Gaul ins Lager gezerrt, gehäutet und ausgenommen. Die Tschechen wollten uns das Frischfleisch nicht gönnen, aber die Russen haben dazwischengefunkt. Sie haben uns sogar noch weitere Pferde versprochen.

Gleich neben dem Lager ist ein Sägewerk, in dem es jede Menge Bretter gibt. Ich weiß nicht warum, aber wir dürfen uns dort Bretter holen, damit wir Bunker bauen können. Immer einen für drei bis vier Mann. Wir sind in Hundertschaften eingeteilt worden, und jeder kommt dran. Ich stehe zusammen mit einem weiteren Kameraden, der sich zu uns gesellt hat, während Ludwig Erde aushebt. Wir laden uns so viele Bretter auf, wie wir nur tragen können.

Es ist immer das Gleiche. Der Russe gibt mit vollen Händen, und der Tscheche flucht und würde uns am liebsten die Sachen an den Kopf werfen. Wenigstens sind wir jetzt im Trockenen und vor der Sonne geschützt.

Seit einiger Zeit gehen Gerüchte um, dass wir in ein anderes Lager kommen, weil die Zahl der Kriegsgefangenen nun schon bald auf 30 000 Mann angestiegen ist. Eine Gruppe von dreißig Mann wird abgestellt, um den wichtigsten »Komfort« für ein Gefangenenlager aufzustellen: den Stacheldraht!

Nach acht Tagen geht es los. Wir bauen unsere Bunkervillen ab, nehmen die Bretter auf den Rücken und werden dann in Hundertschaften und in Begleitung russischer Posten in das neue, fünf Kilometer weit entfernte Lager geführt. Es ist wieder eine große Wiese, mittendurch führt eine Straße in einen schönen Nadelwald. Die »Brettervillen« werden wieder aufgestellt, und der »alte Käse« geht wieder weiter. Warten, warten, warten, auf Suppe, auf Brot, auf irgendein Anzeichen im Gespräch mit den Russen auf eine baldige Heimkehr. Die meisten meiner Kameraden haben keine eigenen Vorräte mehr. Sie gehen den ganzen Tag von einem Bunker zum anderen, fragen nach irgendetwas oder schnorren Tabak, der mittlerweile auch zu Ende geht, denn Rauchzeug bekommen nur die Offiziere im Lager.

So ist das. Zuerst haben die Russen gesagt: »Erschlagt eure Offiziere«, und nun werden sie in jeder Weise bevorzugt. Als ich einmal von einem Rundgang zurückkomme, ist mein Rucksack leer. Ich denke schon, der letzte Ranken Speck ist geklaut, als mir Ludwig erklärt, er könne mich nicht mehr mitfüttern, jeder sei sich selbst der Nächste und überhaupt sei das sein Speck, weil er ihn organisiert habe. Ich bin platt, erkläre ihm, dass ich auch geholfen habe und dass nur ich ihn geschleppt habe. Er sagt nur noch, mein Teil sei schon lange gefressen. So ist das also. Freunde in der Not sind wie Edelsteine: selten.

Nun packt auch mich der Hunger so richtig. Wenn man sitzt und aufsteht, wird einem ganz schwindlig und man muss sich festhalten. Zu rauchen habe ich auch nichts mehr. Wir bekommen täglich siebzehn Gramm Zucker, den ich häufig in Tabak umtausche. Aber auf die Dauer geht das nicht. Ich muss mich also aufs Tauschen oder

Vermitteln verlegen. Und so werden mit der Zeit ein Pullover, eine Drillichhose und einige Paar Socken verraucht.

Ein Offizier sucht eine Butterdose und will zehn Zigaretten dafür geben. Ich höre mich um und mache tatsächlich eine ausfindig, die für drei Zigaretten zu haben ist. Wieder sieben Stück verdient. Damit komme ich leicht drei Tage aus. Die Zigaretten sind aber so stark, dass man bei jedem Zug glaubt, es wird einem ein Messer in die Lunge gestoßen. Nach zwei bis drei Zügen wird einem schwindlig und man muss sich setzen. Ein Mann allein soll sie gar nicht rauchen. Es sind ausgesprochene »Gruppenzigaretten« der Marke »Handgranate«. Anzünden und wegwerfen.

Rauchen ist überhaupt ein Kapitel für sich. Ich sehe, wie ein Landser mit einem Posten verhandelt. Dieser will den Ehering des Soldaten. Der Soldat will Zigaretten. Der Russe bietet drei, der Landser will mehr, aber der Posten bleibt bei seinem Angebot. Nach langem hin und her wirft der Landser den Ehering für drei Zigaretten über den Zaun. Ich glaube, Frauen wären in dieser Hinsicht standhafter. Ein anderer verkauft für eine einzige Zigarette eine lederne Diplomatenaktentasche. Wieder einer reißt die dürren Birkenblätter ab, zerdrückt sie in der Hand und stopft sich dann damit die Pfeife. Es schmeckt nicht, aber es ist billig.

Ich habe noch eine Schusterahle und eine große Rolle Zwirn. Damit fange ich an, Schuhe zu flicken. Sogar neue Sohlen werden von mir draufgemacht. Das Leder dafür müssen die Kunden selbst mitbringen. Meistens sind es Lederkoppel. Ich arbeite natürlich nicht umsonst. Die Bezahlung erfolgt in Form von Brot oder Tabak. Nun habe ich doch eine Genugtuung gegenüber Ludwig, dem inzwischen der Speck ausgegangen ist. Außerdem wollte Ludwig außer der Reihe entlassen werden, weil er früher einmal bei der SPD war, aber sein Kommandant hat ihm was gehustet.

Seit einigen Tagen müssen wir arbeiten. Es wird für jede Hundertschaft eine Baracke gebaut. Dazu wird ein Gang einen Meter breit und eineinhalb Meter tief in die Erde gegraben. Links und rechts bleibt ein Raum von zwei Metern. Das ist die Schlaffläche. Das Dach geht von der Erde aus, sodass die ganze Baracke nur aus Dach besteht. Dazu werden dünne Stämme nebeneinander gelegt und die Fugen mit Lehm verschmiert. Ich habe selten erlebt, dass es durchgeregnet hat. Zweimal am Tage müssen wir in den Wald gehen und Stämme holen. Es ist nicht weit, aber trotzdem brauchen wir immer einen halben Tag dazu. Die neuesten Geschichten werden erzählt, es wird gehandelt und geschachert. Man legt sich irgendwo hin und fühlt sich wie ein freier Mensch.

Die Posten sind ruhig, mit nur einer Ausnahme. Es ist an einem Morgen, an dem wir zur Arbeit gehen. Einer der Kameraden hat noch eine Uhr, und der Posten sieht das. Wie der Teufel geht er auf den Gefangenen los und will ihm die Uhr nehmen, aber der hat den Braten gerochen und verpasst ihm gleich einen Schlag, dass er sich wie vom D-Zug gestreift vorkommt. Der Posten nimmt in der ersten Wut gleich seinen Karabiner, aber überlegt es sich dann wieder anders. Auf jeden Fall hat er in Zukunft keine Waren mehr gesucht.

Ein anderer Fall wurde mir folgendermaßen erzählt: Ein »Iwan«, so nennen wir die Russen, hat einen Wecker eingehandelt, und als dieser geklingelt hat, soll er mit der Maschinenpistole darauf geschossen haben, weil er eine Höllenmaschine darin vermutete. Überhaupt waren die Russen am Anfang gerne das Ziel unserer Witze, weil sie abends immer exerzieren und singen mussten, wobei wir ihnen zusahen. Sie sangen dabei immer das Gleiche.

Seit einigen Tagen haben wir Stroh. Endlich einmal nicht mehr am blanken Boden schlafen! Ich fühle mich wie auf einer »Dunlopillo«-Matratze. Es ist warm in der Baracke, und das tut uns gut. Uns und den Läusen, die wir seit einigen Tagen haben. Gott sei Dank ist der Russe für derartige Fälle gerüstet. Es kommt eine fahrbare Entlausung, und das ganze Lager wird einer nach dem anderen langsam entlaust. Aber es hilft nicht viel, weil die nichtentlausten Kameraden die entlausten doch wieder anstecken. Ich habe noch ein paar Strümpfe, die ich dem russischen Heizer für eine Dose Zucker verkaufe. Wir haben jetzt auch eine eigene Bäckerei, in der ungefähr fünfzig Bäcker arbeiten.

Jeder, der einen davon kennt, ist glücklich, weil er doch zumindest die Hoffnung hat, einmal ein paar Brocken zu ergattern. Das Brot wird jetzt nach russischer Art gebacken. Mit über fünfzig Prozent Wasser wird der Teig in eine Form gegeben, weil er sonst davonläuft, und dann gebacken. Die Form wird mit Fett eingerieben, damit das Brot wieder leichter herausgeht. Wenn kein anderes Fett zur Hand ist, wird Getriebefett oder Petroleum hergenommen. Der Geschmack ist dann dementsprechend grauenvoll. Das fertige Brot ist schwer und feucht. Sechshundert Gramm sind immer noch gut die Hälfte von dem tschechischen. Doch wird uns noch ein Teil abgezogen für die Verwundeten und Kranken außerhalb des Lagers, für die die Tschechen keine Verpflegung herausgeben wollen. Wir werden immer zänkischer, neidischer und misstrauischer.

Jeder, der sich der Küche einer Hundertschaft nähert, wird mit Argusaugen beobachtet, ob er nicht etwas mitnimmt. Den Köchen wird sogar vorgeschrieben, wie oft sie die Suppe probieren dürfen. Kameradendiebstähle kommen vor, die dann wahrlich mittelalterlich bestraft werden. Es wird ein Stacheldrahtgeviert von einem Quadratmeter gebaut, das einen Meter hoch ist. Da hinein kommt der Dieb. Er kann sich nicht hinlegen und nicht anlehnen, sondern muss sich frei sitzend oder stehend von früh bis abends, bei Sonne oder Regen, darin aufhalten mit einem Schild um den Hals, auf dem steht: »Ich bin ein Dieb!« Die Landser fangen an, sich selber zu beschäftigen, soweit sie dazu Geschick haben. Manche verschönern ihre Baracke, die dann aussieht wie eine Almhütte. Sie schnitzen dazu Reh- oder Hirschgeweihe aus Holz. Andere machen Mosaikbilder aus Steinen, wieder andere schnitzen Schachfiguren. Es sind wahre Künstler dabei. All die Sachen werden in einer Ausstellung gezeigt und manches Stück von den Russen gekauft.

Einige von uns haben noch tschechische Kronen, aber die wenigsten wissen, dass sie noch einen Wert haben. Abertausende von Kronen sind als Klopapier in die Latrine gewandert, bis einmal Zivilisten vorbeikamen, die uns Käse verkaufen wollten. Dabei stellte sich heraus, dass unser Geld noch gültig war. Schon ein paar Tage danach war kein Kronenschein mehr in der Latrine zu sehen.

Heute ist Filzung. Unser Lagerteil mit 15 000 Mann wird auf die andere Seite getrieben, und die Russen suchen unseren Teil nach Waffen, Munition oder was weiß ich ab. Dann muss sich jeder Mann einer Leibesvisitation unterziehen. Das Ganze dauert einen gesamten Tag. Wir hocken herum, schimpfen und murren, aber es wird davon nicht besser.

Den ganzen Tag haben wir nichts zu essen. Erst abends, schon bei Dunkelheit, ist »Fütterung«. Seit Tagen geht immer ein Trupp zum Bahnhof, um Kartoffeln zu holen. Einmal bin ich auch dabei. Wir gehen immer zu fünft nebeneinander. Vor mir tanzt einer aus der Reihe, um Kippen zu suchen. Da kommt ein Tscheche daher und gibt dem Landser eine Ohrfeige, sodass er hinfällt. Aber schon ist ein russischer Posten da und haut dem Tschechen den Gewehrkolben ins Kreuz. Der weiß gar nicht, wie ihm geschieht und verdrückt sich, so schnell er kann.

Beim Kartoffelholen fällt immer etwas ab, um privat ein Menü zu kochen. Aber die Kontrollen sind streng. Am Anfang haben wir die Kartoffeln einfach eingesteckt, später in Scheiben geschnitten und in Schuhe oder unter Kragen und Aufschläge geschoben. Als sie dort auch nicht mehr sicher waren, hat man sie aufgerieben und in die Feldflasche gefüllt. Man brauchte das Gemisch dann nur mehr der heißen Suppe beizumengen, um sie dicker zu machen.

Einmal haben wir Besuch vom »Freien Deutschland«, einer Organisation, die von Deutschen in Russland gegründet wurde. Zu uns spricht ein Major Roth von einer Gebirgsdivision, ein Ritterkreuzträger. Es kann ein, zwei oder drei Jahre dauern, bis wir heimkommen, sagt er, aber einmal dürfen wir nach Hause. Er wird ohne Kommentar von uns zu den Wahnsinnigen gezählt, der sich schämen soll, zu seinen Landsleuten so etwas zu sagen.

Jetzt werden abends immer Heimattreffen veranstaltet. Alle Bayern, Schwaben oder Rheinländer beispielsweise treffen sich an einem bestimmten Platz und mancher hat schon einen Bekannten, sogar seinen Bruder, ja, Vater und Sohn getroffen. Hier werden die Geschichten erzählt, die einer gehört oder gesehen hat.

Alles dreht sich nur um die baldige Heimkehr, denn wir sind ja nun schon bald acht Wochen hier. Aber es wird uns doch ein starker Dämpfer aufgesetzt, als einmal ein Lastwagen mit Landsern kommt, die bei den Amis und teilweise sogar schon zu Hause waren. Die werden sich wundern, wie es bei uns zugeht. Das Kohldampfschieben wird immer ärger. Die Landser stehen oder sitzen gruppenweise beisammen und sprechen nur noch vom Essen. Wie gebannt starren die Zuhörer auf den Mund des Erzählers, wenn er ihnen erklärt, wie Dampfnudeln, Apfelstrudel oder Königsberger Klopse gemacht werden, und schlucken von Zeit zu Zeit das aufkommende »Hochwasser« hinunter, denn unser Essen ist im Wesentlichen wirklich zum Kotzen. Jedermanns Wunsch ist, endlich einmal wieder genug essen zu können. Bis jetzt ist es immer noch so, dass man nach dem Essen erst richtig Hunger hat. Die sechshundert Gramm Brot werden immer auf einmal gegessen. Es ist so schwer, weil das Brot nicht größer ist als bei uns zweihundert Gramm.

Jeder möchte gerne zum Arbeitskommando, weil er Hoffnung hat, etwas zu ergattern. Am nächsten Morgen soll ich mit siebzig Mann auf ein tschechisches Gut zum Arbeiten gehen. Ein Kumpel gibt mir eine Aktentasche mit zum Verschachern. Er will Brot und etwas Butter dafür. Ich nehme sie mit. In der Frühe fahren wir los und haben kaum auf dem Lastwagen Platz. Nach fünf Kilometern sind meine Beine wie abgestorben, weil ich an der Bordwand stehe.

Zuerst fahren wir zu einer Brauerei und laden ein Fass Bier auf. Ich habe plötzlich friedensmäßige Gedanken und sehe mich hemdsärmelig im Wirtsgarten sitzen. Wenn uns Gott und vor allem der Posten wohl ist, dann kommen wir zu einem halben Liter Bier. Endlich sind wir am Gutshof. Zuerst wird das Fass abgeladen und in einen Keller getragen, wo sonst nur Kartoffeln gelagert werden. Ich bin auch bei den Trägern, weil ich wissen muss, ob das Bier ordnungsgemäß untergebracht wird. Der liebe Gott hat uns den besten Wachmann gegeben, den man sich denken kann. Er teilt sofort zwei Mann ein, die den ganzen Tag nur kochen sollen. Eine Küche ist vorhanden, und die

Kartoffeln sind beim Bier im Keller. Grünzeug wird bei den umliegenden Gärten unter dem Schutze des Postens organisiert. Die Kartoffeln im Keller werden in eine Brauerei gebracht. Gott hat mein Flehen erhört, ich bin bei den Kartoffelträgern und bei dem Fass, das der »Iwan« schon angezapft hat. Er verbietet uns zu trinken, aber wir sind zehn Mann und einer steht immer Schmiere. Wir saufen, was das Zeug hält. Die Wirkung zeigt sich bald, weil keiner mehr Alkohol gewöhnt ist und jeder einen leeren Magen hat.

Nach zwei Stunden gibt es schon das erste Essen. Jeder Mann bekommt einen anständigen Schlag Kartoffelstampf. Die Arbeit schmeckt nachher schon viel besser. Besonders uns, weil wir noch etwas zum Nachtrinken haben. Beim Mittagessen verkaufe ich an eine deutsche Frau, die mit einem Tschechen verheiratet ist, die Aktentasche für Brot und eine kleine Dose Butter. Danach werden wir neu eingeteilt. Ich muss allein mit zwei Tschechenmädels aufs Feld zum Heumachen. Ganz wohl ist mir dabei nicht, weil sie mich möglicherweise schikanieren. Aber nichts dergleichen. Wir lachen uns manchmal etwas verlegen an und werfen mit unseren Sprachkenntnissen herum. Die Zeit vergeht dabei rasch und im Nu ist Vesper. Sie teilen mit mir ihr Brot und den Kaffee. Ich bin überrascht, dass es bei den Tschechen auch gute Menschen gibt. Bevor wir abfahren, füllen wir noch einmal unser Kochgeschirr mit Kartoffelbrei.

Der Tag heute hat sich wirklich gelohnt. Jeder ist vollgefressen, und wir haben auf dem Auto deutlich weniger Platz als bei der Herfahrt. Mein Kumpel im Lager wird sich auch freuen, wenn er das Brot und die Butter bekommt. Es ist schon dunkel, als wir ankommen. Hunger hat keiner mehr. Die meisten schenken ihr Abendessen her, weil sie ja noch den Topf voll Kartoffeln haben. Ich mache es umgekehrt, gebe die Kartoffeln weg und hole mir das Abendessen, weil ich starkes Sodbrennen habe und froh bin, einen anderen Geschmack zu bekommen. In der Suppe ist doch ab und zu eine Faser Fleisch zu finden. Mein Kamerad wartet auch schon auf das Brot und die Butter. Ich gebe ihm beides. Gerade will er sich eine anständige Scheibe mit Butter bestreichen, als ich ihn fluchen höre. Neugierig gehe ich hin und frage ihn, was los sei. So eine Sauerei. Die Butterdose ist mit Papier gefüllt und nur oben ist ein bisschen Butter. Die Butter reicht nicht einmal für eine Scheibe Brot. Wir wünschen dieser Kanaille, die das verbrochen hat, jede nur erdenkliche Krankheit an den Hals. Sie soll sich schämen, einen Kriegsgefangenen so zu hintergehen. Noch dazu eine Deutsche.

Es sind Gerüchte im Umlauf, dass wir bald wegkommen. Die unsinnigsten Parolen sind wieder im Gange. Die einen sagen nach Breslau, die anderen nach Königsberg. Aber dass wir weiterziehen, ist bestimmt wahr, weil wir wieder einmal nach allen Regeln der Kunst durchsucht werden. Alles, was wir nicht unbedingt brauchen, wie ein zweites Paar Socken oder eine Hose in Reserve, ein Taschentuch, ein Halstuch, alles wandert in die immer leeren Säcke der Russen.

Zwischenstopp in Rumänien

Und eines Tages werden schon in aller Frühe 2000 Mann in Marsch gesetzt. Unser Ziel kennen wir nicht. Als Marschverpflegung bekommen wir sechshundert Gramm Brot und für zehn Mann eine kleine amerikanische Fleischdose mit dreihundertfünfundzwanzig Gramm, für jeden Mann also 32,5 Gramm. Wahrlich ein lukullisches Essen. Mittag rasten wir an einem kleinen See, dann geht es weiter. Die Landser halten sich nicht mehr an die Kolonne, sondern schwärmen aus und nehmen auf den Feldern mit, was irgendwie essbar ist: Kraut, Rüben und Kartoffeln, soweit sie schon einigermaßen reif sind.

Es ist also doch so, wie der Offizier damals gesagt hat: Wir werden das Land verwüsten. Wenn ein Heuschreckenschwarm diese Straße entlanggezogen wäre, dann könnte es auch nicht schlimmer sein. Die Posten kümmern sich wenig um unsere Plünderei, sie suchen immer noch nach guten Schaftstiefeln. Abends machen wir am Rande einer Ortschaft Halt. Die Küchen werden aufgestellt, die Tschechen müssen mit Brennzeug aushelfen, dann wird gekocht. Fast alle geklauten Produkte kommen in den Topf. Bei unserer Hundertschaft hat sich ein Huhn verlaufen, das eine halbe Stunde später auch schon in der Suppe liegt. Der Posten weiß es, aber wir haben ihm einen Schlag Essen versprochen, wenn er den Mund hält. Auch der Posten hat Hunger, außerdem ist noch keiner von ihnen an Überfütterung gestorben. Wir schlafen einigermaßen gesättigt unter freiem Himmel auf dem blanken Boden, weil keiner eine Decke hat und die wenigsten einen Mantel.

Am anderen Morgen geht es weiter. Gegen Mittag kommen wir nach Iglau. Wir haben Kohldampf vom vielen Gehen, aber kein Mensch hat dafür Verständnis. Die wenigen Deutschen, die noch hier sind, haben selber Hunger, und die Tschechen erfreuen sich an unserer Lage. Als wir schon weiter in der Stadt sind, verlangt der »Iwan«, dass wir singen. Wir tun es, schon den Tschechen zum Trotz. Es geht mit Gesang an einer Kaserne vorbei, wo schon wieder tschechische Soldaten sind, aber mit deutschen Afrikauniformen und Waffen.

Ein Leutnant kommt aus dem Tor gerannt und brüllt: »Aufhören, aufhören, deutsche Schweine!« Aber als er noch eine drohende Gebärde macht und Steine in unseren Haufen werfen will, kommt unser Posten, stellt sich mit aufgepflanztem Seitengewehr vor ihm hin und macht ihm deutlich, dass er hier zu verschwinden hat. Der Offizier verdrückt sich. Der Posten ist überhaupt auf die Tschechen nicht gut zu sprechen. Schon als wir in die Ortschaft einmarschiert sind, ist er in einen Bäckerladen gegangen und hat eine ganz große Tüte voll Gebäck verlangt. Als die Bedienung Geld wollte, hat er aus der offenen Tür geschossen. Wir glaubten schon, es sei was passiert, bis er dann lachend mit der Tüte in der Hand aus der Türe kam.

Auch jetzt, als wir über eine Brücke gehen und ein Mädchen unten Gänse hütet, kommt unser »Iwan« und schießt von der Brücke aus in die Herde. Er trifft aber nicht und flucht. Das Mädchen weint vor Angst und auch, weil ihr die ganze Herde abgehauen ist.

Am Abend erreichen wir eine große Wiese, und es regnet. Essen gibt es keines. Die Russen sind müde, und tschechische Soldaten übernehmen die Wache. Gnade Gott, die Singerei müssen wir schwer büßen. Sie treiben uns wie eine Herde Schafe ganz eng zusammen, sodass keiner richtig sitzen oder liegen kann. Zum Schlafen kommt sowieso keiner, weil der Boden vom Regen patschnass ist. So stehen wir frierend fast die ganze Nacht, und die Nässe läuft uns ins Genick und an den Beinen hinunter in die Schuhe. Keinem ist es erlaubt, die Notdurft außerhalb des Kreises zu verrichten, und wir pissen uns gegenseitig an den Beinen vorbei. Nicht wenige fallen vor Schwäche um. Aber keiner von den Posten kümmert sich darum und wir können ihnen auch nicht mehr helfen, als sie hinzulegen und zu warten, bis sie durch die Nässe wieder aufwachen. Diese Nacht scheint kein Ende zu nehmen, und wir schauen voll Sehnsucht immer wieder nach Osten, ob es nicht bald hell wird.

Endlich ist es so weit. Die alte Leier geht wieder los. Aufstellen zu Hundertschaften, abzählen, dann ohne Tritt Marsch. Essen wird in die Luft geschrieben. Es ist nun schon vierundzwanzig Stunden her, dass wir etwas Warmes gehabt haben. Bis Mittag wird marschiert, dann sind wir am Ziel. Wir kommen nach Deutschbrod, einem Städtchen in Ostböhmen, in ein ehemaliges SS-Lazarett. Schon um die Mittagszeit sind wir dort, aber wir müssen erst entlaust werden, ehe wir hineindürfen. Stundenlang lungern wir herum, bis der ganze Haufen von 2000 Mann durch ist. Die Leute, die dort arbeiten, eben auch Gefangene, lassen den Obergefangenen raushängen, und wenn man die Klamotten nicht richtig an den Haken hängt, dann werfen sie einem das ganze Zeug vor die Füße.

So wird es Spätnachmittag, bis wir ins Lager dürfen. Am Eingang ist eine Musikkapelle mit weißen Westen und Mützen aufmarschiert und spielt zu unserem Empfang. In Fünferreihen marschieren wir vorbei und die Russen zählen. Beim »Iwan« wird immer in Fünferreihen gezählt, weil er sich so leichter tut. Der gewöhnliche Russe ist ein schlechter Rechner. Bei einer Dreierkolonne müsste er drei, sechs, neun zählen und das wäre zu kompliziert. Wir sind alle drinnen und kommen auf einen freien Platz, wo die Filzung vor sich geht. Wieder einmal wird alles um und um gedreht, ob nicht doch noch etwas zu finden ist. Manche haben noch ihre Orden und Ehrenzeichen, ein zweites Hemd oder eine Hose. Neben mir ist einer, der noch einen halben Eimer voller Zigaretten hat, obwohl er Nichtraucher ist. Er wollte wohl warten, bis die Kurse höher sind, jetzt haben die Russen die Zigaretten konfisziert.

Ich bin fertig und gehe in die befohlene Richtung hinter einem Leidensgenossen her, der eine lange Pfeife raucht. Ganz gierig nach etwas Rauchzeug gehe ich nahe hinter ihm, um wenigstens noch den Geruch zu haben.

Er bemerkt das und dreht sich um.

»Wo bist du denn her?«

»Von Rosenheim, und du?«

»Von Burghausen!«

»Willst du einen Zug machen?«

Ich freue mich, dass er ein Bayer ist, und will natürlich einen Zug machen. Tief ziehe ich den Rauch ein. Mir wird ganz schwindlig. Wir wollen beisammen bleiben. Ich will sowieso von meiner alten Hundertschaft weg, damit ich mit Ludwig nicht mehr zusammenkomme. Mein neuer Kumpel heißt auch Ludwig und wir suchen uns eine Schlafstätte. Der zugewiesene Platz ist viel zu klein. Wir liegen wie die Heringe, keiner kann sich umdrehen, und wenn man hinaus will oder vielmehr muss, dann tritt man auf Füße, Schenkel, Bäuche und Köpfe der Kameraden, was einem dann wieder Fußtritte und Flüche der Betroffenen einbringt. Um diesem Übel aus dem Weg zu gehen, sind Ludwig (der II!) und ich auf den Speicher gezogen, wo mehr Platz ist. Strohsäcke oder Decken gibt es natürlich keine. Alle liegen auf dem harten Boden. Unsere Hüftknochen tun weh, und jeder ist schon an den Seiten offen. Kein Wunder, wenn kein Fettpolster mehr da ist. Die Verpflegung hat sich ja leider nicht zum Besseren gewendet. Zweimal Suppe am Tag, einmal sechshundert Gramm Brot, nass und schwer.

Gestern haben sie wieder einmal einen verdroschen, weil er als guter Kamerad immer einem anderen das Essen mitgenommen hat, und bis er in den zweiten Stock gekommen ist, hat er aus dem anderen Pott die ganzen Fleischbrocken rausgegessen. Dabei haben sie ihn erwischt, und er hat Dresche bezogen, sodass er mir fast leid tut. Es kommt aber noch besser. Jeden Tag in der Frühe müssen von jeder Hundertschaft zwei Mann Brot fassen. Sie gehen an den Brotschalter, bewaffnet mit einer Decke, geben die Nummer ihrer Hundertschaft an und bekommen dann die genau abgewogene Menge Brot. Unsere zwei Mann kommen mit leeren Händen zurück. Das Brot für unsere Einheit ist schon gefasst. Erst wollen wir es gar nicht glauben, aber es ist schon so. Unser Brot ist fort. Alles Schimpfen hilft nichts.

Wie Kriminalbeamte schnüffeln wir im Lager herum, aber die zwei Männer, die unser Brot haben, sind anscheinend auch so schlau wie wir. Die Suche verläuft ergebnislos. Wir sind also heute ohne Brot. Es klingt so harmlos, aber wir bekommen es umso härter zu spüren. Der Hunger nagt in den Därmen. Die dünne Suppe, von der man sagt, dass man bei vollem Pott eine Zeitung am Grunde des Geschirres lesen kann, stillt unseren Hunger auch nicht. Im Gegenteil, wenn die Suppe alle ist, hat man erst so richtig Appetit. Sie hat keinen Saft und keinen richtigen Geschmack. Es schauen mehr Augen rein als raus.

Zu Rauchen haben wir auch nichts mehr. Jeden Tag in der Frühe werden wir ins Freie gejagt und müssen draußen bleiben, bis das ganze Haus geschrubbt ist. Es dauert oft fünf bis sechs Stunden.

Die Landser gehen in dem parkähnlichen Garten spazieren und reden vom Essen und vom Heimfahren. Wir glauben immer noch an eine baldige Heimkehr. Im Garten darf kein Feuer gemacht werden. Wenn also einer wirklich irgendwelche Produkte hat, dann kann er sie nur roh essen. Ich habe aber doch einmal gesehen, wie drei Gefangene ein Kochgeschirr voll Kartoffeln kochten. Jeder hatte ein Brennglas in der Hand und hielt es über das Wasser. Es kochte und sprudelte, und man sah den Dreien die Freude auf den kommenden Genuss an.

Einmal werden wir für einen Tag einem Arbeitskommando zugeteilt. Wir müssen mit so zwanzig Mann eine Grünanlage sauber machen. Bäume umsägen, Wege rechen und Papier auflesen. Jeder hat ein wenig Angst vor den schlagkräftigen Tschechen, noch dazu, weil eben nur ein Zivilist dabei ist.

Meine Schusterei ist schon lange eingegangen, weil mir die Ahle gebrochen ist. Die feine Schnur nehme ich mit, um zu tauschen. Zu zweit sind wir eben dabei, einen Baum umzusägen, als ein junger Tscheche kommt, der bei uns stehen bleibt. Wir machen uns schon auf irgendeine Bosheit gefasst, als er fragt, ob wir Zigaretten wollen. So etwas ist noch keinem von uns passiert. Jeder bekommt eine. Nicht viel, aber der Mensch freut sich. Die Schnur hat mir der Aufseher für Tabak abgekauft und er fragt mich noch, ob wir etwas zu lesen wollen. Er nimmt uns mit in eine Bretterhütte und wirft uns einige Bücher raus. Und siehe da, »Mein Kampf«, der angebliche »Matthäus des 20. Jahrhunderts« (gemeint ist: Alfred Rosenberg »Der Mythus des 20. Jahrhunderts«), und »Befehle des Gewissens« (Hans Zöberlein »Der Befehl des Gewissens«) kommen zum Vorschein. Wir haben kein Gewissen und nehmen die Bücher mit.

Zu Mittag bekommen wir eine Rindsblutsuppe mit Kartoffeln und dreihundert Gramm Brot. Ein kleiner Ersatz für das am Vortag Geklaute. Auf dem Weg zum Essen kommen uns deutsche Zivilisten entgegen, die mit dem Auto zur Arbeit gefahren werden und alle weiße Armbinden (mit »N« für Nemec, also Deutscher) tragen müssen. Wir winken uns zu, einer bedauert den anderen, aber ich glaube, dass wir auch nicht schlechter dran sind. Am Nachmittag arbeiten wir nur noch wenig, jeder ist schon so müde von der ungewohnten Arbeit.

Eine Frau kommt, und wir fragen sie, wie es bei den Russen ist, die ja nun schon ein Vierteljahr da sind. »Ja«, meint sie, »die Deutschen waren auch nicht gut, aber sie haben sich für jede Arbeit erkenntlich gezeigt. Die Russen aber suchen in der ganzen Wohnung nach Essen oder Schmuck und legen sich dann noch mit den Stiefeln ins Bett, und man muss froh sein, wenn man selber seine Ruhe hat.«

Es wird Abend, und wir kommen wieder ins Lager zurück. Ich bin zufrieden mit dem Tag, weil ich doch zu etwas Essen gekommen bin. Ludwig freut sich auch, als ich ihm den Tabak zeige. Es macht Spaß, sich nach der Suppe noch eine Pfeife zu stopfen und von zu Hause zu reden. Es macht uns Sorgen, dass wir von der Heimat nichts wissen und vor allem, dass sie zu Hause von uns nichts wissen. Nicht einmal, ob wir noch am Leben sind. Die Heimattreffen finden wieder statt, aber im engen Kreise. Ich treffe einen Maurer vom Rosenheimer Stadtteil Aisingerwies. Wir versprechen uns, dass derjenige, der zuerst nach Hause kommt, die Familie des anderen verständigen soll.

Seit einigen Tagen ist in der Suppe, überhaupt im Wasser, Chlor. Die Russen haben es gegen die Seuchen angeordnet. Ob es hilft? Es werden wieder Untersuchungen durchgeführt. Die Mageren und Schwachen sollen nach Hause kommen, die anderen arbeiten. Ich nehme täglich zweimal ein kaltes Bad, weil Wasser zehrt, um die nötige Statur zu erlangen, aber es reicht nicht. Nur der Maurer schafft es. Ich bin froh, weil ich doch die Hoffnung habe, dass er sein Versprechen hält und meine Eltern verständigt. Er hat es auch getan und ich bin ihm heute noch dankbar.

Wieder sollen wir zum Arbeiten nach Breslau, Königsberg oder Berlin kommen. Wir werden untersucht, neu eingeteilt und eingekleidet, natürlich nicht mit neuen Sachen. Jeder bekommt zwei Decken und einen Mantel, wenn nötig, Unterhose oder Hemd. Ohne Filzen läuft es natürlich nicht ab. Jeder muss seine Klamotten vor den Posten ausbreiten, die Taschen werden umgedreht, sogar die Schuhe müssen wir ausziehen, ob nicht etwas darin versteckt ist. Messer und Gabel dürfen nicht im Besitz eines Gefangenen sein. Ich habe mein Messer bisher immer durchgebracht, aber diesmal wird es gefunden. Der »Iwan« freut sich. Es verschwindet in seiner Tasche, obwohl er es abliefern müsste.

Es dauert einige Stunden, bis wir fertig sind, dann werden wir von den übrigen abgesondert, und in der Nacht ist Abmarsch. Weit ist es nicht. Nur zehn Minuten, dann sind wir auf einem Abstellgleis. Eine lange Reihe von Waggons steht dort, und in jeden kommen sechzig Mann hinein. Es ist für alles gesorgt. Ein Küchen- und ein Vorratswagen sind auch dabei. Und natürlich ein Waggon für die Wachmannschaft. Wie die Heringe liegen wir beisammen und warten auf die Abfahrt. Es dauert bis in den Morgen. Keiner kann schlafen. Die Nerven sind überreizt und werden durch Rauchen beruhigt, soweit Rauchmaterial vorhanden. Ludwig und ich haben noch Tabakblätter. Sie sind grün und feucht. Wir legen sie in eine Blechdose, zünden einen Kerzenstumpf darunter an und rösten so die Blätter, bis sie trocken sind. Der Tabak ist furchtbar stark, aber er ist zu gebrauchen.

Endlich fahren wir. Jeder ist froh darüber. Es ist alles egal, wenn wir nur irgendwohin kommen. Das ist immer noch besser als die Ungewissheit. Die Verpflegung ist während der Fahrt sehr unregelmäßig. Der Tagessatz wären sechshundert Gramm Brot und zweimal ein Viertelliter Suppe, also ein Trinkbecher voll. Bei Tag wissen wir selten, wohin es geht, dafür aber bei Nacht. Wir richten uns nach den Sternen und finden so unsere Fahrtrichtung heraus. Dass in dieser Richtung weder Breslau noch Berlin zu erreichen ist, haben wir am ersten Tag schon herausbekommen. Die meiste Zeit stehen wir. Die Nächte sind unangenehm, weil man nicht schlafen kann. Das Rollen der Räder schläfert uns nur ein. Bei Tag haben wir weniger dagegen. Vor allem weil man dann »fechten«, also betteln kann. Besonders um Tabak. Ludwig und ich machen eine Erfindung: Wir haben einen kleinen Beutel an einer langen Schnur befestigt, den wir durch das vergitterte Fenster schieben. Wenn er dann unten hängt, kann ein Vorübergehender Tabak hineintun. Wenn den ganzen Tag nur einer etwas reintut, dann reicht es wieder bis morgen. An der Schnur wird der Beutel wieder hochgezogen.

Drei Tage haben wir Brot bekommen, jetzt ist es alle. Es gibt also nur noch Suppe. Zweimal einen Trinkbecher voll. Das Brot wird die Wachmannschaft verkauft haben. Wenn möglich, dürfen wir einmal am Tag aussteigen. Schon nach ein paar Schritten tun uns die Beine weh, wir werden müde und schwindlig. Außerdem sind wir bärtig und dreckig, weil man sich nicht waschen und rasieren kann.

Irgendwann gelangen wir nach Ungarn. Unser Tabakgeschäft geht auch besser, obwohl der Posten den Beutel schon ein paar Mal abgeschnitten hat. Wir haben ihn aber schnell durch einen anderen ersetzt. Der Platz am Fenster wird jetzt stundenweise vergeben, damit jeder mal drankommt. Ich bin gerade am Fenster, als wir an einem Bahnhof halten. Na, das wird hoffentlich eine große Ernte für den Fischer geben. Die Leute steigen in ihre Züge, aber nicht in Personenwägen, sondern auf offene Güterwägen. Personenwägen sind anscheinend knapp. Mein Beutel geht auf Fangstation. Alles schaut, und ich mache die Geste des Rauchens. Der Beutel ist bald voll und ich ziehe ihn hoch. Eine Frau, die wie viele Ungarn deutsch spricht, sagt mir, ich soll am Fenster bleiben. Auf dem offenen Waggon erbettelt sie für uns Geld. Manche geben, manche nicht. Gerade will sie es mir heraufreichen, da macht der Zug einen Ruck, und wir fahren ab. So ein Pech. Beim nächsten Waggon hat sie dann das Geld übergeben und viele Gefangene damit glücklich gemacht – wenigstens ein bisschen.

Wir halten auf freier Strecke und müssen für die Küche Wasser tragen. Zehn bis fünfzehn Mann, bewacht von einem Posten. Von einem Tümpel holen wir das Wasser. Beim Verpflegungswagen angelangt, sehen wir, wie die Küchenbullen einige Eimer Graupenbrei unter den Waggon schütten. Die Wassereimer fliegen weg und jeder stürzt sich trotz des Schreiens des Postens auf den Brei. In den zwei Minuten essen wir mehr als sonst den ganzen Tag. Der Posten schlägt mit seinem Gewehrkolben auf unsere Ärsche, aber er kann uns auch nicht wegtreiben. Erst als unter dem Brei der Schotter hervorkommt, geben wir Ruhe. Die Köche schimpfen auch und vergleichen uns mit den Hunden. Warum wir hungrige Hunde sind, wissen wir, aber warum sie so dreckige Hunde sind und uns das bisschen Essen auch noch wegschütten, wissen wir nicht. Der Teufel soll sie holen!

Acht Tage sind wir schon auf der Fahrt und jeder sieht aus, als ob er der Leichenfrau davongelaufen wäre. Vom Haarschnitt und vom Bart gar nicht zu reden. Seit drei Monaten keine Haare mehr geschnitten und seit vierzehn Tagen nicht mehr rasiert. Mit den Nägeln kann man den Dreck von Hals, Gesicht und Brust schaben und man sieht jeden kratzen. Stundenlang fahren wir durch Maisfelder und sehen vereinzelt große Gutshöfe stehen. Wie sehr wünschen wir, hier aussteigen und arbeiten zu dürfen und Ruhe zu haben. Ruhe vor der Ungewissheit, wo wir hinkommen und was aus uns werden wird. Zehn Tage sind wir gefahren und jetzt sind wir am Ziel, einem kleinen Ort irgendwo in Rumänien.

In der Nacht haben wir die Grenze passiert und um die Mittagszeit sind wir da. Wieder stehen wir vor dem Lagertor und warten, bis wir eingelassen werden. Wir sind in Hundertschaften aufgestellt, die Klamotten werden durchsucht und in einer Liste aufgenommen. Endlich kommt der russische Kommandant, begrüßt uns und heißt uns – welche Ironie – herzlich willkommen. Er geht durch die Reihen, schaut die Leute und die Kleider an, um schließlich einen ehemaligen Offizier zu fragen, wie die Fahrt und das Essen waren.

Seine Antwort: »Die Posten waren gut, das Essen ebenso und vor allem reichlich.«

Jeder hat natürlich gelauscht, was er sagt, und als wir hören, dass wir gut und reichlich gegessen hätten, geht ein Proteststurm durch die Reihen. Wir fragen, wo das Brot von den letzten sieben Tagen geblieben ist, und wer ein solches Rindvieh zu einem Offizier gemacht hat. Dem Kommandanten ist es sichtlich peinlich. Er beruhigt uns und verspricht uns für heute noch Brot, obwohl wir schon für den ganzen Tag verpflegt wurden.

Jetzt dürfen wir einrücken. Auf einem großen freien Platz können wir uns hinlegen und schlafen. Der Platz darf nicht verlassen werden, doch jeder ist auf Neuigkeiten erpicht. Diejenigen, die schon hier sind, besonders, weil sie ja von niemandem etwas erfahren. Man sucht Bekannte, Landsleute, vor allem solche, die an der Quelle sitzen. Also die, die in der Küche sind oder indirekt damit zu tun haben, Holzhacker, Wasserträger und Heizer. Ich habe Glück und treffe einen Kumpel aus Frasdorf im Inntal. Er ist Holzhacker und hat noch einen Schlag Suppe für mich übrig. Es ist eine Fischmehlsuppe, normalerweise also reines Schweinefutter, aber ich habe so großen Hunger, dass mir die Suppe sogar schmeckt. Ludwig bekommt auch ein paar Löffel voll, weil er mit mir auch immer geteilt hat. Erst bei Dunkelheit kommt ein hochrädriger Karren, gezogen und geschoben von sechs Landsern mit dem versprochenen Brot, das so schmeckt, wie wir es von zu Hause in Erinnerung haben. Am anderen Morgen werden wir schon um vier Uhr früh geweckt zum Essenfassen. Es ist eine unheimlich lange Schlange, die sich da an den Futtertrog drängt. Ich rechne schon mit Stunden, bis wir dran sind. Aber die Köche haben Übung, überhaupt, die Organisation ist mustergültig. Vier Suppenkessel stehen im Freien und an jedem zwei Mann mit der Schöpfkelle. Es geht fast im Laufschritt vorbei, und die Suppe ist sogar gut, ja, wir haben noch nie eine so gute Suppe gehabt. Sogar ein bisschen Fett verliert sich in der Brühe.

Jetzt geht es zur Entlausung, dann zum Baden und zu guter Letzt zum Haareschneiden und Rasieren. Es ist eine Wohltat, das warme Wasser über den Körper rieseln zu lassen. Wenn man sich so anschaut, merkt man doch, dass wir verdammt mager geworden sind. Jedem schauen die Knochen heraus, und man kann jede Rippe sehen. Manche sind nur noch Haut und Knochen. Beim Friseur muss man sich selber einseifen. Jeder macht es, so gut er kann, weil davon die Rasur abhängt. Die Friseure tragen Mützen, worauf ein Zeichen mit einem »K« genäht ist. Auf unsere Frage, was das bedeuten soll, erfahren wir, dass sie zum Regiment »Keller« gehören. Das Regiment ist im Lager gesondert untergebracht. Sie haben noch eigens einen Stacheldraht um ihre Baracken, damit kein »Andersgläubiger« reinkommt. Außerdem haben sie alle Arbeitskommandos inne, die im Lager oder außerhalb zu vergeben sind, wie Küche, Bad, Friseur, Schusterei, Schneiderei, Musik, Baukommando und Kolchose, also Landwirtschaft. Es sind sozusagen »Ober-Plenni« (»Plenni« ist russisch und heißt »Gefangene«), die aus unserer Sicht reich sind. Sie haben alles, was wir nur vom Hörensagen kennen, wie Speck, Eier, Zigaretten und Brot in Hülle und Fülle.

Einige Friseure tragen Sowjetsterne an den Mützen, und einer von uns regt sich darüber auf und sagt, sie sollen sich schämen. Er hätte es lieber nicht sagen sollen, denn erstens bekommt er dafür ein paar Ohrfeigen, dann richten sie ihn beim Rasieren so zu, als ob ihn ein Metzger rasiert hätte.

Als alle fertig sind, kommen wir in eine große, leere Baracke zur Untersuchung. Die geht schon fast maschinenmäßig vor sich. Jeder muss sich ausziehen, dann wird er angeschaut, ein paar Mal umgedreht und bekommt eine Nummer auf die Brust geschrieben. Entweder Eins, Zwei oder Drei. Die Einser sind die körperlich am kräftigsten. Die Zweier, wozu auch ich gehöre, sind etwas schwächer und die Dreier noch schwächer. Dann gibt es noch O.K., woraus wir »ohne Kraft« gemacht haben. Diese dürfen nicht arbeiten. Zum Schluss noch »D.K.«, wir sagen »dauernd krank«. Das sind Gefangene, die im Lazarett liegen oder ins Lazarett kommen und auf die schon der Totengräber wartet. Nach dieser Kategorie werden wir neu eingeteilt. Alle Einser, Zweier und Dreier kommen zusammen. Wir sind in der Gruppe zehn Mann – alles Bayern. Ludwig ist noch bei mir, dann noch ein Kamerad aus Unterfranken, von Beruf Pater. Ich habe mich später eng mit ihm zusammengeschlossen und habe keinen besseren und selbstloseren Kameraden mehr kennengelernt als gerade Bruder Theo. Es wird uns eine Baracke zugewiesen, in der wir bleiben sollen, bis wir wieder wegkommen, denn dass wir hier nicht bleiben können, ist uns klar. Schon in der Nacht ziehen wir fluchtartig aus, weil wir nicht schlafen können. Es gibt hier Wanzen in rauen Mengen. Sogar an den Tischen und Bänken kriechen sie herum. Wenn man eine davon zerdrückt, stinken die Finger ganz fürchterlich. Aber eigenartigerweise muss man trotz des Ekels immer wieder dran riechen. Wir schlafen also wieder einmal im Freien.

Es ist sandiger Boden, fast wie in einer Wüste. Auch die Hitze des Tages und die Kälte der Nächte erinnern daran. Trotz der Decken frieren wir oft. Was die Wanzen in den Baracken sind, das sind die Ratten im Freien. Man hat keine Ruhe vor ihnen. Bei Nacht springen sie über uns hinweg, kriechen in unserem Gepäck herum und pfeifen uns was vor. Auch am Tage sind sie nicht gerade schüchtern. Einem Kameraden neben mir haben sie am hellen Tag die eben empfangene Tagesration Brot genommen und in eines der vielen Löcher gezogen. Manchmal, wenn es ein bisschen ruhiger ist, sieht man Ratten in der Sonne spielen. Besonders in der Nähe von Latrinen, von denen es viele hier im Lager gibt, sind sie sehr lebhaft. Trotz des Spätsommers herrscht hier eine afrikanische Hitze. Wasser ist Mangelware. Was der einzige Brunnen im Lager hergibt, wird fast restlos für die Küche gebraucht, die Kranken brauchen auch dringend Wasser. Kein Wunder, dass der Brunnen Tag und Nacht belagert und bewacht wird. Die ganze Zeit ist ein Gefangener mit einem Prügel dort, aber er hat sich als zu schwach erwiesen, als es einmal zusätzlich zum Abendessen Salzfisch gab.

Der Fisch wurde an uns so ausgegeben, wie er eben war. Kleine Salzstücke klebten noch an den Schuppen. Trotzdem wurde er von jedem mit Heißhunger samt Gräten gegessen. Daraufhin erfolgte der Sturm auf den Brunnen, um den aufkommenden Durst zu löschen. Der Posten verwehrte uns mit dem Prügel die Wasserentnahme, aber was ist einer gegen viele. Wir hätten den ganzen Brunnen leergesoffen, wenn nicht ein russischer Posten mit Gewehr gekommen wäre und uns vertrieben hätte. Aber auch er musste ein paar Mal schießen, bis wir gingen.

Die Gegend ist hier ganz öde und leer. Außer dem Lager sieht man kein Haus. Das Gelände ist eben wie ein Tisch und es weht dauernd ein leichter Wind. Er tut uns bei der Hitze gut, aber beim Essen hat man immer etwas Sand zwischen den Zähnen. Vor allem, wenn man Brot isst, knirscht es im Mund. Einmal haben wir auch eine Windhose gesehen. Es war eine tänzelnde Sandschlange, die der Wind senkrecht an uns vorüberblies. Sie hatte eine Höhe von ungefähr dreißig bis vierzig Metern.

Die Tage verlaufen eintönig, langsam, einer wie der andere. Solange man etwas zu rauchen hat, geht es. Bis jetzt haben wir in dieser Hinsicht keine Not, denn das Regiment »Keller« ist unsere Tauschzentrale. Ich möchte hier erwähnen, dass sie nicht schlecht zahlen. Es wird gehandelt und gefeilscht, und die Sachen nehmen ihren Weg durch den Drahtverhau zum neuen Besitzer. Jeder hatte bei seiner Ankunft zwei Decken, jetzt haben die meisten keine mehr, oder zu zweit eine. So eine Decke bringt immerhin siebzig Zigaretten. Denn wenn keiner weiß, was er den ganzen Tag tun soll, dann raucht er auch viel. Bei »Keller« erfährt man auch die neuesten Gerüchte. Momentan erzählen sie wieder, dass die Transporte nach Russland seit August gesperrt sind. Es kann möglich sein, dass wir hier in der Gegend oder bei den Öltürmen in Arbeit kommen, aber spätestens in einem Jahr sind wir zu Hause. Einerseits sind wir beruhigt, weil es nicht nach Russland geht, aber andererseits bereitet uns die Aussicht auf ein Jahr Lager einige Sorgen.

Nur an einem Tag wird das ewige Einerlei unterbrochen. Schon in der Frühe müssen wir uns am Lagertor aufstellen, dann kommt die Zählung und wir dürfen das Lager verlassen. Fast eine halbe Stunde dauert es, bis wir an eine Ortschaft kommen, in der einige Häuser bombardiert worden sind. Wir haben weiter nichts zu tun, als zwei Ziegelsteine zu nehmen und wieder in das Lager zu bringen.

Es klingt ganz einfach, aber es dauert den ganzen Vormittag, bis alle wieder im Lager sind. Oft müssen wir rasten, weil uns die Beine wehtun und die zwei Steine zu schwer sind. Am Lagereingang werden wir von unserem Kommandanten mit Anhang empfangen. Sie weisen uns den Platz an, wo die Steine hinkommen. Jeder von ihnen hat eine nagelneue Luftwaffenuniform an mit Reithose und Schaftstiefeln. Wohlgenährt und gepflegt sehen sie aus. Kein Wunder, den ganzen Tag sitzen sie vor ihrer Baracke, die mit Sowjetsternen und Stalinbildern geschmückt ist, spielen Schach oder reden über Politik. Mit dem Essen wird es auch nicht so genau genommen wie bei uns.

Es ist wieder einmal Bestandsaufnahme der Bekleidung, ein Zeichen, dass man mit uns etwas vorhat. Ich bin dazu bestimmt worden, beim Fassen der benötigten Sachen zu helfen. Manche von uns haben in den zwei Wochen alles verschachert, was irgendwie ging. Hemden, Unterhosen, Schuhe. Von Mantel und Decken gar nicht zu reden. Die Firma »Keller« hat für alles Verwendung. Es ist klar, dass ich zuerst einmal an mich denke. Ich ziehe einige Garnituren Wäsche an, einen neuen Marinepullover und eine neue Feldbluse kann ich auch brauchen. Für meine Bergschuhe finde ich nichts Besseres. Die Wäsche bringt nun am gleichen Tag abends schon hundert Zigaretten. Diesmal muss es heimlich gehen, weil immer wieder »gute« Kameraden da sind, die einen verpfeifen. Der Pullover findet einen Liebhaber von der Küche für Brot und Suppe. Dafür bekomme ich einen alten von Mäusen zerfressenen Pullover, damit ich einen zum Herzeigen habe, wenn Kontrolle ist. Ich habe noch eine Wattehose, aber die möchte ich behalten, weil ich dann wenigstens nicht auf dem blanken Boden schlafen muss.

Die Gerüchte um unseren Abtransport nehmen immer festere Formen an. Von allen Seiten werden wir beruhigt, wenn wir auf dieses Thema zu sprechen kommen. Sogar der Kommandant versichert uns, dass Transporte nach Russland nicht mehr gefahren werden. Ganz trauen wir ihnen nicht, weil wir in den fünf Monaten, die wir nun Gefangene sind, schon zu oft angelogen wurden. Doch hofft jeder insgeheim, dass es wahr wäre. Ich habe überhaupt nie geglaubt, dass man von der Hoffnung so lange zehren kann, dass man sich daran wieder aufrichten und damit auch anderen wieder Mut machen kann.

Das erste Lager in Russland

Eines Tages ist es so weit. Schon am Morgen werden wir, ein Haufen von 2000 Mann, gesondert aufgestellt und bewacht. Die Filzung wird wieder durchgeführt. Wir sind alles schon gewöhnt. Auch der Gleichmut hilft über vieles hinweg. Jetzt werden wir noch gezählt, dann sind wir von diesem Lager entlassen. Am Lagertor steht die Musik und spielt: »In der Heimat, in der Heimat, da gibt's ein Wiedersehen!«

Wir marschieren in Fünferreihen im Gleichschritt vorbei, und der Russe zählt. Jedem von uns ist beim Verlassen des Lagers eigenartig zumute. Wir fühlen, dass es diesmal etwas Besonderes ist, dass diesmal die Entscheidung fällt, und mancher fühlt beim Spielen der Musik einen Knödel im Hals und würgt die aufsteigenden Tränen hinunter. Den ganzen Tag liegen wir noch vor dem Lager. Langsam wird es dunkel, dann geht es los. Meine Hände zittern und mein Herz klopft vor innerer Spannung, auch Ludwig geht es so. Keiner spricht ein Wort, um das Zittern der Stimme nicht zu verraten. Und doch klammert sich jeder an die Worte des Kommandanten:

»Keine Transporte in die UdSSR!«

Nach zehn Minuten sind wir am Bahndamm. Es ist ein Abstellgleis, auf dem die Waggons stehen. Dieselbe Stelle, wo wir vor drei Wochen angekommen sind. Aus der Dunkelheit tauchen die Waggons auf. Schon auf dem ersten Blick sehen wir es: Russische Waggons, russische Breitspur! Groß wie Häuser mit einem Gewicht von sechzig

Tonnen. Nun ist doch der Schreck jedem von uns in die Glieder gefahren. Eine atemlose Stille herrscht, in der man fast körperlich die Angst vor dem Kommenden fühlt. Ich denke an die Beschreibung der Hölle von Dante, wo am Eingang stehen soll: »Nun lasst alle Hoffnung fahren!« Die gleichen Worte könnten hier an jedem Wagen stehen. Die Posten haben es nun eilig. Immer fünfundneunzig Mann kommen in einen Waggon, somit bleiben von jeder Hundertschaft fünf Mann übrig, die auf die Seite gestellt werden. Ludwig, Pater Theo, noch zwei und ich sind auch dabei. Momentan kommt mir der dumme Gedanke, dass sie vielleicht zu wenig Waggons haben und uns wieder zurückschicken, aber die Sorge bestätigt sich nicht. Unser Haufen ist auf einhundert Mann angewachsen und wir werden in einen Waggon verladen. Die Tür fliegt zu und ein Riegel wird vorgeschoben. Es ist dunkel, keiner sieht den anderen und wir stehen ziemlich ratlos herum, bis einer einen Kerzenstummel anzündet und etwas Ordnung in den Haufen bringt.

Jeder hat nur das Bedürfnis zu schlafen und nichts mehr zu hören. Wie die Heringe werden wir nebeneinander geschichtet, jeder auf die gleiche Seite. Umgedreht wird auf Kommando. Die Russen haben an alles gedacht, sogar an eine Klosettanlage. Man hat in den Boden ein Loch geschlagen und ein Ofenrohr hineingesteckt. Ich kann mir noch gar nicht vorstellen, dass es seinen Zweck voll und ganz erfüllen kann. Den Platz neben dem »Donnerrohr« will keiner haben, und er muss ausgelost werden. Um es gleich vorwegzunehmen, ich habe ihn bekommen und bin in den nächsten Tagen im wahrsten Sinne des Wortes von oben bis unten beschissen worden. Ein Gutes haben wir doch: Weil unser Waggon aus den Restbeständen der Hundertschaften zusammengewürfelt ist, wird aus ihm das Küchenkommando abgestellt. Dadurch bekommen wir auch ein wenig mehr Platz. Zehn Mann machen doch etwas aus, und ich kann um einige Zentimeter vom Rohr wegrücken.

Auf dem ersten Transport nach Rumänien haben wir nur Graupen bekommen. Diesmal gibt es nur Erbsen. Viele bekommen davon Durchfall, und ich bin der Leidtragende, weil es den meisten im Falle des Falles so pressiert, dass sie das Ofenrohr verfehlen. Mein Rucksack und meine Kleidung sind voll halbverdauter Erbsen. Immer riecht es nach Erbsen. Man weiß oft nicht, gibt es etwas zu essen oder hat einer »Sitzung«. Die Kameraden von uns, die in der Küche arbeiten, tragen uns immer einige Kübel mehr rein, und gerade die, die das Essen am wenigsten vertragen, fressen am meisten. Auf alle Fälle kann es so nicht mehr weitergehen. Ein Kamerad, ein Bauer von Neuötting, leiht mir eine Zeltbahn. Ich habe Glück, weil noch einige starke Nägel im Holz des Waggons zu finden sind. Früher hätte man ohne Zange keinen Nagel herausziehen können, aber Not macht erfinderisch. Der Nagel wird umgebogen und dann solange hin- und hergedreht, bis er raus ist. Die Nägel werden nun so eingeschlagen, dass ich direkt aus dem Fenster sehen kann, wenn die Zeltbahn aufgespannt ist. Habe ich zunächst den schlechtesten Platz gehabt, so habe ich jetzt den schönsten. Vor allem ist es nicht so hart, ich kann mich umdrehen, wann ich will und ich habe immer was zu schauen und frische Luft. Das alte Lied beginnt wieder von neuem. Handeln und betteln. Füllfederhalter, Kämme, Spiegel, Rasierzeug gehen den Weg alles Irdischen und bringen Tabak oder Zigaretten. Aber auch Hemden und Unterhosen werden wieder ausgezogen und vertauscht. Mein Beutel mit der Schnur tritt wieder in Tätigkeit.

Bis jetzt sind wir noch nicht weit gefahren, wir sind immer noch in Rumänien. Die meiste Zeit stehen wir irgendwo auf einem Abstellgleis. Es müssen schon viele Transporte durch die Gegend gefahren sein, weil bei jedem Halt Zivilisten kommen, die von uns Kleidungsstücke wollen. Da ich am Fenster stehe, sehe ich sie am besten. Wie sie winken und deuten, was sie haben wollen, nebenbei nach dem Posten schauen und mit den Zigaretten locken. Durch das vergitterte Fenster können wir die Sachen nicht geben, weil die Drahtmaschen zu klein sind. Hier hilft nur das »Donnerrohr«. Es wird herausgezogen und durch das Loch im Boden wechseln die Objekte ihren Besitzer. Neulich haben wir einhundert Zigaretten umsonst erhalten. Ein Rumäne wollte ein Hemd. Ich deute ihm, er solle unter den Waggon kriechen, dort kann er das Hemd in Empfang nehmen und die Zigaretten dalassen. So ein Tausch ist immer schwierig, weil man mit beiden Händen zugleich durch das Loch muss, mit einer zum Geben und mit der anderen zum Nehmen. Erst wenn man fühlt, dass man die Rauchware in der Hand hat, darf man das Hemd oder sonst etwas loslassen, sonst wird man bei dem Handel übervorteilt.

Am Anfang haben wir viel Lehrgeld bezahlt. Diesmal wollen wir die Schlaueren, besser gesagt die Schlechteren sein. Der Rumäne kriecht unter den Waggon, und Ludwig kniet vor dem Loch und fährt mit beiden Händen, in der einen das Hemd, nach unten. Ein zweiter Kumpel hat ihn mit den Händen um die Brust gefasst, und als Ludwig merkt, dass er die Schachtel mit den Zigaretten hat, schreit er:

»Los!«.

Der Kamerad zieht ihn mit einem Ruck nach oben, und die Zigaretten samt Hemd sind bei uns. Der Rumäne schimpft, aber unser Posten vertreibt ihn bald.

Mit derartigen Spielen vergeht ein Tag wie der andere. Oft sehe ich bei Nacht nach den Sternen, um die Fahrtrichtung auszurechnen. Vorerst geht es noch immer nach

Norden. Bei Tag können wir die Richtung nur erfragen. Von Zeit zu Zeit treffen wir Transporte von gefangenen Russen, die nun auf der Heimfahrt sind. Es ist nicht sehr schmeichelhaft oder ermutigend, was sie uns zurufen. Aber wir können verstehen, dass sie verbittert sind. Auch viele Transporte mit deutschen Zivilisten kommen uns unter, die mit ihrer ganzen Wohnungseinrichtung auf den Waggons sind und auf unsere Frage nach ihrem Ziel keine Antwort wissen.

Die Heimkehrer nach Russland haben auch ganze Wohnungen dabei. Vor allem Fahrräder, Bekleidung und Betten. Seit acht Tagen sind wir nun schon auf der Fahrt und noch immer wissen wir das Ziel nicht. Wir sind durch Rumänien, Ungarn, Polen und Litauen gefahren bis nach Riga. Jetzt geht es wieder nach Süden. Schon seit Tagen haben wir die russische Grenze überschritten. Trotzdem haben wir den Humor nicht verloren. Ob man sich ärgert oder nicht, es ändert sich doch nichts an unserem Los.

Wir vertreiben uns die Zeit, so gut es geht, mit fechten, Läuse fangen und erzählen. Manche haben dazu eine besondere Gabe und man kann stundenlang zuhören. Es spielt dabei keine Rolle, ob die Geschichten der Wahrheit entsprechen oder nicht. Darüber hinaus wäre es auch einmal dringend an der Zeit, dass wir uns waschen. Einer hat noch einen Spiegel, und wir schauen der Reihe nach hinein. Ich hätte mich bald selber nicht mehr erkannt. Der Bart ist schon zentimeterlang, und der Dreck juckt am ganzen Körper. Die Hände waschen wir uns immer trocken. Sie werden so lange aneinander gerieben, bis Krümel entstehen, die dann abgeklopft werden.

Wir haben schon damit gerechnet, dass wir von den Russen mit Steinen oder Prügel empfangen werden. Nicht eine Spur davon. Freilich gibt es welche, die bei unserem

Anblick die Fäuste schütteln, aber wo gibt's nur gute Menschen? Die meisten sind freundlich und freigiebig und trösten uns mit einer baldigen Heimkehr. Endlich sind wir am Ziel. Drei Wochen sind wir gefahren, haben tausende von Kilometern hinter uns und sind keinen Schritt gegangen. Jetzt sind wir im Kaukasus in der Nähe von Armawir gelandet. Dass wir so weit gefahren sind, um bald wieder heimzukommen, glaube ich nicht. Einer nach dem anderen steigt aus dem Wagen, geht ein paar Schritte und setzt sich dann wieder hin, weil die Beine zu zittern anfangen bei der ungewohnten Arbeit. Wir werden wieder in Fünferreihen aufgestellt, gezählt, erhalten eine Handvoll Trockenbrot als Marschverpflegung, dann treiben uns die Posten vorwärts.

Was jetzt kommt, ist als der Todesmarsch nach Newinka in die Geschichte der Gefangenen eingegangen. Man muss sich vorstellen, dass wir drei Wochen nur gelegen und gesessen sind. Jetzt auf einmal sollen wir sechsundfünfzig Kilometer ohne Pause marschieren und das bei Regen und einer aufgeweichten Straße, die wie ein Acker aussieht. Im Moment geht es noch, es scheint die Sonne und wir schwitzen. Durst quält jeden von uns bis zum Umfallen. Für jeden Trinkbecher Wasser werden bis zu siebzig Zigaretten bezahlt. Aber wo ist schon Wasser in dieser Steppe. Weit und breit kein Haus, kein Brunnen, kein Bach, nicht einmal eine Pfütze. Gerade weil es kurz vor dem Regen ist, sticht die Sonne doppelt stark. Wir sind immerhin auf der Höhe von Genua, nach den Breitengraden gemessen.

Langsam wird es dunkel und es regnet. Der Durst ist vergangen, aber der Hunger steigt ins Uferlose. Was ist schon eine Handvoll Trockenbrot für einen hungernden »Plenni«, der sich seit fast einem halben Jahr nicht mehr sattessen konnte. Jeder ist müde zum Umfallen, nicht nur die Beine, nein, der ganze Körper tut weh, aber die Posten treiben uns weiter. Sie wollen uns im Lager haben, damit sie die Verantwortung los sind. Noch ist keine Spur von einem Ende der Schinderei abzusehen. Wir fallen schon mehr als dass wir gehen. Das Wasser läuft in kleinen Bächen am Körper herunter, die Kleidung klebt und wird schwer vom Wasser. Der Gürtel, der die Hose hält, scheuert an den Hüftknochen. Sie müssen schon ganz offen sein, weil es so brennt.

Auch die Posten sind müde. Einer will sich bei mir am Gürtel einhängen, damit ich ihn ziehe, aber ich gebe ihm einen Stoß, sodass er loslässt. Er rennt mir nach, weil ich davongelaufen bin, als ich gemerkt habe, dass er mich irgendwie bestrafen will, aber in der Menge bin ich gleich verschwunden. So geht es weiter, immer in die tiefe Dunkelheit hinein, die keinen Blick freigibt auf das Ziel. Den ersten Toten haben wir zu beklagen, er ist an Erschöpfung gestorben.

Wir ahnen nicht, dass ihm noch so viele folgen werden. Den ganzen Krieg sind sie durchgekommen, nun sind sie erlöst. Vielleicht ist es gut, wer weiß, was noch alles vor uns liegt, ob wir überhaupt den ganzen Zirkus aushalten oder vielleicht kurz vor der Entlassung noch dran glauben müssen. In der Ferne sehen wir Licht und rennen drauflos, als ob von dort die Erlösung kommen könnte. Die Posten sagen, es sei das Lager. Noch nie sind wir so gerne in ein Lager gegangen wie in dieses. Licht und Dunkelheit täuschen sehr. Wir sind fast noch eine halbe Stunde unterwegs, bis wir durch den Triumphbogen, der zu Ehren Stalins errichtet wurde, marschieren dürfen. Endlich Ruhe, endlich im Trockenen und Warmen. Wie tot sinken wir auf die Holzbetten, die uns wie Daunenbetten vorkommen. Es ist zwei Uhr morgens und wir schlafen ohne Pause, bis wir zu Mittag geweckt werden. Wir können fast nicht stehen, noch weniger gehen vor Schmerzen, die schon kein Muskelkater mehr sind. Wir sind einfach ausgelaugt.

Der ganze Körper tut mir weh. Das erste Essen in einem Lager in Russland. Noch ganz schlaftrunken gehen wir mit unseren Blechdosen zur Küche. Die Suppe ist aus Sauerkraut und Zuckerrüben gekocht. Man möchte glauben, das passt nicht zusammen. Vielleicht ist das so, aber uns schmeckt sie, und wir bedauern nur, dass sie so schnell alle ist. Wir erfahren, dass erneut vier Kameraden gestorben sind, dann schlafen wir wieder bis zum Abendessen. Nochmal gibt es Suppe, dann geht es wieder in die Klappe.

Jeder ist so mit sich beschäftigt, dass sich keiner um den anderen kümmert. Der Marsch hat uns die letzten Kräfte gekostet, die nur noch durch schlafen ersetzt werden können. Erst am zweiten Tag muss das ganze Lager antreten, weil ein russischer Offizier zu uns sprechen will. Vor uns sind schon Gefangene im Lager gewesen, einige Deutsche, aber noch mehr Ungarn, welche auch den Kommandanten stellen. Es ist ein ehemaliger Oberleutnant, der auf die Deutschen nicht gut zu sprechen ist. Der Russe kommt, begrüßt uns und sagt, dass wir hier einen Kanal graben und eine Stadt aufbauen müssten, weil hier mal eine gestanden hätte, die die Deutschen kaputt gemacht haben. Wir sehen uns um, können aber keine Spur von einer Stadt oder deren Reste erkennen.

Vorerst haben wir zehn Tage Ruhe, um uns von den Strapazen der Fahrt zu erholen. Es ist auch notwendig, denn wir haben schon ein Dutzend Tote, die alle noch auf den Marsch, der ihre letzten Kräfte verbraucht hat, zurückzuführen sind.

Die Toten kommen in einen leeren Raum ohne Fenster und Türen, die Kleider werden ihnen ausgezogen, weil die

Lebenden sie so dringend brauchen. Dort liegen sie nun nackt am Boden, und wir werden ihnen nach einigen Tagen den letzten Dienst erweisen. Pater Theo spricht ein Gebet, dann poltert der erste nackte Tote in die Grube. Kein Kreuz und kein Name deuten darauf hin, wer hier begraben ist. Achtzig Kameraden haben hier in einigen Monaten die letzte Ruhe gefunden. Das Lager ist nur für eine Belegschaft von sechshundert Mann gedacht. Wir sind aber 2000. So muss also über die Hälfte in halbfertigen Baracken ohne Türen und Fenster schlafen. Der Boden ist gestampfter Lehm, weil Holzboden in Russland besteuert wird, wie ich einmal gehört habe. Dort liegen wir, einer neben dem anderen, ohne Stroh oder sonstiger Unterlage. Die besseren Baracken sind für die Kranken und Schwachen bestimmt.

Täglich bekommen wir dreimal Suppe und dazu jeweils zweihundert Gramm Brot. Das Brot wird immer für einige Mann geholt, die es dann unter sich teilen. Das ist eine Kunst für sich, weil keiner ein Messer haben darf und eine Waage nicht haben kann. Trotzdem haben doch noch einige ein Messer, und damit wird das Brot in gleiche Teile geschnitten, so gut es eben geht. Bei einem Stück muss etwas weg, bei dem anderen dazu. Jeder der Gruppe achtet genau drauf, dass nicht beschissen wird. Bei der Verteilung muss sich einer umdrehen, der dann die Einzelnen beim Namen nennt, die dann jeweils ihre Portion in Empfang nehmen.

Die zehn Tage sind bald um, und wir müssen zur Arbeit gehen. Schon bei Dunkelheit werden wir geweckt, und trotzdem findet jeder seine Klamotten mit einer Sicherheit, die fast an einen Blinden erinnert. Anziehen und Suppe fassen wäre nicht schlimm, aber Brot teilen. Die ersten Diebstähle kommen vor, und ehemalige Freunde verprügeln und verfeinden sich. Beim Gongzeichen müssen wir am Lagertor antreten, wo wir gezählt werden, dann kommen die Posten und führen uns an den Arbeitsplatz. Vorerst geht es, niemand treibt uns an und wir zotteln eben den ganzen Tag so dahin. Mittags wird ins Lager gegangen. Am Nachmittag noch einmal ein paar Stunden raus, dann ist wieder ein Tag totgeschlagen. Aber schon bald wird uns vorgeschrieben, wieviel wir zu arbeiten haben. Überall sind Zivilisten aufgestellt, die unsere Arbeit überwachen und berechnen. Wir sind in Arbeitsbrigaden eingeteilt, und von jeder Brigade wird eine hundertprozentige Arbeitsleistung verlangt.

Die Russen haben dazu ein Buch, in dem genau angegeben ist, wieviel ein Mann Erde bewegen, Steine tragen, Sand sieben, Schienen verlegen, Holz sägen, Bretter stapeln und so weiter muss, um die Norm von einhundert Prozent zu erreichen. Es gibt keinen Beruf und keine Arbeit, die nicht genormt ist. Jede Tätigkeit, und sei sie noch so gering, findet im Normbuch ihre Erwähnung. Dabei wird noch ein Unterschied gemacht, mit welchem Werkzeug gearbeitet wurde, ob gut oder schlecht, und welcher Kategorie die Arbeiten angehören. Ein Zweier bekam schon zwanzig Prozent, bevor er überhaupt anfing, ein Dreier dreißig Prozent, ein Einser dagegen musste seine einhundert Prozent vollmachen, wenn er konnte. Vorerst gelingt es keinem. Die meisten Brigaden bringen nur dreißig bis vierzig Prozent zusammen. Nur die Ungarn sind tüchtig. Dafür sorgt schon der Kommandant. Wenn eine hundertprozentige Leistung erzielt wird, gibt es das sogenannte Normbrot. Es wird abends zusätzlich ausgegeben und macht je nach Leistung einhundert bis zweihundert Gramm aus. Zu dieser Vergünstigung kommt bis jetzt noch keiner von uns und wir sehen mit Neid auf die Ungarn, die abends die riesigen Brotportionen empfangen, obwohl sie sich bei der Arbeit auch nicht überanstrengen, denn oft sehen wir sie in Gruppen zusammenstehen und rauchen. Es muss also einen anderen Grund haben. Bald kommen wir darauf, dass mit ehrlicher Arbeit nicht viel zu verdienen ist. Wir machen es also wie die Ungarn und verlegen uns aufs Schwindeln.

Am Abend, wenn die Arbeit zu Ende war, kommen die »Normweiber«. Das sind die, die unsere Arbeit nachmessen, schauen, wie weit wir gekommen sind. Dann stecken sie Pflöcke am Ende unserer Arbeitsstätte in die Erde. Am anderen Tag geht es bei den Pflöcken wieder weiter, um am Abend erneut gemessen zu werden. Deshalb werden die Pflöcke ab sofort von uns gleich am Morgen um einige Meter zurückgesteckt. Die Prozente schnellen daraufhin ruckartig in die Höhe, und wir sind bald so tüchtig wie die Ungarn, was den Kommandant wieder maßlos ärgert und ihn veranlasst, uns verstärkt auf die Finger zu schauen.

Die Majore spielten hier im Lager die erste Geige, und in Küche, Brotmagazin, Bad, Wäscherei und Entlausung sind Ungarn angestellt. Schon als wir gekommen sind, haben die Polizisten getan, als ob sie die Herren wären. Beim Baden und Entlausen müssen wir immer zurückstehen, wenn sie kommen.

In der Küche arbeitet ein dicker, ekelhafter Kerl. Ein Ungar kommt zu mir und sagt, ich soll abends zum Küchenbullen kommen. Ich weiß schon, was er will. Ich habe eine schwere Panzerjacke, die hat es ihm angetan. Ich gehe hin, und er gibt mir gleich einen Schlag Suppe, dann handeln wir. Der Knabe ist an der Quelle, dementsprechend ist meine Forderung. Nach einigem Hin und Her sind wir einig und für Tabak und Essen tauschen wir die Jacken, ich bekomme seine ungarische, er meine deutsche. Ludwig erkennt mich fast nicht, als ich komme, denn der Rock ist mir viel zu groß. Am anderen Tag sehen wir den Küchenchef mit meinem Hemd. Es ist ihm viel zu klein, und ich meine, alle Augenblicke müssten die Nähte platzen. Aber das ist mir letztendlich egal, Hauptsache wir haben bei dem Tauschgeschäft gut abgeschnitten. Fast eine Woche reicht der Tabak, dann verkauft Ludwig seinen Rasierapparat. So schlagen wir uns durch.

Jeder neue Tag ist ein Kampf um eine Krume Tabak oder einen zusätzlichen Löffel Suppe. Das Essen wird in großen Fässern im Freien ausgegeben. Wenn es zu Ende ist, dann rennen viele an die Fässer und kratzen mit den Löffeln die letzten Reste zusammen. Manchmal streiten sie um die Plätze, dann kommen die Ungarn und schlagen mit den Stöcken auf die Männer. Wenn ich vom Essen nicht satt werde, dann werde ich es vom Kratzen auch nicht, und für die paar Löffel Suppe möchte ich keine Prügel bekommen. Aber es gibt immer wieder welche, die sich nicht beherrschen können. Einmal habe ich sogar gesehen, wie ein Landser sein Essen gekotzt hat. Es war noch nicht richtig am Boden, da haben sich schon zwei mit ihren Löffeln darauf gestürzt und es wieder aufgegessen. Ein grauenvoller Anblick, Menschen am Rande der Existenz.

Seit einigen Tagen haben wir Schnee, und es ist kalt. Wir liegen immer noch in der offenen Baracke und frieren bei Nacht furchtbar. Deshalb haben wir uns wildes Wermutkraut als Schlafunterlage besorgt, aber es staubt und kratzt überall am Körper. Trotzdem ist das immer noch besser als der blanke Boden. Viele werden durch die Kälte krank und die Sterberate nimmt zu. Die meisten sterben an der Ruhr, dann liegen sie nackt und abgemagert bis auf die Knochen in der Todeskammer, bis sie eingegraben werden. Viele sind selber schuld, weil sie alles essen, was sie erwischen können. Manche sind wie Kühe, sogar Gras oder Brennnesseln essen sie in rauen Mengen. Das Brot ist jetzt öfter gefroren und tut ein Übriges. Auch Ludwig ist krank und kommt ins Lazarett. Das Gerücht geht um, dass die Kranken nach Hause dürfen.

Nach einigen Tagen kommt eine Ärztin, die, wie sie sagt, einen Transport zusammenstellt. Diese Ärztin ist angeblich eine Jüdin mit den Namen Kaufmann, spricht perfekt Deutsch und hat in Heidelberg studiert. Sie ist oft als rettender Engel erschienen, und viele von uns verdanken ihr ihre Gesundheit, wenn nicht sogar ihr Leben. Meistens kommt sie mit einem alten Lastwagen russischen Fabrikats angefahren, von dem man sagt, dass keine Schraube fest angezogen sein darf, weil er sonst nicht funktioniert, und besichtigt das Lager. Klein, blond und lebhaft, in der Uniform eines russischen Offiziers, geht sie in Begleitung eines deutschen Arztes, der das Lazarett betreut, durch das Lager, und kein Winkel ist vor ihr sicher. Nach ein paar Tagen darf tatsächlich ein Teil der Kranken weg. Ludwig ist auch dabei, und ich wünsche ihm eine baldige Heimkehr, trage ihm Grüße an meine Lieben auf, weil ich glaube, dass er nach Hause kommt.

Der russische Kommandant kann Fräulein Kaufmann nicht leiden, weil sie ihm häufig widerspricht. In der Frühe steht sie am Lagertor und schaut, ob jeder Landser Handschuhe anhat, denn wir haben schon lange November. Wer keine hat, muss wieder zurück in die Baracke. Der Kommandant flucht, aber in Russland ist ein Arzt mehr als ein Offizier und dieser hat den Anordnungen eines Arztes Folge zu leisten.

Kaum ist sie weg, lässt der Kommandant die Leute aus den Unterkünften holen und zur Arbeit treiben. Seit Ludwig weg ist, bin ich mit Bruder Theo beisammen. Zur Zeit müssen wir mit den Loren die vom Bagger ausgeworfene Erde in eine dreihundert Meter entfernte Senke fahren. Die Arbeit ist mühselig, die Erde schon gefroren und die kleinen Loren sind schwer zu schieben, sie fassen rund eineinhalb Kubikmeter. Trotzdem dauert es lange, bis sie immer wieder voll sind. Der Russe, der uns kontrolliert, hat einmal gesagt, es wären Frauenloren. Ich habe noch nirgends Frauen bei Erdarbeiten gesehen. So etwas gibt es nur in Russland, wo man für Frauen sogar Loren nach Maß baut. Bei jeder Fahrt müssen wir an der ersten Lore einen Strich machen. Abends kommt dann ein Russe, zählt die Striche und rechnet die Prozente aus. Er hat bald herausgefunden, dass es immer mehr Striche als Fuhren sind. Nun müssen wir bei der ersten Lore einen Strich machen, wenn wir hinunter fahren und bei der letzten, wenn wir wieder nach oben fahren. Stimmen die Striche abends überein, ist der Russe beruhigt und schreibt uns die Prozente an.

So geht es nun schon wochenlang. Wir haben schon Dezember mit viel Schnee und einer starken Kälte. Das Thermometer zeigt -30° Celsius. Keiner kann sich mehr aufwärmen, wir schlagen mit den Händen, stampfen mit den Füßen und lassen die Arbeit liegen. Bei mir geht es noch, ich habe gute Schuhe und eine Winterhose, aber wenn ich mir andere ansehe, die Hose nur mehr ein Fetzen und bei den Schuhen schauen die Zehen raus.

Das ärgste Problem sind überhaupt die Schuhe, danach kommt gleich die Wäsche. Seit wir in Gefangenschaft sind, haben wir noch keine frische Wäsche bekommen, und das seit sieben Monaten. Bei warmem Wetter ist unsere Wäsche ein paarmal durch das Wasser gezogen worden, das ist alles. Wenn einer ganz schlechte Schuhe hat, darf er zu Hause bleiben. Er wird dann als »schuhkrank« geführt. Die schönste Krankheit, die es gibt. Niemals bin ich dabei. Eigentlich sollte ich froh sein.

So gehe ich nun Tag für Tag mit Theo an meine Lore und wir machen unsere Arbeit so gut es geht. Seit Schnee liegt, kommen wir mit unseren Prozenten höher, weil wir ihn unter die Erde mischen. Sehen darf es keiner, sonst ist der Teufel los. Die russischen Baggerführer haben manchmal Mitleid mit uns und schenken uns ab und zu ein wenig Tabak. Wenn einer etwas zu tauschen hat, ist es natürlich besser, aber wir sind alle arm geworden. Freien Sonntag gibt es keinen, nur alle zehn Tage bekommen wir einmal einen Tag frei.

An diesem Tag haben wir weniger Ruhe als sonst. Schon in aller Frühe werden wir hinausgetrieben zur Filzung. Stundenlang stehen wir in der Kälte, während die ungarische Polizei die Baracken durchgeht, ob nicht etwas versteckt ist. Dann kommt der Kommandant des Lagers mit dem russischen Offizier, um alle unsere Habe wieder neu aufzunehmen. Papier ist knapp, es wird deshalb auf Zeitungen geschrieben. Man muss staunen, immer wieder bleibt ein Haufen Zeug von Landsern, die irgendetwas doppelt haben, übrig. Wenn nach Stunden alle durch sind, nimmt der Russe die konfiszierten Klamotten und verteilt sie an andere Gefangene im Lager. Die Liste wird als Zigarettenpapier verwendet, und wir sind acht oder zehn Stunden umsonst im Freien gestanden und haben gefroren.

Nach dem Mittagessen ist Revierreinigen. Alles muss nass gemacht werden. Mit dem Kochgeschirr schütten wir Wasser in die Räume und kehren es notdürftig wieder zur Türe hinaus. Bis zum Abend ist der Boden wie eine Eisbahn, weil wir nicht länger heizen können. Seit einigen Wochen sind wir nach Arbeitsbrigaden in richtigen Baracken untergebracht, weil achthundert Mann weggekommen sind. Trotzdem ist es kalt in den Buden, da das Heizmaterial fehlt. Die Lagerverwaltung bringt uns keines, wir müssen uns schon selber helfen. An der Baustelle ist ein alter Stollen, der mit mächtigen Hölzern abgestützt ist.

Dieses Holz wird von uns schön langsam abmontiert, kleingeschlagen und in das Lager mitgenommen.

Wir sind dreißig Mann in der Stube, und wenn jeder nur ein Scheit Holz mitnimmt, haben wir immer eine warme Bude. Weil wir aber nicht nur dreißig Mann auf der Baustelle sind, sondern sechshundert, von denen jeder friert und wenigstens abends im Warmen sein möchte, fällt der Holzschwund bald auf, noch dazu, weil manche sogar alte Tragen und Türschwellen kleinschlagen. Wir werden deshalb bei jedem Lagereintritt auf Holz durchsucht. Im Großen und Ganzen sind die Wachmannschaften gut und zeigen Verständnis für unsere Lage. Besonders jetzt. Sie wissen genau, dass wir Holz haben, manche nehmen es uns sogar bei der Kontrolle ab und lassen uns laufen. Einige sind aber dabei, denen es eine Freude macht, uns zu schikanieren. Es ist uns immer wieder aufgefallen, dass es gerade diejenigen sind, denen schon die Dummheit an den Augen anzusehen ist, die sonst für alles zu feige sind und nun an einem wehrlosen »Plenni« ihr Gemüt kühlen.

Wir haben nun einen deutschen Kommandanten, Hauptmann Walter H. Vom frühen Morgen bis zum Abend sieht man ihn nur mit einer Gerte herumlaufen, und wenn man mit ihm spricht, stellt er sich immer abwechselnd auf den Absatz und auf die Zehen und schlägt dabei mit der Gerte an seine Schaftstiefel. Ein richtiger »Barrashengst« mit einer Stimme, die an eine Karfreitagsratsche erinnert. Der Ungar ist weg, und wir sind froh darüber. Trotzdem sind unsere ehemaligen Kampfgefährten noch immer die Oberschicht im Lager.

Das Arbeitskommando führt ein ehemaliger Rittmeister, der am Morgen dem russischen Offizier Meldung machen muss, wie viele Männer zur Arbeit gehen. Er verhält sich immer noch so wie einst in Kriegszeiten. Mich kann er überhaupt nicht leiden, weil er spürt, wie wenig ich von ihm halte.

Einmal, als wir von der Baustelle heimkommen, sollen wir singen, obwohl jeder sowieso zum Umfallen müde und hungrig ist. Dabei marschiert er neben mir her und brüllt mich an, ich soll singen. Ich sage, wenn er die Gefangenschaft so lustig findet, solle er doch allein singen. Sein Gesicht ist plötzlich krebsrot vor Wut, und er brüllt, dass er mir das Singen schon noch beibringen wird. Da läuft mir auch die Galle über, und ich schleudere ihm entgegen, dass ich für seinen idiotischen »Kriegsverlängererhaufen« wahrscheinlich zu wenig blöd gewesen bin, dass sie mich brauchen könnten. Da ist er abgehauen, aber vergessen hat er mich nicht. Nach einigen Tagen kontrolliert er mich einmal eigenhändig und nimmt mir die Holzscheite ab. Er sagt, wegen mir geht er nicht in den Bunker. Ich werde aber auch wegen ihm nicht singen.

In den nächsten Tagen sollen wir russische Winterbekleidung bekommen. Dann wird man uns von den Eingeborenen überhaupt nicht mehr unterscheiden, weil wir auch wegen der Läuse schon lange einen kahlgeschorenen Schädel haben wie die meisten Russen. Nur die Offiziere dürfen längere Haare tragen. Ob es für Offiziere bessere und kultiviertere Läuse gibt als für uns Mannschaften?

Wenn wir also Winterbekleidung bekommen, dann ist meine Wattehose überflüssig, und ich werde sie verschachern. Bei der ungarischen Wachmannschaft werde ich sie für Tabak und eine alte Tuchhose los. Die Hose ist nur noch ein Fetzen, so voll Dreck, dass es mich fast ekelt, sie anzuziehen. Wenn wir nun keine Wintersachen bekommen, bin ich schön angeschmiert. Aber sie kommen tatsächlich, und nach ein paar Tagen sind wir den Russen im Aussehen um einiges ähnlicher geworden.

Seit einigen Tagen gibt es zu Mittag zwei Gänge. Als wir gerade Essen fassen, steigt der Kommandant auf einen Erdhaufen neben der Küche und sagt: »Kameraden, ab heute gibt es doppelt Essen. Zuerst eine Suppe, dann einen anständigen Schlag Brei. Die Russen sagen dazu »Kasch« oder »Kascha«.

»Damit ihr wieder mal anständig Fett auf die Rippen bekommt!«

Wir freuen uns unglaublich und sehen uns schon wohlig grunzend ein Mittagsschläfchen halten. Aber leider wird nichts draus. Für die Suppe braucht man keinen Löffel. Man kann sie trinken wie Wasser und der Kasch besteht aus ein paar Löffel voll Brei mit Graupen oder Hirse. Wenn man Suppe und Brei zusammen gekocht hätte, wäre es das gleiche Essen gewesen wie bisher. Immer wenn wir von der Arbeit kommen, müssen wir gleich Essen fassen. Dabei versuchen immer wieder solche, die krank im Lager sind, einmal mit uns Essen zu fassen und ein zweites Mal mit den Kranken. Aber die Ungarn passen auf wie die Schießhunde und wenn sie einen erwischen, schlagen sie ihn mit Knüppeln.

Einmal beim Essenfassen sage ich zum Koch, er soll besser aufpassen und nicht so viel verschütten. Da kommt schon ein Ungar. Zum Glück sehe ich ihn aber rechtzeitig und kann zunächst davonlaufen. Er rennt mir nach und stellt mir ein Bein, sodass ich beim Hinfallen die ganze Suppe verschütte. Ich bekomme dann keine mehr. Überhaupt schikanieren sie uns, wo sie nur können, und Hauptmann Walter H. hält noch zu ihnen.

An einem Tag, als es sehr kalt ist, und wir zur Arbeit antreten sollen, stehen wir beim Gong nur so an die zwanzig Mann am Tor. Da wird Walter H. wütend und befiehlt den Ungarn, sie sollen die Leute aus den Baracken prügeln.

Das ist ein Fressen für die Kerle, die bei Kräften sind, weil sie dann doppelte Rationen bekommen. Deshalb prügeln sie unsere Kameraden heraus. Es ist grausam, dabei zusehen zu müssen. Sie schlagen auf die armen Männer ein. Viele von ihnen sind halb lahm, und ich bin heilfroh, dass ich nicht dabei bin.

Durch die fettlose Ernährung sind wir alle sehr blasenschwach. Es ist keine Seltenheit, dass wir bei Nacht acht- bis zehnmal aufstehen und auf die Latrine gehen müssen, die einhundert Meter weiter weg ist. Man bringt also auch bei Nacht einige Kilometer Fußmarsch zusammen. Wenn dabei einer erwischt wird, dass er nur vor die Baracke geht, verhauen die Ungarn ihn ohne Gnade nach Strich und Faden.

Unser Kommandant Walter H. hat auch ab und an gute Seiten. Mein Hemd ist nicht mehr nur zerrissen, sondern schon zerfetzt. Es ist nur noch ein Lumpen und ich zeige es Walter H. Sofort muss ich mitgehen in die Wäscherei, wo ich ein besseres bekomme. Ein anderer hat ihm einmal bei der Brennholzverteilung, die seit einigen Wochen stattfindet, weil bald Weihnachten ist, einen zwei Meter langen Prügel gestohlen. Walter, der zu dem Zeitpunkt weg gewesen war, fragte den Übeltäter, ob er Holz geklaut hat, und dieser bejahte. Daraufhin durfte er es behalten.

Das Holz reicht vorn und hinten nicht. Was wir für eine Woche bekommen, könnte man leicht an einem Tag verbrauchen. Dabei dürfen die Kranken auf den Stuben untertags kein Feuer machen. Unser Holzschmuggel blüht also weiter. Wir brauchen einen Vorrat, damit wir wenigstens zu Weihnachten eine warme Stube haben. Das sind unsere ersten Feiertage in Gefangenschaft.

Bis jetzt haben wir noch an jedem Tag gearbeitet, außer an jedem zehnten Tag, wo gefilzt oder gebadet wird. Das Baden ist mit einer Entlausung verbunden, und es dauert immer lange, bis wir und die Klamotten wieder sauber sind. Die »Banja«, wie die Russen sagen, besteht aus mehreren Räumen: einem zum Ausziehen, dann dem eigentlichen Bad, wo in Fässern das Wasser heiß gemacht wird, das wir abwechselnd in Eimern herbringen müssen, einem kleinen Raum, in dem die Kleider entlaust werden und aus dem Ankleideraum. Wenn es kalt ist, friert man immer abscheulich, weil man fast im Freien steht und warten muss, bis die vorherige Truppe fertig ist. Besonders, wenn man mit dem Baden zum Ende gekommen ist und wartet, da dampft jeder wie eine heiße Suppe und ist froh, wenn er die Kleider bekommt, die auf 120° Celsius erhitzt worden sind und uns wieder wärmen.

Abends nach der Arbeit müssen zumeist Kartoffeln geschält werden. Jeder kommt einmal dran. Die Kartoffeln sind beinhart gefroren und werden mit der Kreuzhacke oder mit dem Pickel, wie wir in Bayern sagen, vom Fahrzeug heruntergeschlagen, wo sie offen wie schwarze Kohlen liegen. Wenn sie dann einige Zeit im Vorraum der Küche gelagert wurden, sind sie matschig, und wir sollen sie schälen. Es ist eine Schinderei, weil sie so klein und nass sind. Oft bestehen sie zum Großteil nur aus Dreck, und wir werfen vor Wut alles auf den Abfallhaufen. Unsere Suppen sind demgemäß sehr dünn und süßlich.

Einmal ist es besonders kalt, das Thermometer zeigt -35° Celsius. Wir wissen, dass wir ab -32° Celsius dem Papier nach nicht mehr arbeiten brauchen. Unser Kommandant weiß davon anscheinend nichts. Stampfend und händeschlagend stehen wir am Tor und warten auf die Posten oder auf ein Wunder in Form von Fräulein Kaufmann. Was sechshundert frierende, unterernährte Landser wünschen, tut seine Wirkung. Fräulein Kaufmann kommt in dem Moment, als wir zur Arbeit abrücken. Ohne Kommando bleiben wir stehen, weil wir wissen, was kommt. Zuerst wird der russische Kommandant klein gemacht – einige Wochen später wird er abgesetzt. Dann gehen wir wieder in die Baracken zurück und warten, bis die Sonne höher steht und es wärmer wird. Ich bin froh darüber, denn vor ein paar Tagen wäre ich beinahe erfroren, weil es genauso kalt war und noch dazu ein starker Schneesturm wütete.

Man konnte die Augen nicht offenhalten und die Schneekristalle, die das Gesicht trafen, stachen wie Nadeln. An Arbeit war nicht zu denken, und alle waren in Deckung oder in die Bauhütte gegangen. Ich wollte nur unser Werkzeug verstecken, wie jeden Tag nach der Arbeit, weil gutes Werkzeug immer wieder verschwindet. Der Wind war so stark, dass ich fast nicht dagegen ankam. Das Gesicht brannte, die Augen klebten zu, und ich war extrem müde und setzte mich hin. Schon nach wenigen Minuten waren meine Knie zugeweht, mir wurde schön warm und ich blieb sitzen. Keiner hatte mein Fehlen bemerkt, nur mein Arbeitskamerad Theo. Als ich nicht zurückkam, suchte er mich und fand mich im Schnee sitzen. Ich wollte gar nicht mitgehen, aber Theo ließ nicht locker und zerrte mich in die Bauhütte, sonst wäre ich wohl erfroren.

Heiliger Abend 1945

Das ist das traurigste Weihnachten, seit ich denken kann. Was werden wohl meine Lieben zu Hause machen? Viel werden sie auch nicht haben. Aber es gibt bestimmt einen Weihnachtsbaum mit Lametta und Kerzen. Und sie haben einen Kuchen, den sie schon wochenlang von den Marken abgespart haben. Bestimmt werden sie von mir sprechen.

Was haben wir hier in Russland? Die immer gleiche dünne Suppe mit etwas Kraut und Mehl, das gleiche nasse Brot und die gleichen Bretterwände, papierverklebte Fenster und die Holzklappe ohne Strohsack, mehr eine Folterkammer oder Hungerburg. Jeder Mann bekommt heute fünfundzwanzig Gramm Tabak und für zehn Tage Zucker, pro Tag siebzehn Gramm. Alles Dinge, die uns schon lange zustehen und um die wir schon monatelang betrogen worden sind. Trotzdem sind wir froh, dass wir sie gerade heute bekommen. Etwas Weihnachtliches ist im Lager nicht zu finden. Kein Baum, nicht einmal ein Tannenzweig ist in irgendeiner Stube. Die Leute sind bedrückt und hängen ihren Gedanken nach. Viele schleichen sich zum Abfallhaufen, wo die zermatschten Kartoffeln liegen, und suchen nach einigermaßen guten Erdäpfeln, um wenigstens heute den Bauch zu füllen. Auch Theo und ich sind dabei. Die Kartoffeln werden in eine leere Konservendose mit Löchern gelegt und dann in das Feuer gestellt, bis sie gar sind. Es ist unser Weihnachtsgebäck. Pater Theo spricht noch ein paar passende Worte zum heutigen Abend, dann wird wieder geschlafen, um für morgen frisch zu sein. Geschlafen wird immer, so lange es geht, damit wir wenigstens einen kleinen Ersatz für das mangelnde Essen haben.

Um es nicht zu vergessen, mir hat das Christkind doch etwas gebracht. Einen Strohsack. Es klingt wie ein Witz, aber für uns ist es eine Gottesgabe. Mein Rücken ist verletzt, und man hat mir zu Weihnachten einen Strohsack gegeben. Zu dritt liegen wir nun darauf, weil wir ihn quergelegt haben, damit wenigstens der Oberkörper eine Unterlage hat.

Morgen müssen wir wieder arbeiten. Der Russe nimmt auf unsere Feiertage keine Rücksicht. Als sie den Tag der Oktoberrevolution feiern, gehen wir drei Tage nicht zur Arbeit. Die »Iwans« werden nicht mehr nüchtern und wir haben nichts zu essen, weil der Kommandant den Magazinschlüssel mitgenommen hat. Die Zusammenarbeit zwischen deutschen und russischen Kommandanten und Lagerverwaltungen ist im ersten Jahr besonders schlecht. Vermutlich, weil wir immer noch als Feinde und Barbaren angesehen werden.

Nun haben wir einen neuen russischen Kommandanten. Es ist ein Asiate mit Schlitzaugen, einer gelbbraunen Haut, ungewöhnlich groß und eine elegante Erscheinung. Sein Benehmen uns gegenüber ist musterhaft. Es wird nicht gebrüllt oder geschlagen, alles geht mit einer Ruhe vor sich, wie es eben nur solche Menschen in sich haben. Wir wünschen uns, dass wir ihn recht lange behalten dürfen.

Rittmeister W., unser Arbeitskommandoführer und mein spezieller Freund, ist über die Feiertage im Bunker, also im Gefängnis gewesen. Angeblich, weil wir zu viel Holz geklaut haben. Nun tut er mir doch wieder leid und als er uns wieder zur Arbeit führt, kommt er zu mir und sagt, dass er auch für mich eingesperrt war.

Das ist ja nun ein Blödsinn, und ich sage es ihm auch, denn in der Offiziersbaracke hat der Kamin genauso gequalmt wie bei uns. Heute Morgen ist klares Wetter, und ein Posten macht uns auf den »Elbrus« aufmerksam. Der höchste Berg des Kaukasus. Wir sind fast vierhundert Kilometer davon weg. Wenn ich dort sein könnte, wäre mir viel wohler. Die Berge, die wir gewohnt sind, fehlen uns. Hier ist alles eben. Die einzigen Erhebungen sind die Dreckhaufen, die die Bagger gemacht haben. Manchmal bekomme ich richtig Heimweh. Jeden Tag schaue ich, ob ich die Berge des Kaukasus sehe und wünsche mir, dass ich dort sein könnte.

Seit einigen Tagen habe ich Durchfall, der sich wie Ruhr anfühlt, und bin ins Lazarett gebracht worden. Es ist kalt hier. Wir liegen den ganzen Tag, außer beim Essen, mit den Decken über dem Kopf in der »Klappe«, weil man sich sonst nicht wärmen kann. Der »Sani« tut, was in seinen Kräften steht, und auch der Arzt gibt sich alle Mühe, aber wenn sie auch vieles fertigbringen, zu einer warmen Stube reicht es doch nicht. Holz wird hier anscheinend mit Gold aufgewogen. Ein gesunder »Plenni« soll pro Tag fünf Gramm Tabak bekommen. Ein Kranker, wie ich momentan, der nach Anschauung unserer Ärzte überhaupt nicht rauchen soll, bekommt zehn Gramm. Warum? Das wissen die Götter. Wir machen jedenfalls herzhaft davon Gebrauch und qualmen den ganzen Tag. Neben mir liegt ein Kamerad von Frankfurt mit einer Pfeife, denn Papier gibt es nicht, diese wird den ganzen Tag nicht kalt. Unsere Genesung verzögert sich dementsprechend, was uns nur lieb und recht sein kann. Solange es so kalt ist, will keiner von hier weg. Es gibt sogar Kameraden, die auf nüchternen Magen rauchen und dann kaltes Wasser darauf trinken, um noch ein paar ruhige Tage zu verbringen. Fast vierzehn Tage dauert es bei mir, dann gehe ich wieder an die Arbeit.

Nach einigen Tagen kommt eine Kommission von Ärzten, allen voran unser Fräulein Kaufmann, die das ganze Lager auf den Gesundheitszustand überprüft. So etwas hat noch keiner von uns erlebt, und wir alle können nur noch den Kopf schütteln, obwohl an der Art der Untersuchung doch durchaus Positives dran ist. Es geht zu wie bei der Musterung. Der Oberkörper muss frei gemacht werden und die Hose in der Hand gehalten. Die russischen Doktoren sitzen im Halbkreis auf Stühlen, und in diesen Kreis muss jeder von uns einzeln treten. Er wird betrachtet und abgetastet wie ein Stück Vieh, das zum Metzger kommt, dann muss man sich umdrehen und die Hose fallen lassen. Splitternackt steht man nun da, und nun werden die Gesäßbacken untersucht. Einer nach dem anderen zwickt hinein, hält sie in der Hand, prüft das Gewicht und tätschelt daran herum, bis sie sich einig sind. Bei dem einem geht es schneller, bei einem anderen wieder langsamer. Uns erscheint das Getue sinnlos, doch haben wir im Laufe der Zeit die Richtigkeit dieser Untersuchung anerkennen müssen. Der Russe sieht in dem Gesäß die letzten Fett- und Kraftreserven des Menschen. Je kleiner, schlapper und leichter so ein Ding ist, umso schlechter ist es um seine Kraft gestellt. Tatsächlich haben wir manche Kameraden gesehen, denen der Arsch direkt in Falten heruntergehangen ist. Natürlich kann man dabei nicht feststellen, ob einer lungenkrank oder herzschwach ist, sondern es ist eine reine Untersuchung, die nur den Körper und seine noch vorhandenen Kräfte betrifft. Bei mir können sie sich auch nicht einigen, bis Fräulein Kaufmann den Ausschlag gibt und mich zum Dreier stempelt. Nun bin ich also um eine Note nach unten gerückt und brauche nicht mehr auf die Baustelle, sondern werde zu Arbeiten im Lager herangezogen und das nur für vier Stunden am Tag. Normbrot fällt natürlich weg.

Der erste freie Nachmittag wird mit Schlafen ausgefüllt. Am anderen Tag muss ich in eine andere Baracke, in der lauter Dreier untergebracht sind. Zum Glück sind hier überall Strohsäcke. Eingewöhnt ist man bald, es gibt hier noch gute Kameraden. Am anderen Morgen, als das Arbeitskommando weg ist, kommt Hauptmann Walter H., holt uns aus den Baracken und lässt uns antreten. Dann schreitet er die Reihe ab, immer mit seinem Stöckchen die Stiefel schlagend, und holt viele von uns raus, die sich dann auf die andere Seite mit dem Gesicht zu uns stellen müssen. Ich bin auch dabei, traue aber dem Frieden nicht, und als mir Walter H. den Rücken zuwendet, schlüpfe ich wieder auf meinen alten Platz zurück. Als er fertig ist, sagt er zu uns: »Da, seht sie euch an, das sind deutsche Schweine!«

Momentan weiß keiner, was los ist und warum wir Schweine sein sollen. Einer schaut den anderen an, ob der vielleicht etwas ahnt, bis von unserem Kommandanten Walter H. die Lösung kommt:

»Ihr Schweine seid nicht rasiert.«

Es ist eine bodenlose Gemeinheit, wegen einer solchen Kleinigkeit seine eigenen Landsleute als »Schweine« zu bezeichnen.

Im Kriege sind ihm diese angeblichen Schweine recht gewesen, um jeden seiner Befehle in die Tat umzusetzen. Wie wird er da seine Feinde, die Russen, tituliert haben und jetzt weiß er vor lauter Arschkriechen dem Russen gegenüber nicht mehr, was er uns antun soll. Ein feiner Charakter. Wir können nichts sagen und lassen alles stumm über uns ergehen, denn jeder hat Angst, die Gerte aufs Maul zu kriegen.

Den ganzen Tag habe ich nichts zu tun. Ich gehe bei schönem Wetter im Lager spazieren, schaue den Posten auf den Wachtürmen zu, rieche in der Küche, was gekocht wird. Manchmal bekomme ich etwas zu tun, dann fällt immer ein bisschen was ab, und außerdem gehe ich fleißig zum Rasieren, um den Zorn der Götter nicht herauszufordern. Langsam wird mir langweilig, weil einfach kein Zeitvertreib da ist. Wenn bei den Arbeitskommandobaracken etwas geklaut wird, sind es immer die Dreier, weil wir ja im Lager sind. Die Verdächtigungen gehen einem auf die Nerven, und ich sehe zu, dass ich eine Arbeit bekomme. Es dauert nicht lange, bis ich zu den Wasserträgern komme. Das Wasser wird außerhalb des Lagers von einem Ziehbrunnen geholt. Diese Arbeit ist auch nicht leicht, aber man weiß wenigstens, dass manchmal ein Schlag Suppe abfällt.

Auf dem Weg zum Brunnen müssen wir an einem mit Wasser gefüllten Bassin vorbei. Das Wasser dient zum Kühlen einer Dieselmaschine, ist lauwarm und immer ein wenig ölig. Wenn in der Küche das Brennzeug knapp ist, dann holen wir von hier das Wasser. Jetzt ist auch klar, warum die Suppe manchmal so eigenartig schmeckt und obendrein fett ist. Es ist schön, wenn man aus dem Lager gehen kann, ohne einen Posten hinter sich zu wissen. Wir sitzen dann am Brunnen beisammen, rauchen und reden. Manchmal fällt einem ein Eimer hinunter, und es dauert lange, bis er wieder herausgefischt ist.

Außerhalb des Lagers gibt es nur ein paar alte Hütten, die von den Baggerführern benutzt werden, außerdem eine Baracke für die Dieselmaschine mit einer Schlosserei. Mit Zivilisten, die nichts mit dem Lager zu tun haben, kommen wir nicht in Berührung. Es wird sogar erzählt, dass es sich um ein ehemaliges Straflager der Russen handelt. Ein Kumpel hat mir eine Feldflasche zum Verscheuern mitgegeben, bei der Schlosserei werde ich sie los für fünfzig Gramm Tabak. Wir machen dann

Halbe-Halbe und haben wieder für eine Woche genug Zeug zu rauchen.

Einige Male muss ich mitgehen zum Essentragen für das Schachtkommando. Wenn wir Zeit haben, sehen wir uns die unterirdischen Kanäle an, wo Turbinen eingebaut werden sollen. Hier wäre es viel besser zu arbeiten als oben, weil keiner der Witterung ausgesetzt und es immer gleichmäßig warm ist. Der Brigadeführer dieses Kommandos hat eine junge Russin als Freundin, denn hier arbeiten auch Zivilisten. Er geht bei ihnen zu Hause aus und ein und ist deshalb schon einmal im Bunker gesessen, aber er und sie lassen nicht locker. Dieser »Plenni« will auch gar nicht mehr nach Hause, weil er keine Angehörigen mehr hat. Seine Eltern sind bei einem Luftangriff ums Leben gekommen.

Unsere Bewachung besteht aus zwölf Mann, die in einem Gebäude außerhalb des Lagers untergebracht sind. Wir sagen dazu immer »Garnison«. Dorthin werde ich einmal abkommandiert, um zu putzen. Ich freue mich schon, denn ich denke, da fällt bestimmt mal etwas für mich ab, aber keine Spur. Die Suppe ist genauso knapp bemessen, wenn auch viel besser und fetter als bei uns, und das Brot wiegt der Küchenbulle auch so präzise wie im Lager ab. Nicht mal eine Krume Tabak ist zu erben. Wenn ich welchen haben würde, dann würden sie mich darum angehen.

Im Magazin ist es das Gleiche. Dort gibt es nur saure Gurken und Tomaten, eingelegtes Kraut und rote Rüben, vielleicht noch Zuckerrüben und Mehl. Der »Iwan« kennt nur die Salzkonservierung, deshalb ist das Zeug roh nicht zu essen, außer Zuckerrüben. Das Mehl wird fast hundertprozentig ausgemahlen, und wir essen es so, weil wir beim Hinausgehen immer kontrolliert werden.

Einen Löffel hat man dauernd dabei, denn man kann nie wissen.

Seit einiger Zeit bin ich Holzmacher für die Küche. Wir sind zwei Mann mit einer Säge, die schon fast keine Zähne mehr hat, und einem Beil, das zum Wegwerfen schon zu schlecht ist, denn sonst hätten wir ja keins. Trotzdem soll immer Holz da sein. Leider ist diese Betätigung nicht so gut, wie ich es mir immer vorgestellt habe. Ich bekomme eine Sehnenscheidenentzündung und soll nicht mehr arbeiten. Das will ich nun auch wieder nicht, weil es hier immer warm ist, und man in den Baracken den ganzen Tag frieren muss. Mein Kamerad bringt dem Brotmagazin Holz und bekommt dafür eine Tasche voll Brocken. Mir gibt er nichts, und dafür esse ich dann zur »Belohnung« seine Fische, die wir einmal in der Woche bekommen. Als ihm der Verlust auffällt, macht er ein Gesicht genau wie ich es gemacht habe, als er mir kein Brot gegeben hat.

Vom Jahreswechsel haben wir nichts bemerkt. Wir schreiben also nun 1946! Das einzig Gute ist, dass auch hier die Zeit vergeht. Es wird Januar und Februar, die Sonne wird wärmer, und wir stehen oft mit unseren mageren Körpern im Freien und lassen uns die Knochen aufwärmen. Fräulein Kaufmann kommt wieder zur Kommission. Nun wissen wir schon besser Bescheid, wie es vor sich geht, und am Ende dieser Arschbackenvisite bin ich wieder Zweier geworden und rücke zu Mittag schon wieder mit dem Arbeitskommando aus. Ich werde einem neuen Haufen zugeteilt, wo wir die Schwellen der Feldgleise an eine andere Stelle bringen müssen. Immer zwei Mann tragen eine Schwelle, die man sonst spielend allein trägt. Die Dinger sind so kurz, dass der hintere Mann dem vorderen immer auf die Füße steigt. Aber das ist doch besser, als die Schwellen allein zu schleppen. Mir hängt alles schon zum Halse heraus, und wenn ich schon nicht nach Hause darf, so möchte ich wenigstens einen Luftwechsel vornehmen. Einen Freund habe ich mittlerweile keinen mehr, nachdem auch mein Kamerad Theo weg ist.

Anfang April geht ein neuer Schub Gefangener fort, um ein anderes Lager zu belegen. Es werden Schreiner, Schuster, Köche und Sanitäter gesucht. Ich melde mich als Schreiner. Als Schuster kann ich mich nicht mehr bewerben, weil diesen Posten bereits ein ehemaliger Feldwebel belegt hat. Er kennt mich noch aus Tschechien, wo ich im Lager als Schuster gearbeitet habe, und wundert sich, dass ich nun auf einmal Schreiner bin. Mir ist dies aber einfach egal. Hauptsache, dass ich wegkomme. Dreimal Suppe am Tag und sechshundert Gramm Brot bekomme ich überall. Rechtzeitig erfahre ich noch, dass man jedem, der fortkommt, die Schuhe, sofern sie noch gut sind, wegnehmen will. Ich gebe meine Bergschuhe einem Kumpel mit, zu dem ich Vertrauen habe, und bekomme dafür Brot, Tabak und ein paar Schuhe. So scheußliche Dinger habe ich noch bei niemandem gesehen. Fast keine Sohle mehr und viel zu groß. Um einigermaßen im Trockenen zu sein, habe ich sie mit Stroh ausgefüllt. Als der Haufen dann abmarschbereit vor dem Tor steht, werden wir noch einmal tüchtig durchsucht. Nicht von den Russen, nein, von den Ungarn, und geleitet von Hauptmann Werner H. Der hat es gerade nötig. Während wir Kohldampf schieben, können sie in der Kommandantur immer noch Brot und Suppe in die Latrine schütten. Wie immer geht er, mit dem Stöckchen auf die Stiefelschäfte schlagend, die Reihen auf und ab. Bei mir bleibt er stehen, schaut meine Schuhe an und fragt mich, ob sie mir gehören. Ich bejahe.

»Mann, da kannst du ja nicht gehen damit«.

»Nein, nicht gut«, erwidere ich.

Bald bekomme ich ein paar bessere. Donnerwetter! Der Hauptmann war ja fast wie ein Pfadfinder: Jeden Tag eine gute Tat. Die Schuhe sind zwar auch nicht viel wert, aber sie passen wenigstens. Dann geht es ab. Mit vierzig Mann auf zwei Lastwagen fahren wir wieder einmal ins Ungewisse. Nach zwei Stunden sind wir am Ziel. Das Äußere des Lagers gleicht genau dem ersten. Der Drahtverhau, die Wachtürme an den Ecken, der Triumphbogen am Eingang und die trostlosen Baracken. Sang- und klanglos ziehen wir ein. Jeder bekommt einen Platz zugeteilt, Strohsäcke haben wir keine, weil wir sie nicht mitnehmen durften. So liegen wir wieder auf den Brettern und wissen bei Nacht nicht, wie wir uns hinlegen sollen, denn überall schmerzen die Knochen.

Unter der neuen Belegschaft ist nur ein Ungar und der ist in der Küche. Zu reden hat er nicht viel, denn der russische Kommandant ist auf die Magyaren nicht gut zu sprechen. Außerhalb des Lagers befindet sich ein einstöckiges Wohnhaus, in dem der Kommandant mit seiner Frau und seinen zwei Kindern wohnt. Ein Mädel mit fünfzehn und ein Junge mit acht oder neun Jahren.

Am anderen Tag gehen wir zur Arbeit. Es läuft genauso ab wie am Anfang unserer Leidenszeit. Kein Mensch treibt uns an, und wir verbummeln so einen Tag nach dem anderen. Doch nach acht Tagen kommt ein russischer Hauptmann, der unsere Arbeit beaufsichtigt und berechnet. Damit ist die schönere Zeit vorbei. Es ist ein Leuteschinder ersten Ranges. Immer schreit und schimpft er. Nur zwei deutsche Worte kann man von ihm hören: »Schweine« und »Hundsfott«. Aber diese Worte kommen dafür hundertmal am Tag über seine Lippen.

Gleich zu Anfang müssen wir Zement fahren und mit einer Schubkarre in einem Schuppen abladen, denn in

Russland wird Zement nur offen wie Sand transportiert. Dabei steht er hinter uns und treibt uns immer zur Eile an, obwohl wir sowieso schon im Laufschritt hin- und herrennen, und immer mit dem schweren Karren. Der Zement kommt in den Schuppen, und wenn der Haufen an einer Ecke zu hoch wird, rutscht der ganze Mist wieder wie eine kleine Staublawine nach unten. Bis zu den Knien stehen wir oft im Zement, der dann auf der Haut juckt wie ein Sack voller Läuse. Einen Wagen nach dem anderen müssen wir unterbringen, bis er unter das Dach reicht und wir nicht mehr stehen können. Auf den Zement werden Bretter gelegt, um hin- und herlaufen zu können. Wenn man danebentritt, versinkt man bis zu den Hüften, und die Kameraden haben alle Mühe, einem wieder herauszuhelfen.

Und immer der Schinder hinter uns. Kurz vor Feierabend kann man darauf wetten, dass noch ein Wagen kommt, der unbedingt abgeladen werden muss. Ist man dann fertig und geht hungrig und todmüde ins Lager, wird uns noch ein »Hundsfott« nachgeschrien.

Wenigstens ist das Essen ein wenig besser als beim vorherigen Lager. Vor allem aber habe ich nun ein ordentliches Kochgeschirr und nicht mehr so einen unappetitlichen, verrosteten Spucknapf. Den habe ich noch im vorigen Aufenthaltsheim als Holzmacher eingetauscht. Das Brot brauchen wir auch nicht mehr selbst teilen, es wird uns bei jeder Mahlzeit am Brotschalter in die Hand gegeben. Ich bin froh darüber, dann hat die Streiterei und auch die Betrügerei ein Ende.

Ein festes Kommando gibt es noch nicht, und wir werden daher jeden Tag woanders eingesetzt. Einmal müssen wir Telegrafenstangen setzen, obwohl es noch sehr kalt ist. Die ausgehobene Erde muss mit einem Stampfer rund um die Stange festgestampft werden. Das Werkzeug ist so schwer, dass die Arme schmerzen. Wir helfen uns damit, dass wir Wasser in die Löcher gießen, das dann über Nacht gefriert, was die Stangen bombenfest stehen lässt. Sogar der »Hundsfott« hat nichts mehr zu meckern. Bis jetzt haben wir noch keine Wachen. In der Frühe werden wir vom russischen Hauptmann, dem »Schinder«, zur Arbeit geführt und abends gehen wir allein ins Lager. Gerade das ist das Allerschönste am ganzen Tag. Oft brauchen wir eine Stunde, bis wir in das Lager bummeln. Mancher hat noch etwas zu verkaufen und läuft in das Mietshaus neben dem Lager, und wir warten, bis er wiederkommt.

Seit einiger Zeit sind wir wieder über einhundert Mann. Von einem anderen Lager ist Verstärkung gekommen. Mannschaften und Offiziere gehen getrennt zur Arbeit. Ich bin bei der letzten Untersuchung wieder als Dreier eingestuft worden, weil ich Wasser in den Beinen habe. Sie sehen aus wie Elefantenbeine. Das Gehen fällt schwer, und wenn man mit dem Daumen auf das Schienbein drückt, bleibt eine Mulde zurück. Auch das Gesicht ist aufgedunsen, fast könnte man glauben, ich hätte eine Mastkur hinter mir.

Jetzt habe ich den besten Posten im Lager erhalten: Putzer oder Mädchen für alles beim russischen Kommandanten. Es ist klar, dass mich viele darum beneiden, denn ich bin der einzige, der das Lager verlassen und betreten kann, ohne dass gefragt wird, woher ich komme oder wohin ich gehe. In der Frühe gehe ich in seine Wohnung und mache sie sauber, weil seine Frau in einer Bäckerei arbeitet und die Kinder in der Schule sind. Anschließend wird Brennholz hergerichtet und die Lebensmittel für das Mittag- und Abendessen geholt – nicht eingekauft, sondern unserem Magazin entnommen. Es lebt sich billig in Russland als Lagerkommandant, solange »Plenni« da sind. Beim

Reinigen der Wohnung finde ich immer ein paar Krumen Tabak und Papier, die ich in meiner Tasche verschwinden lasse.

Einmal ist die Tochter zu Hause, und ich hole ihr Wasser, denn eine Wasserleitung gibt es im Hause nicht. Dafür gibt sie mir auf Kosten von ihrem Herrn Papa ein Päckchen Tabak. Sie ist überhaupt ein freundliches und nettes Mädchen. In der Schule muss sie Deutsch lernen und mir bringt sie die ersten Brocken Russisch bei. In diesem Mietshaus kenne ich mich schon gut aus. Gleich gegenüber von meinem »Herrn« wohnt der Bürgermeister des Dorfes, das einige Kilometer weg ist. Er hat eine junge Frau, die sich schminkt, was hier eine Seltenheit ist, und ich habe ihr von einem Kumpel eine Dose Rasierpuder, wie er im Kriege üblich ist, verkauft. Sie hat die höchste Freude daran. Nur wenn der »Alte« zu Hause ist, mache ich keine Geschäfte mit ihr, denn der wirft mich sonst raus.

Im Parterre wohnen drei junge Schneider, denen ich ein Frisieretui bringe, das mir auch wieder ein Kamerad gegeben hat, um ihm Rauchzeug zu verschaffen. Ich bleibe oft lange bei ihnen, auch wenn ich nichts anzubieten habe, und wir unterhalten uns immer prächtig. Eine Wohnung ist noch leer, dahinein soll unser Lagerarzt kommen, der in den nächsten Tagen erwartet wird. Alle Zivilisten, mit denen ich bis jetzt in Berührung gekommen bin, sind freundlich und nett zu mir.

Ostern 1946

Fast ein Jahr sind wir nun schon in Gefangenschaft, und es ist Ostern. Wenn man zurückschaut, kann man es gar nicht glauben, so schnell ist die Zeit vergangen. Auch das Osterfest hält für uns eine Überraschung bereit. Wir bekommen Karten zum Schreiben. Endlich können wir mit unseren Lieben zu Hause in Verbindung treten. Endlich werden sie wissen, was mit uns los ist und wie es uns geht. Von nun an sollen wir alle Monate einmal schreiben dürfen. Wenn auch keiner in der Karte genau sagen kann, was ihn am meisten bewegt, weil sie durch die Zensur geht, so wird uns doch das Leben um vieles leichter, und fast alle machen davon Gebrauch.

Die halbe Nacht sitzen wir im Speiseraum – so was gibt es hier auch – und warten, bis wir drankommen, weil die Nachrichten von einem einzigen Mann geschrieben werden und im ganzen Lager nur ein Federhalter zu haben ist. Jeder ist aufgeregt und nervös und will dem Schreiber Dinge diktieren, die er gar nicht schreiben darf, wie den Ort des Lagers, die Art der Arbeit, oder er will so viel geschrieben haben, dass es auf keine zehn Karten passen würde. Im Stall geht es zu wie in einer Herde schnatternder Gänse. Zum Glück haben wir hier schon elektrisches Licht. Es geht zwar oft für eine halbe Stunde aus, aber was macht das schon.

Nicht alle nehmen das Angebot an, Karten zu verschicken. Manche halten es für verschwendete Zeit, die halbe Nacht herumzustehen statt zu schlafen, die Karte würde ja doch nicht zu Hause ankommen. Damit führen uns die

»Iwans« bloß an der Nase herum. Es sei doch nur wieder so ein Manöver wie die baldige Heimkehr, von der sie schon wieder sprechen. Andere meinen, dass sie die Gefangenschaft doch nicht überleben werden und warum jetzt nach einem Jahr die Angehörigen mit einer Karte in Aufregung versetzen, wo sie sich schon an den Zustand der Ungewissheit gewöhnt haben.

Dass ich die Gefangenschaft nicht überstehen könnte, daran habe ich noch keine Minute gedacht. Das gibt es nicht, dafür lebe ich viel zu gerne. Sogar singen tue ich wieder. Nun ja, mir geht es ja auch den Umständen entsprechend nicht schlecht, ich habe zu rauchen und manchmal noch nebenbei etwas zu futtern.

Die Frau des Kommandanten ist längere Zeit in Deutschland gewesen. Am Ostersonntag, als ich in ihre Wohnung gehe, um Brennholz zu machen, empfängt sie mich mit einem Stück Weißbrot und zwei gefärbten Eiern und wünscht mir fröhliche Ostern. Ich kann vor Überraschung nicht sprechen.

Sie erzählt mir, wie es ihr in Deutschland ergangen sei, dass sie um die Bräuche an den Feiertagen wisse und dass wir bald heimkommen würden. Gerade diese Frau entspricht ganz dem Typ der russischen »Mamka«. Gutherzig und freigebig bis zum Letzten. Im Allgemeinen ist der Russe ein gutmütiger Mensch, doch sagt man nicht zu Unrecht, dass in ihm zwei Seelen wohnen. Die eine gutmütig, die andere grausam. Solange sie unter der großen Schar der Arbeitenden sind, ist mit ihnen gut zu fahren. Wenn sie aber etwas Höheres sind und ihr Verdienst von ihren Untergebenen abhängt, dann werden sie zu erbarmungslosen Antreibern. Noch schlimmer aber, wenn sie erst eine Uniform anhaben. Manchmal habe ich überhaupt das Gefühl, dass eine politische Uniform den Charakter verdirbt. Nicht nur in Russland. Auch bei uns in Deutschland haben wir in dieser Hinsicht einige Beispiele.

Endlich kommt der russische Arzt. Am Abend muss das ganze Lager antreten zur Begrüßung. Zum Schluss wünscht er sich ein Lied, weil er die deutschen Landser so gerne singen hört. Die Neuen, die erst angekommen sind, singen ihm dann ein Spottlied auf die Gefangenschaft, in dem gesagt wird, dass wir viel arbeiten müssen, wenig zu essen kriegen und nicht nach Hause dürfen. Es hat dieselbe Melodie wie der Schlager »Rosamunde«:

»Rabatt!, Rabatti und immer nur Rabatti
den ganzen Tag Rabatti, Rabatti, Rabatti,
Prozente, Prozente, dann gibt es Suplimente
und immer nur Prozente, Suplimente gibt es nie.
Immer pistre und auch dawei
Woima»Plenni« nicht bonne mai
Kapusta Suppe wird es geb'n
Der Grupe Kasch geht scho daneb'n
Woima»Plenni« denk immer skora damoi
Woima»Plenni« denk immer, bald wirst du frei
Woima»Plenni«, einmal lacht dir auch das Glück
und du kommst dann in die Heimat
und in eine bessere Zeit zurück.«

»Rabatti« heißt Arbeiten, »Suplimente« ist das Normbrot, »pistre« und »dawei« bedeuten »schnell« und »los«. »Woima« ist Krieg, »Plenni« ist Gefangener, also Kriegsgefangener, »Kapusta« ist Kraut und »Grupe« heißt Graupen. »Skora« bedeutet »bald« und »damoi« nach Hause »Net bonne mai«, die meist gebrauchte Redewendung bei uns, heißt: »nicht verstehen«.

Wir brauchen vor dem Arzt nicht mehr singen, geben aber dieses Lied aus freien Stücken noch oft zum Besten, zu unserer eigenen Freude und zum Ärger der russischen Aufseher. Wenn Rittmeister W. mich sehen würde, mit welchem Eifer ich dem Gesang nachgehe, er hätte eine Freude.

Seit heute Nacht stehen neben unserem Lager mehrere große Zelte, die mit männlichen und weiblichen Zivilisten belegt sind. Morgens, als wir aufstehen, sind wir erstaunt, dass wir auf einmal Nachbarn bekommen haben. Selbstverständlich nehmen wir sofort Fühlung mit diesen Leuten auf und erfahren, dass sie Strafgefangene sind, weil sie in Deutschland gearbeitet haben. Alle sprechen ein wenig Deutsch, und von nun an wird abends durch den Zaun noch stundenlang mit den Russen geplaudert, denn jeder will wissen, wie es bei uns zu Hause aussieht, und wenn man Glück hat, kann doch einer dabei sein, der sogar Bescheid weiß. Sie müssen genauso zur Arbeit gehen wie wir, aber weh tun sie sich dabei nicht. Bei ihnen gibt es immer etwas zu lachen und zu reden.

Aus irgendeinem Grund soll ich mit einem Kameraden den Ziehbrunnen, der außerhalb des Lagers ist, ausschöpfen. Der »Hundsfott« ist auf die Idee gekommen. Stundenlang ziehen wir einen Kübel nach dem anderen nach oben und schütten ihn aus, aber das Wasser wird nicht weniger. Ein paarmal kommen Russenmädels vom Zeltlager und holen für ihre Küche Wasser. Sie sind sehr nett zu uns und mir tun sie leid, weil sie nicht wissen, was man mit ihnen vorhat. Die Mädels sind guter Dinge und machen sich keine Sorgen. Als es dunkel wird, schöpfen wir immer noch, und der Brunnen wird nicht leer. Im Lager wird schon Essen gefasst, und wir wollen abhauen. Da kommt der Schinder und tobt und schreit, dass wir nur zum Fressen taugen, aber nicht zum Arbeiten. Der Brunnen muss leer werden, und wenn er die ganze Nacht bei uns stehenbleibt. Jeder von uns hat Kohldampf, und bei der nächsten Gelegenheit türmen wir ins Lager. Er will uns schon holen, aber der Lagerkommandant erlaubt es ihm nicht.

Die Kameradschaft unter uns ist auch besser geworden. Durch das Essen oder die Hoffnung auf ein paar Zeilen von zu Hause oder weil wir uns schon langsam an den Zustand gewöhnt haben. Es kommen immer noch Diebstähle vor, aber selten. Der Lagerarzt ist außerdem sehr um unser Essen besorgt. Freilich sind die Suppen dünn und ohne Geschmack, denn es gibt keine Zwiebel, kein Grünzeug und kein Gewürz, nur Salz und auch nur Steinsalz. Pro Mann fünf Gramm Fett am Tag und dreißig Gramm Fleisch mit Knochen. Die Ernährung ist eigentlich immer einseitig und jahreszeitbedingt. Im Winter gibt es nur Kartoffeln, Kraut, Zuckerrüben und Essiggurken. Im Sommer Graupen, Hirse, Hafer und Mais. Die Sommerprodukte sind natürlich ausgiebiger, und jeder ist froh, wenn keine Kartoffeln und Kraut mehr im Magazin sind. Vorerst haben wir immer noch Winterprodukte, obwohl schon April ist.

Unser Lagerarzt stellt ein sogenanntes Vitaminkommando auf. Es besteht aus zehn Mann, die fast jeden Tag mit den Russen weggehen und Brennnesseln, Gartenmelde, wilden Knoblauch und noch mehr essbares Grünzeug holen. Die Russen kennen fast jede Pflanze. Dreißig Prozent der eingebrachten Vitamine werden uns von den Lebensmitteln abgezogen. Wenn also ein Zentner gebracht wird, dann zieht man uns dreißig Pfund Kartoffeln oder Kraut ab. Russland hat nichts zu verschenken. Trotzdem sind wir froh, besonders um den Knoblauch, denn damit bekommt die Suppe ein wenig Geschmack. Manchmal werden sogar Trockenzwiebeln zugeteilt, aber in der Suppe finden wir nie welche. Nur an den Papiersäcken, die danach riechen, merken wir es, weil daraus Zigaretten gedreht werden. Sie erhalten wegen des Geschmacks den Namen »Vitamin-Zigaretten«.

Am Schönsten ist es immer, wenn es Zucker gibt. Für zehn Tage einhundertsiebzig Gramm. Da sitzen wir dann auf unseren Klappen und essen Zuckerbrot.

Fast jeder hat ein Brotbrett auf den Knien, damit ja keine Krume verlorengeht. Das Stück Brot wird in Würfel geschnitten, und überall kommt Zucker drauf. Andächtig und fast in sich gekehrt sitzt jeder da, geredet wird nichts, und nur das Mahlen der Zähne ist zu hören. Manche sind dabei, die mit dem Kauen nicht fertig werden, denen der süße Brei im Munde leidtut, wenn er hinuntergeschluckt wird. Mäuse können sich bei uns nicht halten, denn keine Krume Brot, kein Stäubchen Zucker fällt zu Boden. Das Kochgeschirr wird derart sauber geleckt, dass es das Ausspülen nicht wert ist. Die armen Tiere würden bei uns den Hungertod sterben. Einer ist dabei, der sich seinen Futternapf aus einigen Würstchendosen zusammengesetzt hat. Es sieht aus wie ein kleines Ofenrohr, ungefähr dreißig Zentimeter lang. Der Koch muss immer zielen, wenn er die Suppe ausgibt, damit nichts daneben geht. Sein Löffel ist natürlich zu kurz und er hat einen Stock daran gebunden, damit er bis auf den Boden kommt. Wenn er mit dem Essen fertig ist, hebt er das Rohr immer ein paarmal ans Licht, ob er nicht eine Graupe oder eine Bohne übersehen hat. Unser Hunger ist nun schon chronisch, und ich kann mir nicht denken, dass wir mit irgendetwas sattzukriegen wären. Trotzdem werden immer wieder Brotrationen gegen Zucker getauscht.

Bei mir hat es damit keine Not, denn ich habe immer noch meinen Posten als Mädchen für alles. Mit einem Lastwagen muss ich mitfahren zum Holzaufladen für die Küche. Der Wald ist an die dreißig Kilometer vom Lager entfernt. Ich setze mich auf einen Benzinkanister und wir fahren los. Schon nach ein paar Kilometern merke ich ein Brennen und Jucken am Hintern und ich bekomme riesige Blasen, die nicht wehtun, aber doch unangenehm sind.

Nach einer guten Stunde sind wir am Ziel. Die »Iwans« haben Zeit. Bei ihnen pressiert es nicht, und ich als »Plenni« möchte ihnen nicht vorgreifen. Schön langsam laden wir auf und ich rechne mir aus, dass ich zu Mittag wieder im Lager bin. Aber mit der Zeit komme ich doch dahinter, dass die Russen das Holz gar nicht in unser Lager fahren sollen, sondern erst mal für sich einen Wagen aufladen, den sie dann untereinander verteilen wollen. Mir ist es egal, ich lege mich solange hin und schlafe. Der Kohldampf weckt mich bald, aber noch ist kein Auto zu sehen. Dunkle, schwere Wetterwolken hängen am Himmel, und es sieht nach Regen aus. Urplötzlich beginnt es wolkenbruchartig zu regnen, und wir laufen zu der einzigen Kate, die am benachbarten Holzplatz steht und dem Wächter gehört, der nebenbei Holzleisten schnitzt. Die Hütte ist voll von Leuten, und ich als Gefangener drücke mich bescheiden in eine Ecke. Keiner kümmert sich um mich, höchstens dass einer sarkastisch fragt, wo Hitler ist. Ich zucke die Schultern und denke mir meinen Teil. Was zu essen wäre mir lieber, denn es wird langsam Abend. Die meisten Russen gehen, und jetzt warten wir nur noch zu dritt auf das Auto.

Ich schaue dem Holzschnitzer zu, wie er im Schein einer Petroleumlampe seine Leisten schnitzt. Mit einem Handbeil haut er aus einem Stück Holz die Leisten so heraus, dass er nur noch mit einem Glasscherben nachschleifen muss. Alle halbe Stunde ist eine fertig. Ein ganzer Haufen ist schon bereit, und immer noch warten wir auf das Auto. Mir wird die Sache langsam zu dumm, ich lege mich in eine Ecke auf den Boden und schlafe. Der Boden ist feucht und der Magen knurrt. Mehrere Male stehe ich auf und schaue nach dem Wagen, aber immer noch ist nichts zu sehen.

Es wird Morgen und es wird Mittag. Meine Geduld ist nun zu Ende. Ich sage dem Russen, der auch auf das Auto wartet, dass ich nun ins Lager gehen werde. Um das Lager geht es mir nicht, ich möchte von hier weg. Ich will zu Häusern kommen, in denen Menschen wohnen, wo ich um etwas Essen betteln kann. Seit über dreißig Stunden habe ich nichts mehr gegessen. Der Russe meckert zwar, aber das ist mir egal, ich haue ab. Lange brauche ich, bis die ersten Häuser näherkommen. In der Zwischenzeit suche ich in den Sträuchern längs der Straße nach Vogelnestern, trinke deren Eier aus und esse Schnecken, aber das ist dann doch nicht das, was ich mir eigentlich erträume. Beim ersten Haus klopfe ich an und werde aufgefordert einzutreten. Die Hütte wird von zwei Frauen bewohnt, die sich freuen, einen Deutschen zu sehen. Ich erzähle, wie es mir ergangen ist und bitte sie um etwas zu essen. Sie stellen mir eine Schüssel mit Suppe hin, lassen mich erst in Ruhe essen, um anschließend Fragen zu stellen. Wo ich herkomme, ob ich verheiratet bin und Kinder habe, ob wir schon schreiben durften und Antwort bekommen haben. Ich beantworte die Fragen, so gut es geht, und staune über ihre Anteilnahme. Sie fordern mich auf, über Nacht zu bleiben, aber ich muss leider dankend ablehnen, da man mich sonst suchen würde. Ich verabschiede mich und strebe die nächste Hütte an. Ein Leutnant der Roten Armee öffnet und fragt sogleich, ob ich stiften gegangen bin. Wieder erzähle ich, was passiert ist. Er hat Verständnis für meine Lage, gibt mir Suppe und Brot und fordert mich dann auf, unverzüglich ins Lager zu gehen, was ich auch tue. Es ist schon dunkel, als ich dort ankomme, und jeder will wissen, warum ich jetzt erst komme, wo ich gewesen bin und wie es mir gegangen ist. Wieder wärme ich die Geschichte auf und werde beneidet, weil ich einen Tag fast ein freier Mensch gewesen bin. Hunger habe ich keinen mehr und lasse mir deshalb das Essen und Brot gutschreiben. Bei den nächsten Mahlzeiten fasse ich immer doppelt, bis ich wieder auf dem Laufenden bin.

Im Lager ist zurzeit ein Polit-Offizier, der jedem von uns einen Fragebogen vorlegt, der ausgefüllt werden muss. Es sind sechsundfünfzig Fragen zu beantworten. Unter anderem, ob man bei der NSDAP war, bei der SA, SS oder HJ. Wir werden angehalten, den Bogen wahrheitsgemäß auszufüllen. Wer beim Schwindeln erwischt wird, kommt in ein Straflager. Im Übrigen habe die Sowjetunion eine Amnestie erlassen für alle, die nach 1919 geboren sind. Wir füllen also das Papier aus und geben es dem Offizier, der es kurz überprüft und Stichproben macht. Bald haben wir die Sache wieder vergessen. Fräulein Kaufmann ist wieder da zur Untersuchung und schreibt mich mit noch einigen Kameraden erholungsbedürftig. Wir sollen in ein paar Tagen nach Georgijewsk kommen, wo ein Erholungslager ist, das mit 3000 Mann belegt ist.

Manche von den alten Gefangenen sind schon dort gewesen, und von ihnen erfahren wir, dass man dort nicht zu arbeiten braucht, dass das Essen gut ist und dass man jeden Tag pro Mann fünf Gramm Tabak bekommt. Wir freuen uns schon alle auf die erholsame Stätte. Viel will man ja sowieso nicht, nur so nach dem Essen und zwischendurch eine kleine Pfeife rauchen. Fast alle haben sich schon auf diese Art von Rauchen umgestellt, weil keiner Papier hat und Pfeifen von manchen selbst hergestellt werden. Ich habe mir schon lange eine besorgt. Am Anfang schmeckt sie scheußlich, aber wenn sie eingeraucht ist, merkt man fast keinen Unterschied zu einer echten

Bruyère. Endlich kommt der Lastwagen, der uns mitnehmen soll. Diesmal geht die Filzung schnell und schmerzlos vor sich. Wer soll uns auch durchsuchen? Die Ungarn haben hier nichts zu reden, und der russische Kommandant kümmert sich nicht darum. Ich bin nochmal oben in seiner Wohnung und verabschiede mich von der Familie. In dieser Hinsicht tut es mir leid, dass ich fortkomme. Sie werden ja leicht wieder so einen Putzer bekommen, wie ich es gewesen bin, aber ich leider keinen solchen Kommandanten mehr mit Frau wie diesen.

Das Lager Georgijewsk

Wir fahren lange, bis wir am Ziel sind. Unterwegs halten wir öfter in Ortschaften, wo die Fahrer irgendwelche Geschäfte zu erledigen haben oder zu Hause sind. Es sind oft elende Hütten voll Dreck. Die Kinder laufen in Lumpen herum, in Jacken von ihren Eltern, die so groß und lang sind, dass sie keinen Mantel mehr brauchen. Die Arme füllen nur zur Hälfte die Ärmel aus und sie baumeln herunter wie bei einem Armamputierten. Viele haben noch deutsche Uniformteile an wie Waffenröcke oder Mäntel. Eine Frau hat einen Rock an, der aus einer deutschen Zeltbahn geschneidert ist. Eigenartig, sie laufen wie die Deutschen herum, wir wie die Russen.

Wieder einmal stehen wir vor einem Lagertor mit einem komischen Gefühl. Teils neugierig, teils ängstlich, weil keiner weiß, wie es uns in der neuen Umgebung gehen wird. Der Anfang ist nicht sehr vielversprechend, von der angekündigten guten Verpflegung ist nichts zu merken. Nachdem wir durch das Tor hindurchgeschleust worden sind, gehen wir zweihundert Meter, um dann erneut vor einem Tor zu stehen, das allerdings von einem deutschen P.K.-Mann, dies ist die Bezeichnung für die Lagerpolizei, bewacht wird.

Der äußere Teil des Lagers ist mit Holzplatz, Bäckerei, Bekleidungskammer, Schusterei, Schneiderei und Kommandantur belegt. Der innere Teil mit den Wohnbaracken, den beiden Küchen, eine für das Lazarett, dem Lazarett selbst, den Kraut- und Rübensilos und der Entlausung mit dem Bad. Bevor wir in eine Baracke kommen, werden wir erst entlaust und gebadet. Es ist wie überall, man kriegt einen Holzbottich mit Wasser, ein Stück Seife, so groß wie ein Würfelzucker, und versucht damit, so gut es geht, seinen Körper zu reinigen. Anschließend werden die entlausten Kleider empfangen und die Wäsche umgetauscht. Seit einem Jahr sind wir nun in Gefangenschaft, und dies ist das zweite Hemd, das ich bekomme. Als ich das alte ausziehe, bleibt mir der Kragen in den Händen, er ist einfach abgefallen. Also ist es höchste Zeit für ein neues.

Von der »Banja«, wie es auf Russisch heißt, geht es zur Küche, um das verspätete Mittagessen zu empfangen, und hier kommt schon die erste Enttäuschung. Der Koch hat für uns nicht mitgekocht, und wir bekommen nur einen Teil des uns zustehenden Essens. Natürlich schimpft jeder, der Koch mitsamt den Russen wird verwünscht und verflucht. Ich mache noch einen Versuch bei der Küche, ob nicht doch irgendetwas übrig ist, aber der Koch, übrigens ein Münchner mit einer Figur wie ein Preisboxer, zuckt nur die Schulter und haut mir, ohne ein Wort zu sagen oder mich zu vertrösten, den Schalter vor der Nase zu. Kann er nicht verstehen, dass wir Hunger haben? Kann er nicht verstehen, dass uns ein Trinkbecher voll Wassersuppe zu wenig ist? Hat er, der jetzt vollgefressen und satt ist, nicht einmal den gleichen Kohldampf geschoben und will nun nicht mehr daran erinnert werden?

Mir fällt ein hässliches Wort ein, das ich einmal gehört habe und das sich leider oft bewahrheitet hat: »Die Gefangenschaft wär' halb so schwer, wenn der deutsche Kamerad nicht wär'!« Damit sind diejenigen gemeint, die für ein Stück Brot ihre Gesinnung verkaufen und für einen Löffel Suppe ihre Kameraden. Die Schläger und Streber, die nach oben greifen und nach unten treten, um näher am Suppentopf zu sein, und den weniger Rücksichtslosen das Leben noch bitterer zu machen, als es ohnehin schon ist. So sieht also ein Erholungslager aus. Hungrig und müde gehen wir in die zugewiesene Baracke. Es geht hier zu wie beim Barras. Für jede Baracke ist ein Barackenältester da, der für die Sauberkeit derselben und für das Ausgeben der Verpflegung verantwortlich ist. Die Unterkunft ist nicht schlecht, und die Klappen sind alle mit Strohsäcken belegt. Sie sind zwar auch schon hart wie ein Brett, aber immer noch ein wenig besser.

Von unseren neuen Kameraden erfahren wir wenig Gutes über das Lager. Das Essen ist nicht schlecht, aber so wenig, dass das Doppelte gerade noch recht wäre. Von wegen keine Arbeit: Bereits um fünf Uhr wird man geweckt, dann Brot und Essen fassen, anschließend Zählung und Arbeitseinteilung. Gearbeitet wird leider mehr als in irgendeinem anderen Arbeitslager, das ich erleben »durfte«.

Schon bei der Essensausgabe am Abend merken wir, wie es hier zugeht. Es gibt einen Kochgeschirrdeckel voll dünner Suppe und ein Stück Mahlbrot. Zum einen ist es noch schwerer als das andere Brot, und die Portionen von zweihundert Gramm sind so klein wie eine halbe Semmel, zum anderen muss es wieder von uns geteilt werden. Erneut das alte Lied. Hier ein Brösel weg und da einer dazu. Die Brotkanten werden gesondert verlost, und jedes Mal kommen andere dran, weil diese Stücke besonders leicht und knusprig sind. Dabei hocken alle Mann der Gruppe um den Teiler herum und warten mit hungrigen Augen auf ihren Anteil, der dann auf das Brotbrett gelegt und als Nachspeise verzehrt wird. Überhaupt wird das Essen hier, mehr als irgendwo anders, wie eine heilige Handlung vollzogen. Jeder legt beim Essen seine Kopfbedeckung ab. Manche haben schön geschnitzte Brotbretter mit Sprüchen darauf.

Ist das Teilen von Brot schon eine Kunst, so ist es das Teilen von Fischen noch mehr. Hie und da bekommen wir große Schwarzmeerfische, die oft einen halben Meter lang sind. Diese zu teilen und jeden zufriedenzustellen erfordert salomonisches Urteilsvermögen. Kopf- und Schwanzstücke werden wieder gesondert verlost und größer geschnitten als die anderen Teile. Die übrigen werden der Reihe nach verteilt. Jeder kommt einmal dran, sein Brotbrett zum Teilen der Fische herzuleihen, damit er danach die Brühe ablecken kann. Die Fische werden nicht geschuppt, sondern nur ausgenommen – sie werden von uns mit Schuppen und Gräten gegessen. Keine Faser geht dem leeren Magen eines »Plennis« verloren. Fischaugen und Hirn gelten als Delikatesse.

Zum Lager gehören riesige Mais- und Rübenfelder mit einer Schweinezucht. Auf den Feldern verbringen wir den ganzen Tag damit, Unkraut zu harken. Wir werden in einer Linie aufgestellt, dann kommt ein Russe, der unsere Tagesnorm ausmisst, auf die auch hier nicht verzichtet werden kann. Er hat einen hölzernen Winkel mit einer Spannweite von zwei Metern. Immer sehen wir ihm nach, wie er kleiner und kleiner wird, das Gehen nicht aufhört, bis er fast am Horizont ist und dann stehen bleibt, einen Stock in die Erde steckt zum Zeichen, dass hier das heutige Ende ist. Bis dorthin müssen wir also. Jeder von uns kennt die abgesteckte Grenze genau, es sind alle Tage 1800 Meter, die wir zu harken haben. Die Hände tun bald weh, besonders zwischen Daumen und Zeigefinger gibt es Wasser- und Blutblasen.

Die jungen Maispflanzen helfen uns doch ein wenig über den Hunger hinweg, weil sie sehr süß schmecken. Fast jeder von uns kaut den ganzen Tag an so einem Stengel. Wenigstens hat man etwas im Mund. Zu rauchen gibt es nichts. Fast ein halbes Jahr wurde hier kein Tabak mehr ausgegeben. Wo kommt das Zeug bloß hin? Wir wissen, dass im Magazin Tabak ist, trotzdem gibt es für uns keinen. Nur im Lazarett und in den D.K.-Baracken gibt es welchen, und von da wird er von uns im Tauschverkehr wieder geholt. Aber unter welchen Opfern. Vom Essen kann man nichts mehr abgeben, das wäre Raub am eigenen Körper. Es bleibt also nur ein anderer Weg. Wenn wir auf den Zuckerrübenfeldern sind, nehmen wir immer einige mit. Selber mögen wir sie nicht mehr, weil sie im Hals kratzen, wenn man zu viel davon isst, aber im Lager kann man sie für Tabak loswerden. Gekocht schmecken sie nicht schlecht, und die Brühe wird in den Kaffee getan, um ihn zu süßen. Zu viel können wir auch nicht mitnehmen, denn am Lagertor ist öfter Kontrolle. Beim Herausziehen der Rüben aus der Erde fährt immer ein Wagen mit, auf den die ausgezogenen Rüben geworfen werden. Diese werden dann in der Küche mitsamt den Blättern gekocht, um die Suppe ein wenig zu strecken. Wir sind um jede Rübe froh, die mehr in der Suppe ist.

Wie schön haben es da die zehn Mann, die in der Schweinezucht arbeiten. Tag für Tag nehmen sie abends ihr Kochgeschirr voll Schweinefutter mit. Hunger haben die keinen mehr. Ekeln braucht man sich dabei nicht. Das Futter besteht aus Graupen, Hirse, Kartoffeln und den Rüben vom Feld. Nur gesalzen ist es nicht, aber da kann man sich ja helfen. Ist unsere Suppe anders? Ein wenig schon. Wir bekommen viel mehr Wasser dazu. Fette Schweine sind halt besser als dürre »Plenni«. Obwohl die Tiere auch zum Lager gehören, bekommen wir nie Schweinernes zu sehen. Früher soll es noch schlechter gewesen sein, wie ich höre. Die Sterblichkeit war hoch, die Baracken schlecht, und der damalige Kommandant ein Schinder. Bei der allmorgendlichen Visite der Baracken musste der Älteste immer melden, wie viele Arbeitsfähige, wie viele Kranke es gibt und wie viele in der Nacht gestorben sind. Bei einer Meldung von zwei oder drei Toten soll er einmal nur gesagt haben: »malo – malo«, also »wenig – wenig!«

In dieser Richtung ist es sehr viel besser geworden. Man scheut nicht davor zurück, Medikamente mit dem Flugzeug aus Moskau zu holen, um einen Gefangenen zu retten, wie es einmal der Fall ist. Das ganze Lager ist in Aufregung, ob die »Iwans« es schaffen werden, und wir alle nehmen an dieser Sache regen Anteil. Fräulein Kaufmann, die hier die erste Ärztin ist, sitzt Tag und Nacht am Bett dieses armen Teufels.

Das Flugzeug kommt dann doch noch rechtzeitig, und ich glaube, niemand ist froher als Fräulein Kaufmann. Im Allgemeinen hat keiner vor den Russen großen Respekt, nur die blonde Ärztin wird immer von allen ehrerbietig gegrüßt.

Einmal kommen wir mit fünfzig Mann doch zu einem anderen Kommando, das aber Gott sei Dank nur einen Tag dauert. Bis zur Arbeitsstätte sind es schon fünfundzwanzig Kilometer. Dort ist eine Kolchose, die uns benötigt, um ihre Felder zu harken. Diese sind mit Unkraut übersät, vor allem mit dem sogenannten »Franzosenkraut«, das so schwer zu harken ist.

Man verspricht uns zu Mittag ein Essen, wenn wir tüchtig sind. So gehen wir also ran, in der Hoffnung auf etwas zusätzliches Futter, und hauen in das Unkraut. Es ist heiß, und die Sonne sticht von einem wolkenlosen Himmel. Um die Mittagszeit schauen alle schon erwartungsvoll, ob nicht schon bald das Essen kommt. Aber niemand lässt sich sehen. Erst um zwei Uhr nachmittags kommt der Russe, um zu sehen, was wir tun. Auf unsere Frage, wo das Essen bleibe, antwortet er, wir hätten schneller arbeiten sollen, dann wären wir schon lange fertig.

Das ist eine unglaubliche Gemeinheit. Jedem von uns läuft der Schweiß am ganzen Körper herunter, alle sind hungrig und haben sich schon so auf einen Löffel Suppe gefreut, und dann diese Enttäuschung. Wir verweigern die Arbeit. Der Aufseher tobt und flucht, aber wir geben nicht nach. Nun verspricht er uns das Essen, wenn wir mit dem Acker fertig seien. Misstrauisch fangen wir wieder an zu arbeiten, weil wir ohnehin bald am Ende des Feldes sind. Nach einer kurzen Zeit kommt tatsächlich der Russe mit einem vollen Eimer. Wir sehen ihn schon von Weitem, wie er schleppt und wundern uns, wo er die Suppe so schnell aufgetrieben hat. Er stellt den Eimer vor uns hin, und wir sehen nun, was darin ist: Wasser, ganz klares Wasser. Einer schaut den anderen an, manche haben den Löffel schon in der Hand, und wir fragen, ob das die Suppe sein soll. Der »Iwan« feixt blöde und bejaht.

Manche haben doch Durst und wollen trinken. Sie bitten den Russen um einen Becher, da gibt er zur Antwort, wir sollten aus dem Eimer saufen, die Ochsen bräuchten auch keinen Becher. Mir läuft die Galle über. Dafür haben wir nun den ganzen Tag geschuftet, um mit den Ochsen verglichen zu werden. Für mich ist Feierabend. Keinen Handgriff mache ich mehr. Er führt uns noch zu einem Kartoffelacker, der dem Russen privat gehört. Dort sollen wir auch noch ein wenig harken. Er verspricht wieder Essen, aber ich traue ihm nicht mehr. Einige Kameraden und ich setzen uns in das Gras und faulenzen. Der »Iwan« will uns auftreiben und mit seinem Essen locken. Der andere Teil unserer Gruppe arbeitet. Wir hören noch, wie einer zu seinem Nachbarn sagt: „Lass' sie liegen, dann kriegen wir die Suppe allein!“ Ich gönne sie ihm und lege mich auf den Bauch. Nach einer Stunde sind sie fertig und werden genauso nach Hause geschickt wie wir. Wir paar Mann sind froh, dass wir nicht so blöd gewesen sind und uns wenigstens ausgeruht haben. Den einen, der unseren Teil Suppe will, fragen wir, wie sie geschmeckt hat, und ob er sich nicht überfressen habe. Wütend geht er uns aus dem Weg. Hungrig und müde kommen wir dann im Lager an. Wenigstens erhalten wir zweimal am Tag Essen: unser Mittag- und Abendessen mit dem Brot. So wäre es zu jeder Mahlzeit recht. Eine Portion gebe ich für Tabak weg, weil die Offiziere welchen empfangen haben.

Bei den Offizieren sind komische Figuren dabei. Wenn man sich vorstellt, dass davon einige Kompanie- oder Bataillionsführer gewesen sind, dann muss man sich wundern, wie sie das fertiggebracht haben und wer sie dazu gemacht hat. Einer von ihnen fällt auf, wenn er auf die Latrine geht. Er benützt dabei immer ein Stück Tuch, um sich den Hintern zu putzen, das er dann wieder fein säuberlich zusammenlegt und in die Tasche steckt, um es das nächste Mal wieder herauszunehmen. Ein anderer hat sich Tabak mit Seife gekocht und die Brühe gesoffen, damit er krank wird und nach Hause darf. Damit hat er noch warten müssen, denn die Russen haben es spitz gekriegt und ihn wegen Selbstverstümmelung in ein Straflager gesteckt. Wieder andere haben sich bekehren lassen, sind bei der Antifaschistischen Gruppe, kurz Antifa genannt, und gehen abends in die Baracken, wo sie uns mit Vorträgen aufklären. Warum haben sie das nicht früher gewusst, vor 1945?

Aber nicht nur Offiziere, auch größere Teile der Mannschaften gehören der Antifa an. Nicht immer aus innerster Überzeugung, sondern oft auch wegen des berühmten Löffels Suppe. Überall im Lager sind Schaukästen aufgestellt, die uns davon berichten, wie schön es in Russland sei, wie vorteilhaft, dort zu leben und für die Sowjetunion zu arbeiten. Überall in der Weltproduktion steht die UdSSR an erster Stelle. Alle Erfindungen und Entdeckungen sind von Russen gemacht worden. Uns wundert nur noch, dass sie nicht schreiben, wir sollen froh sein, dass wir hier in Gefangenschaft sein dürfen. Wenn sie schon so tüchtig sind, warum haben wir noch keine Post erhalten? Seit über einem Jahr warten wir auf einige Zeilen aus der Heimat. Aber nichts. So weit reicht die Waggonproduktion der Russen noch nicht, als dass sie einen für unsere Post übrighaben.

Wir haben aber nicht nur eine politische Gruppe, sondern auch eine Kulturgruppe. Diese setzt sich aus einer Musikkapelle und einer Sängergruppe zusammen. Abends nach der Zählung findet öfters eine kleine Liederstunde mit Musik statt. Einmal ist sogar Kino, aber man kann nicht viel sehen, weil der Apparat stark zittert und die Bilder dadurch so verschwommen sind. Den Ton kann man sowieso nicht verstehen. Das ganze Ding muss schon ziemlich veraltet sein. Ehe der Film zu Ende ist, gehen wir in unsere Baracken, um zu schlafen.

Jeden Morgen ist großes Reinemachen. Der Boden, der mit Ziegelsteinen gepflastert ist, muss wieder mit einem Ziegel abgerieben werden. Dadurch wird der Boden schön rot und glatt. Aber für uns ist es eine Schinderei. Die Knie und die Arme tun weh, vom Rücken gar nicht zu reden. Lieber geht jeder auf den Acker zum Arbeiten, dann wird man danach wenigstens nicht geschimpft, dass es nicht ordentlich gemacht ist. Bei uns sehen die Russen gleich jeden Dreck und jedes Mal werfen sie uns vor, dass wir keine Kultur hätten, aber ihren eigenen Saustall sehen sie nicht. Dass es ihre Wanzen sind, die uns das Leben sauer machen und ihre Flöhe, die uns das Blut aussaugen, wollen sie nicht wahrhaben. Ganz Russland ist über und über verlaust. Aber das gehört zu ihrer Kultur. Darüber erzählt man sich bei uns eine kleine Geschichte:

Ein Berliner und ein Russe streiten sich um die Kultur ihrer Völker. Jeder will das Beste für seine Heimat in Anspruch nehmen. Der Deutsche weist auf die berühmten Männer und Erfindungen seines Vaterlandes hin, worauf der Russe den Streit eindeutig für sich entscheidet mit der Bemerkung: »Moskau hat dreißig Entlausungen, Berlin nicht eine!«

Vor ein paar Tagen ist die Tochter des russischen Kommandanten aus Deutschland gekommen, wo sie dienstverpflichtet gewesen ist. Immer hat uns der Russe vorgehalten, dass sich seine Tochter in Deutschland zu Tode arbeiten müsse. Wenn sie nun aber mit Sommerkleidern und Stöckelschuhen im Lager herumspaziert, hat man nicht den Eindruck. Sie selbst sagt auch, dass es ihr nicht schlecht gegangen sei. Seit dieser Zeit ist auch der Kommandant freundlicher zu uns, weil er gesehen hat, dass die Sorge um seine Tochter unbegründet war.

Freilich ist es ein Unrecht gewesen, diese Menschen zu verschleppen und zur Arbeit zu zwingen, aber ist es bei uns anders? Sie haben wenigstens zu essen bekommen, während wir seit einem Jahr nur Kostproben erhalten. Trotzdem sind auch bei uns welche, die nicht wissen, was sie für ihr Essen gewinnbringend verschachern müssen. Der Koch sucht einen silbernen Löffel, anscheinend ist für seine Person ein anderer zu ordinär. Ein Kumpel aus meiner Baracke hat einen. Lange überlegt er, ob er ihn vertauschen soll, aber die Aussicht auf Suppe und vor allem auf Tabak führt ihn doch in Versuchung, und er geht mit dem Löffel zum Koch. Der schaut den Löffel an und gibt ihn mit der Bemerkung zurück, die Form gefalle ihm nicht, er sei ihm zu spitz. Viele von uns haben nur einen selbstgeschnitzten Holzlöffel und jeder Löffel Suppe schmeckt ihnen wie eine Delikatesse und diesem rausgefressenen Mops ist der silberne Löffel zu spitz. Er soll mal vierzehn Tage mit uns arbeiten, dann wird er seine Meinung ändern.

Gerade jetzt könnten wir einen starken Kerl brauchen, denn wir sind beim Stöcke-Roden. Ist die Arbeit schon unter normalen Bedingungen schwer, dann erst recht für uns. Zu fünft und zu sechst ziehen wir an einer kleinen Wurzel, bis sie nachgibt. Wenn wir den ganzen Tag mit zwanzig Mann arbeiten, kriegen wir vielleicht zwei oder drei Stöcke heraus. Die umliegenden Sträucher haben wir alle schon nach Schnecken abgesucht, die dann roh gegessen werden. Beim Arbeiten lösen wir uns immer ab. Einer arbeitet mit dem Pickel, dann kommt der andere mit Schaufeln dran, während sich der erste wieder ausruht. Bei unserem Kommando sind auch Ungarn dabei. Denen geht es genauso. Nur machen sie bei der Arbeit mehr Geschrei, und wenn abends nichts getan ist, dann schiebt immer einer die Schuld auf den anderen.

Beim nächsten Kommando, das von diesem Lager fortgehen darf, bin ich dabei. Wir sind fünfzig Mann auf zwei Lastwagen, die auf eine Kartoffelkolchose kommen. Die Kolchose ist nur für Kriegsgefangenenlager da, die dort erzeugten Lebensmittel also nur für uns »Plenni«. Angeführt wird unser Haufen von einem ehemaligen Schallplattensänger, der bei der Kulturgruppe gewesen, 1941 schon übergelaufen ist und am Ziel unser neuer Kommandant werden soll, weil sich der alte mit einem Russenmädel eingelassen hat, was nicht ohne Folgen geblieben ist. Unsere Fahrt geht weiter in den Kaukasus hinein. Es wird leicht bergig und wir können den Elbrus schon sehen, wie er blendend weiß und leuchtend in der Sonne liegt. Der Posten erzählt uns, dass wir noch siebzig Kilometer davon weg seien, und die beiden Gipfel fast fünfzig Kilometer voneinander entfernt liegen.

Ein kleiner Wunsch geht mir doch in Erfüllung: Ich komme in die Nähe der Berge. Bei mir ist unter anderem ein Österreicher, der beim Propagandamarsch durch Moskau dabei gewesen ist. Er erzählt mir, wie sie noch vor Kriegsende monatelang gehungert haben. Und als die Russen den Krieg gewonnen hatten, hat man ihnen plötzlich amerikanische Konserven gegeben, die sie essen sollten. Die Folgen blieben nicht aus und alle bekamen starken Durchfall. In diesem Zustand wurden sie dann, Tausende von Gefangenen, durch Moskau getrieben. Immer in Zehnerreihen, flankiert von Kosaken und Japanern. Fast im Laufschritt marschierten sie sechs Stunden durch die Stadt. Stehen bleiben durfte keiner. Manche Zivilisten warfen Steine in die Reihen, manche wieder Essen. Sie wurden teilweise angespuckt und verlacht. Die Letzten des traurigen Zuges stapften bis zu den Knöcheln im Menschenkot, weil es keiner halten konnte, keiner stehen bleiben oder aus der Reihe treten durfte. Dass es dann hinterher wieder »deutsche Schweine« hieß, ist klar.

Wir sind am Lager angelangt, das am Rande einer kleinen Ortschaft liegt. Das Lager selbst ist klein und nur für eine Belegschaft von achtzig Mann gedacht. Die Küche und die Kommandantur liegen außerhalb des Drahtverhaues. Wir müssen also schon ein wenig zusammenrücken, damit alle Platz finden. Strohsäcke liegen überall und wir sind froh darüber, wenn nur die Flöhe nicht wären. Sobald die Sonne in das Lager scheint und ein Strahl auf einen Strohsack fällt, kann man sie dutzendweise springen sehen und hören. Es gibt immer ein leicht knackendes Geräusch. In unserer Freizeit schauen wir oft zu, wie sie sich vergnügen. Gegen Flöhe kann man sich nur mit wildem Wermutkraut helfen, das können sie nicht riechen und hauen ab.

Gleich am nächsten Morgen nach der Essensausgabe geht es an die Arbeit. Jeder Mann bekommt eine Harke, und wie beim letzten Lager haben wir damit die kleinen Kartoffelpflanzen vom Unkraut zu befreien. Die tägliche Norm sind 1800 Meter und wer damit fertig ist, hat Feierabend. Manchmal geht es ganz gut, aber wenn der Boden vom Unkraut übersät ist, dauert es oft bis in die Dunkelheit, bis wir unsere Norm geschafft haben. Es wird dann kalt und neblig. Die zwei Posten, die uns bewachen, treiben uns oftmals zusammen, um zu zählen, ob keiner stiften gegangen ist, was wiederum die Arbeitszeit verlängert. So ein Arbeitstag dauert dann manchmal zwölf bis dreizehn Stunden.

Das Essen ist auch nicht von besonderer Qualität, wenn man überhaupt in diesem Zusammenhang von Qualität sprechen kann. Mittags, wenn es auf das Feld gefahren wird, buddeln wir schnell noch eine Kartoffel aus, die noch nicht so weit ausgetrieben hat und reiben sie in die Suppe. Manchmal können wir es gar nicht mehr erwarten, bis der Koch mit der Suppe kommt und schauen sehnsüchtig in Richtung Küche, ob wir ihn nicht bald mit seinem Wagen sehen, der von einem Schimmel gezogen wird.

Das Tagesbrot wird am Morgen empfangen und gegessen. Ich habe oft probiert, nur die eine Hälfte vom Brot zu essen und die andere zu Mittag, aber es ist mir nie gelungen. Bei jedem Schritt und bei jedem Handschlag, den ich tue, muss ich daran denken: »Du hast noch Brot im Beutel!« Es lässt mir keine Ruhe, das Brot schreit einem direkt zu: »Iss mich auf!« Der Brotbeutel übt eine magische Anziehung aus, der man dann früher oder später unterliegt. Ist das Brot dann gegessen, hat man Ruhe, aber im selben Augenblick tut es einem wieder leid, und man denkt, dass man es wohl besser hätte aufheben sollen. Ich habe oft mit Kameraden darüber gesprochen, und denen ging es ebenso.

Zum Rauchen gibt es auch nichts. Schon monatelang haben wir keinen Tabak mehr gesehen. Auf dem Wege, den wir täglich zu gehen haben, kommen wir oft an wilden »Machovkas« mit ihren köstlichen, säuerlichen, orangefarbenen Früchten vorbei. Wir reißen aber die Blätter aus, um sie im Lager in einem Mörser zu stampfen und in der Hosentasche zu trocknen. Es ist das Einzige, was wir zu qualmen haben. Der gewonnene Tabak ist so stark, dass man Kopfschmerzen bekommt, aber geraucht wird er trotzdem.

Wir haben hier fast vierhundert Hektar Boden zu bearbeiten, die nur mit Kartoffeln bepflanzt und in vier Felder aufgeteilt sind. Ein Feld ist 3650 Meter lang und 1800 Meter breit. Millionen von Pflanzen stehen darauf, und eine, die im Unkraut nicht zu sehen ist, wird von mir versehentlich umgehauen. Dafür werde ich fünf Tage eingesperrt. Gerade an diesem Tag ist ein bösartiger Posten dabei, den anscheinend die Langeweile drückt. Mit dem aufgepflanzten Seitengewehr stochert er im abgehauenen Unkraut herum und findet die tote Kartoffelpflanze. Er geht der Furche nach und trifft auf mich Unglücksraben. Ohne ein Wort zu sagen, haut er gleich mit dem Gewehrkolben zu. Ich habe ihn nicht kommen sehen und drehe mich zu Tode erschrocken um, da sehe ich ihn schon wieder zu einem neuen Schlag ausholen. Gleichzeitig schreit er wie ein Jochgeier, wovon ich nur das Wort »Sabotage« verstehe. Mir fällt blitzschnell meine beim Barras gelernte Nahkampfausbildung ein und ich nehme meine Harke quer in beide Hände und fange den Schlag über meinem Kopf mit dem Harkenstiel ab, gehe gleichzeitig einen Schritt vor und gebe dem Russen einen Stoß. Noch einmal versucht er, einen Schlag mit dem Karabiner anzubringen, aber über meinen Harkenstiel kommt er nicht hinweg. Er lässt von mir ab, um dann abends beim Einrücken alles seinem Vorgesetzten, unserem Kommandanten, zu erzählen, der mich zu sieben Tagen Bau verdonnert. Der Bunker ist eine kleine Kammer, in der unsere dreckige Wäsche liegt, bis sie gewaschen wird. Sie ist in dem Haus außerhalb des Lagers, wo auch die Küche untergebracht ist. Tagsüber muss ich mit den anderen arbeiten, und abends werde ich in die Kammer gesperrt. Das Essen ist das gleiche, nur beim Brot wird die Hälfte einbehalten, und das tut weh. In der Frühe nur ein kleines Stückchen Brot und den ganzen Tag dann nur mehr die Suppe. Das ist verdammt wenig.

Ich muss versuchen, mir einen Ausgleich zu schaffen. Als ich abends wieder in den Bunker muss, ziehe ich noch eine Garnitur von der schmutzigen Wäsche an. Am anderen Tag abends, als die übrigen in das Lager geführt werden, wo dann Zählung und Essenfassen ist, ziehe ich sie schnell aus und verkaufe sie in der Nähe für Fressalien. Wenn sie mich erwischen, bin ich nochmal für vierzehn Tage reif für den Bau. Nach fünf Tagen werde ich wegen guter Führung entlassen.

Die Kartoffelpflanzen werden immer größer und größer. Zu harken gibt es nicht mehr viel. Wir werden aufgeteilt und zur Getreideernte eingesetzt. An einem Tag müssen wir mit fünfzig Mann ein noch stehendes Kornfeld durchkämmen und das Unkraut jäten. Es wird mehr zusammengetreten als die Sache wert ist. Die Kolchose, zu der die Kornfelder gehören, hat uns zusätzlich Lebensmittel gegeben, welche in der Küche verkocht werden. Am anderen Tag tut es den Russen wieder leid und sie lassen die Sachen wieder holen. Obwohl alles schon gegessen ist, muss die Küche Kilo für Kilo wieder zurückgeben.

Mit noch einem Kameraden bin ich beim Ernteeinsatz. Auf den riesigen Feldern wird nur mit Mähdreschern gearbeitet. Hinter dem Mähdrescher hängt eine Art Schlitten, auf den das ausgedroschene Stroh fällt. Der Schlitten ist ungefähr zwei auf drei Meter groß. Wir haben die Aufgabe, das ausfallende Stroh auf dem Schlitten zu einem hohen Haufen zu schichten und dann herunterzustoßen. Dies alles geschieht während des Fahrens. Die Arbeit ist schwer, und wir wünschen von Herzen, dass der Bulldog einmal flöten geht. Unsere Augen sind entzündet von dem Staub und den umherfliegenden Spelzen. Aber auch die Füße bluten, denn zur rechten Zeit stechen die Stoppeln durch die Zehen und gerade da, wo sie sowieso schon offen sind. Lederschuhe gibt es schon lange keine mehr, und die Holzschuhe, welche man uns gegeben hat, eignen sich kaum zum Laufen, und so ein Bulldog hat ein schönes Tempo.

Die Maschine fährt ein Russe, den Drescher bedient ein Mädchen. Die beiden haben etwas miteinander. Wenn eine Runde um das Feld gefahren ist, kocht das Kühlwasser des Bulldogs, und wir müssen neues holen. Das Pärchen legt sich derweil in den Schatten, wo sie sich anscheinend Zärtlichkeiten ins Ohr flüstern, während wir oft eine halbe Stunde über das Stoppelfeld hinken, um zu einem Brunnen zu gelangen. Wenn wir dann zurückkommen, schimpfen alle beide, weil wir so lange gebraucht haben. Ich glaube, wenn ich in seiner Lage wäre, würden mir die Wasserholer immer zu früh kommen. Die zwei haben für uns nichts übrig, kein freundliches Wort, keine allgemeine Frage und keinen Trost für unser Schicksal. Nur Befehle, die nicht einmal gesprochen, sondern gebrüllt werden. Jeden Tag haben wir Angst vor ihnen. Wenn sie essen, denken sie nicht daran, dass wir auch Hunger haben könnten, wenn einer von uns eine Handvoll Körner in den Mund schiebt, dann tut er oder sie so, als ob es von ihrer Norm abgezogen würde. Dabei betrügen sie den Staat auf unvorstellbare Weise. Das ausgedroschene Stroh wird auf großen Haufen, sogenannte Schaber gesammelt. Die Schaber sind oft so groß wie Häuser und die Arbeit wird von Russen gemacht. Dabei kommt einmal nicht nur leeres Stroh auf den Haufen, sondern auch ungedroschenes. Die Russen wollen es auf die Seite räumen, um es für sich zu gebrauchen. Es kommt aber dann doch auf, und wir werden alle verhört. Zu guter Letzt will es dann keiner gewesen sein.

Gott sei Dank ist es nun so weit, dass wir sonntags nicht mehr zu arbeiten brauchen. An diesem Tag ist Baden, Entlausen, Haare schneiden, Rasieren und vielleicht auch Schreiben angesagt. Regelmäßig alle Monate bekommen wir unsere Karten. Antwort habe ich noch keine erhalten, aber einige von meinen Kameraden haben schon das Glück gehabt. Die ganzen freien Stunden liegen wir auf dem Strohsack, dösen vor uns hin und träumen von daheim. Es wird erzählt und die wenigen Bilder, die man mithat, werden angeschaut. Manche haben nur noch halbe Bilder. Einmal während unserer Abwesenheit durchsuchen die russischen Posten das ganze Gepäck und bei allen Bildern, auf denen ein Soldat abgebildet ist, schneiden sie den Kerl weg. Den Kopf, sofern er keine Mütze aufhat, lassen sie dran. Es sieht komisch aus, wenn einer ein Brautbild hat, auf dem sie im vollen Brautschmuck dasteht und er nur mit seinem Kopf vertreten ist.

Aber auch komische Geschichten werden erzählt. Die wohl dümmste, aber für uns dienstbeflissene Deutsche charakteristischste, erzählt uns einer, der im Zivilleben Schutzmann ist und in dieser Eigenschaft einmal seine eigene Frau aufgeschrieben hat, weil sie ohne Licht gefahren ist. Wenn ich mir das so vorstelle, wie er mit gezücktem

Dienstblock vor seiner Frau steht, so tut, als ob sie ihm fremd sei und womöglich noch fragt, wie sie heiße und wo sie wohne, dann muss ich lachen. Die drei Mark wird sie ihm dann wohl vom Haushaltsgeld abgezogen haben.

Ein anderer ist noch da, der einem Kameraden Brot geklaut hat. Zunächst wollen wir ihn verprügeln, aber da fängt er sogleich an zu weinen und zu schreien. Einer fragt ihn, ob er schuhplatteln könne, weil er doch ein Bayer ist. Als er bejaht, sagen wir, dass wir ihm nichts zuleide tun würden, wenn er schuhplattelt. Da steigt er auf den Tisch, der als Platte nur ein schmales Brett hat, und fängt an zu stampfen. Dabei klatscht er in die Hände und schreit mit einer unnatürlich hohen Stimme: »Jui, jui, jui!«. Dann wieder pfeift er ein paar Takte von einem Landler und wischt sich die immer noch über sein Gesicht kullernden Tränen ab. Nie in der Gefangenschaft haben wir so gelacht.

Trotz der fälligen Prügel wird immer noch von Zeit zu Zeit gestohlen. Unser Kommandant ist nun dazu übergegangen, die Blasenkranken und die Stehler zusammenzulegen. Die Ersteren oben, die anderen unten. Die Oberen pissen die Strohsäcke so voll, dass es den Unteren auf den Körper tropft. Die Betroffenen dürfen sich nicht rühren, denn sie sind die schwarzen Schafe und dafür sind sie ja auch nach unten gelegt worden.

Die ersten Kartoffeln blühen schon und wir werden noch einmal mit einigen Mann auf den Acker geschickt zum Anhäufeln. Ob das richtig ist, weiß ich nicht, jedenfalls braten wir die ersten Kartoffeln. Unser russischer Vorgesetzter will es immer verhindern, aber wir legen ihn doch herein. An dem einen Ackerende machen wir ein leeres Strohfeuer. Da rennt er gleich hin und schaut, was los ist. In der Zwischenzeit rösten die Kameraden die Kartoffeln ganz woanders.

Ich gehe wieder einmal für fünf Tage in den Bau, wegen Entfernung von der Truppe. Mit einem Kommando von zwanzig Mann sind wir seit einigen Tagen auf Holzsuche. Bäume gibt es hier keine, aber Sträucher. Diese werden von uns auf einem Haufen gesammelt und zur Küche gebracht. Die Arbeit ist nicht gerade schwer, aber langweilig. Wir sind an einem Platz, wo man in einer Entfernung von gut einem Kilometer ein voll erblühtes Kartoffelfeld sieht. Wenn wir bloß einige von diesen haben könnten. Wir überlegen hin und her, bis wir auf den Gedanken kommen, dass zwei Mann gehen sollen, während die Zurückgebliebenen deren Arbeit mitmachen. Dafür werden die Kartoffeln auch für alle geholt. Posten haben wir keinen dabei, nur einen Zivilisten, der uns nicht gefährlich zu sein scheint. Ein Kumpel und ich hauen ab, um die Erdäpfel zu holen. Nicht lange gehen wir, da sind wir an einer Schlucht, wie sie hier öfter vorkommt, die das ebene Gelände plötzlich durchschneidet, als habe ein riesiges Messer den Boden aufgeschlitzt. Wir müssen sie umgehen und es dauert lange, bis wir bei dem Acker sind. In der Nähe steht eine Kate, aber kein Mensch ist zu sehen. Ich ziehe mein Hemd aus, binde es oben zu, dann wird es mit Kartoffeln vollgemacht. Als wir fertig sind, sehen wir, dass aus dem Kamin des Hauses Rauch aufsteigt. Da müssen wir auch noch hingehen, vielleicht ist etwas zu holen. Die Beute wird versteckt, und wir gehen noch ein paar hundert Meter bis zur Hütte. Die Türe ist offen, und wir sehen eine junge Russin, wie sie am Ofen steht und kocht. Da sind wir ja gerade rechtzeitig vorbeigekommen.

Auf unsere Frage, ob wir eintreten dürfen und etwas Essen kriegen könnten, nickt sie und sagt, wir sollen ein wenig warten, das Essen sei noch nicht fertig. Es dauert noch eine Weile, aber als es dann fertig ist, hauen wir rein. Der Schweiß läuft uns von der Stirn, als ob wir die schwerste Arbeit machen müssten. Ich habe schon sechs Teller gegessen, mein Kamerad sieben, und jetzt sind wir satt. Das Mädchen macht uns immer wieder den Teller voll, ohne ein Wort von uns abzuwarten. Wir bedanken uns, holen die Kartoffeln und gehen wieder auf Umwegen zum Lager zurück. Es ist mehr Zeit vergangen, als wir glauben. Die Mittagszeit ist längst vorbei. Der Russe hat in der Pause zählen lassen und unser Fehlen bemerkt. Als wir ankommen, empfängt er uns mit Vorwürfen und Schimpfworten. Die Kameraden tun, als ob sie von der ganzen Sache nichts wüssten, und weil wir selber keinen Hunger mehr haben, werfen wir die Kartoffeln weg, denn auf unsere Frage hin will sie keiner mehr haben, alle tun, als ob sie zu Mittag satt geworden wären. Als ich aber später an der Stelle vorbeikomme, ist keine Kartoffel mehr zu sehen.

Der abendliche Empfang im Lager gestaltet sich für uns zwei Sünder noch trauriger. Von allen Seiten bekommen wir Watschen und Fußtritte, womit unsere Kameraden dokumentieren wollen, dass sie mit unserem Tun nicht einverstanden sind. Einer, er arbeitet in einer Schmiede, tut sich besonders hervor. Meinen Kameraden hat er direkt k. o. geschlagen und kommt jetzt auf mich zu. Ich erwarte schon von ihm meine Prügel, wehren hat keinen Sinn. Da fragt er mich, warum ich mit so einem zum Stehlen gehen wolle, wo er doch als Dieb überall bekannt sei. Ich sage ihm, dass ich das nicht gewusst hätte, und außerdem sei es vom Arbeitskommando so ausgemacht gewesen. Er lässt mich in Ruhe, weil ich, wie er meint, sowieso meine zehn Tage Bau kriege. Es werden aber dann keine zehn Tage, sondern nur fünf. Der russische Kommandant sagt am wenigsten zu der Affäre, und ich habe das Gefühl, dass er über die ganze kuriose Geschichte lachen kann. Das heutige Abendessen wird uns entzogen, es ist uns aber egal, denn die sechs Schüsseln Suppe halten lange an. Wieder wandern wir in den Bunker, vielmehr ich, weil ich doch schon einmal hier gewesen bin. Es ist der dritte Tag im Bau, als wir mitten in der Nacht geweckt werden und Besuch bekommen. Wir sind nun vier Mann, der Bunker ist zu klein, und keiner kann sich mehr rühren.

Die zwei Mann, die nun bei uns sind, sind nicht von unserem Lager. Sie wollten in die Türkei fliehen, aber die Straße über den Elbrus ist immer voll Schnee und sie haben nicht die richtige Bekleidung. Auch mit dem Essen hapert es, weil fast alle Bewohner dieses Gebietes ausgesiedelt worden sind. Sie wären wohl auch sonst nicht durchgekommen, denn die Grenzen sind viel zu streng bewacht. Am anderen Tag werden sie geholt und nach Georgijewsk gebracht.

Wir zwei im Bunker sind nun die Ausgestoßenen im Lager. Jeden Tag nach der Arbeit müssen wir bis zur Dunkelheit Latrine reinigen. Meinen Schlafplatz habe ich räumen müssen und einen neben dem Eingang auf blankem Boden bekommen, wo es mächtig zieht. Außerdem haben die guten Kameraden meine letzten Habseligkeiten durchsucht und mir meine Nähnadel geklaut, die ich mir einmal für Brot gekauft habe. Mancher wird denken, was ist schon eine Nadel? Eine Nadel ist in Russland Kapital, und als Gefangener ist sie ein Vermögen wert. Ich lasse alles über mich ergehen, kümmere mich um keinen mehr und hoffe, dass ich bald woanders hinkomme. Die Arbeit ist hier vorläufig zu Ende, und man spricht davon, dass wir auf den Elbrus kommen zur Heuernte.

Richtig, nach ein paar Tagen kommt ein Lastwagen und holt zwanzig Mann von uns ab. Ich bin natürlich dabei und es ist mir lieb und recht. Die Fahrt geht mitten in die Berge hinein, Richtung Elbrus. An und für sich ist die Strecke wunderschön, und ich kann mir vorstellen, dass es eine außergewöhnlich reizvolle Urlaubsfahrt wäre, unter normalen Bedingungen hierher zu kommen. Es geht bergauf, bergab, durch Täler und enge Schluchten. Fast ist die Gegend so, wie wir sie von amerikanischen Wildwestfilmen in Erinnerung haben.

Einmal kommen wir an einer hohen senkrechten Felswand vorbei, die nach oben spitz zuläuft. Auf der Spitze balanciert ein riesiger, tellerartiger Felsbrocken, der dem Ganzen die Form eines Pilzes gibt, und wir glauben, alle Augenblicke müsse der Brocken runterstürzen. Immer wieder bewundern wir unseren russischen Fahrer, wie er die engen und steilen Wege fährt und die unübersichtlichen Kurven nimmt, die plötzlich ohne Warnschild da sind. Manchmal fahren wir haarscharf an Abgründen vorbei und die halbe Zeit sind wir schon fertig zum Abspringen. Aber auch der klapprige »Siss« ist zu bewundern, dem die holprige Angelegenheit nichts anzuhaben scheint. »Siss« ist die Abkürzung für Josef Stalin und wird ihm zu Ehren gebaut. Diese Autos haben eine Form, wie sie bei uns schon um 1930 üblich war. Keinen elektrischen Anlasser oder Winker. Das alles wird mit der Hand gemacht, dann gibt es kein Versagen.

Das letzte steile Stück Weg liegt hinter uns, und wir stehen vor einer Kolchose. Sie hat nur eine kleine Wohnung, die von ein paar Leuten bewohnt wird. Die übrigen drei Gebäude, die im offenen Viereck dastehen, sind nur als Geräteschuppen und Heuschober gedacht. Das Ganze steht auf einer Hochebene.

Müde von der Fahrt steigen wir ab und legen uns auf den Boden. Es ist Mittag, und wir haben Hunger. Keiner hat mehr etwas zu essen, denn wir sind in der Frühe schon für den ganzen Tag abgespeist worden. Ein altes Mütterchen hat Erbarmen mit uns und bringt uns eine Schüssel saure Milch. Unsere Müdigkeit ist im Nu verflogen, und jeder stürzt sich auf die Schüssel, um noch ein paar Löffel zu ergattern. Fast hätten wir die Spenderin über den Haufen gerannt, so stürmisch sind wir. Die Kolchose ist nicht unser Ziel, wir müssen noch einige Stunden zu Fuß gehen, bis wir endlich da sind. Neugierig werden wir von den Alten empfangen, die schon einige Zeit hier arbeiten. Die üblichen Fragen werden getauscht, wie das Essen ist, die Arbeit, wo wir herkommen und wie es bei uns war. Wir werden zur Heuernte eingesetzt und vor allen Dingen gibt es hier keinen Posten. In der Frühe kommen wir zur Arbeit und wenn wir fertig sind, gehen wir ins Lager zurück. Die einen früher, die anderen später. Es ist schön, nach Feierabend zum Lager zu schlendern, nach Kümmel oder Thymian zu suchen, um ein Suppengewürz zu haben, und die Berge zu betrachten, von denen der Elbrus der höchste und schönste ist. Wenn das Wetter klar ist, sieht man knapp unter dem Gipfel die Wetterstation.

Das Essen im Lager ist nicht schlecht, und man merkt, dass sich die Köche alle Mühe geben. Nur das Schlafen lässt zu wünschen übrig. Dazu dient uns ein leerer Pferdestall, der nach zwei Seiten offen ist. Es zieht darin immer, und bei Nacht friert uns. Die Nächte sind kühl, wie es auch bei uns in den Bergen üblich ist. Immerhin haben wir hier schon eine Höhe von 1500 Metern.

Einen Friseur gibt es hier nicht. Jeder muss sich den Bart selbst schneiden, dafür steht uns ein einziges Rasiermesser zur Verfügung. Einmal probiere ich, mich selbst zu rasieren und zerschneide mir dabei das ganze Gesicht. Jedes Mal, wenn ich das Messer ansetze, kommt an der Stelle Blut. Wir rasieren uns nun gegenseitig. Zum Einseifen steht uns nur so eine Art Kernseife zur Verfügung.

Einer meiner Kameraden ist ein ehemaliger Straßenbahnschaffner aus München. Dauernd klagt er über Magenschmerzen. Bei Nacht, wenn es kalt ist, bekommt er oft Krämpfe. Wir können ihm nicht helfen, nur warten, bis es wieder vorbei ist. Bei der Arbeit bekommt er einmal solche Schmerzen, dass ich ihn ins Lager bringen muss. Oft setzen wir uns hin und rasten, und als er sich übergeben muss, kommt ein dreißig Zentimeter langer Wurm zum Vorschein. Er nimmt ihn mit und zeigt ihn dem Lagerarzt. Der nimmt ihn ebenfalls mit und zeigt ihn dem deutschen Lagerarzt, einem jungen eingebildeten Kerl, der vielleicht einmal nicht gut aufgelegt oder nur mal Sanitäter gewesen ist, denn in der Gefangenschaft haben viele Karriere gemacht.

Den Wurm schaut er nur an und sagt: »Das macht nichts, das ist nur ein Spulwurm!«

Freilich kann er dem armen Teufel nicht helfen, weil die Medikamente fehlen, aber es liegt in seiner Hand, ihn von der Arbeit zu entbinden, und damit wäre schon einiges erreicht. So aber muss der arme Kamerad weiter Tag für Tag zur Arbeit gehen, die ihm oft zur Qual wird.

Vierzehn Tage sind wir hier gewesen und nun wandern wir wieder. Diesmal geht es zu Fuß weiter. Schon in aller Frühe werden wir herausgetrieben und empfangen unsere Verpflegung. Dann kommt der Arzt und sucht fünfzig Mann aus. Wir sollen an einer anderen Stelle zur Heuernte eingesetzt werden. Ein älterer Posten mit einem steifen Fuß begleitet uns. Wenn man es nicht wüsste, könnte keiner glauben, dass er Soldat ist. Er hat eine deutsche Feldbluse an, eine Zivilmütze auf, nur die Hose und die Stiefel sind russisch. Die Maschinenpistole wirft er auf den Wagen, weil sie ihm zu schwer ist. Der Wagen ist mit unseren Küchengeräten und den Vorräten für die nächsten zehn Tage beladen. Den ganzen Tag gehen wir, manchmal komme ich mir vor wie auf einer Bergwanderung, nur, dass im

Rucksack keine zünftige Brotzeit, sondern lediglich alte Fetzen und ein gelecktes Kochgeschirr zu finden sind. Rasten tut jeder, wann er will, und der Haufen ist endlos auseinandergezogen. Der Posten stört sich daran nicht. Er sagt nur: »Beim Essen sind sie schon wieder alle da, denn im Umkreis von zwanzig Kilometer ist kein Haus zu finden.«

Abends, als wir am Ziel sind, dauert es zwar noch einige Zeit, aber gefehlt hat dann keiner. In einer Talmulde in der Nähe einer Quelle schlagen wir unser Lager auf. Auf der einen Seite, die nach Süden zeigt, können wir das Gelände weit übersehen, auf der nördlichen Seite steigt es steil an und das ist gut so, wir spüren dadurch die kalten Winde nicht so sehr. Geschlafen wird diese Nacht auf dem blanken Boden, ausschließlich mit einem Mantel zugedeckt. Wir frieren abscheulich. Lange vor dem Wecken sind alle hellwach. Wir laufen auf und ab, um uns aufzuwärmen. Waschen tut sich keiner, uns graut schon davor, wenn wir nur das kalte Wasser sehen.

Endlich steht der Koch auf, um unser Frühstück zuzubereiten. Ofen gibt es keinen, nur eine offene Feuerstelle. Der Kessel hängt an einem eisernen Galgen, und darunter ist die Erde zu einer kleinen Rinne angehoben. Geheizt wird nur mit Heu, das vorne in der Bodenrinne zum Brennen gebracht und langsam mit einer Heugabel unter den Kessel durchgeschoben, mit dem nachfolgenden Büschel weitergeschoben und nach hinten als Asche ausgestoßen wird. Ein Mann muss immer zum Heizen da sein, damit das Feuer nicht ausgeht.

Ich habe mir oft überlegt, ob sich die Heuernte am Elbrus bezahlt macht. Ein Viertel wird verbrannt, ein Viertel verfüttert, ein Viertel verfault und für den Rest macht man sich die viele Arbeit.

Einige Tage sind alle von uns bei einer Zivilbrigade zur Arbeit eingesetzt, die nach uns gekommen ist und in einem Kilometer Entfernung ihr Lager aufgeschlagen hat. Mit Kind und Kegel, mit ihren Kühen und allen Habseligkeiten sind sie zur Heuarbeit verpflichtet worden. Manche kommen noch verspätet mit Koffern oder Schachteln an, als ob sie einen Gestellungsbefehl in der Tasche hätten, was ja auch in gewissem Sinne zutrifft. Zum Schlafen haben sie sich genau wie wir Heuzelte gebaut. Es werden Stangen in den Boden gerammt und oben zusammengenagelt. Entweder vier, sechs oder mehr, je nachdem, wie lange der Unterschlupf werden soll. In der Quere werden dünne Stangen befestigt, die die ganze Zeltlänge durchgehen und rund vierzig Zentimeter auseinander sind. Das Ganze sieht aus wie ein großes Zelt im Rohbau. Nun wird in die Querverbindung Heu eingeflochten, immer von unten nach oben, wie beim Dachdecken, damit das Wasser abläuft. Die Schicht muss schon dreißig Zentimeter dick sein, um das Wasser abzuhalten. Wir schlafen da drin immer gut, und wenn das Heu zusammengetreten ist, holen wir neues, um möglichst weich zu liegen. Unsere Bauern würden mit dieser Art von Heumachen nicht einverstanden sein. Kaum ist es mit der Maschine gemäht und es scheint die Sonne ein wenig drauf, müssen wir es schon zu riesigen Haufen zusammentragen. Wenn es auch ein bisschen reinregnet, das macht uns nichts. Einmal tragen wir einen Haufen, der schon länger steht, auseinander, da ist drinnen alles verschimmelt. Auch hier wird nach dem Normsystem gearbeitet, Normbrot gibt es aber nicht. Der Kommandant der Russen, der ja auch unser Vorgesetzter ist, solange wir bei ihm arbeiten, sorgt schon dafür, dass wir nicht zu viel bekommen. Er ist ein grantiger Kerl, der seine eigenen Leute nicht mag und uns noch weniger.

Ein anderes Mal haben die Russen abends einen Vortrag, da verlangt der Brigadeführer, sie sollen mehr arbeiten und länger. Die Arbeitszeit wird bis nach Sonnenuntergang ausgedehnt. Da schimpfen die Russen, und die Frauen und Mädchen weinen. Alles schreit durcheinander, der Redner haut mit der Faust auf den Kistendeckel, vor dem er steht, und dann wird doch alles so gemacht, wie er will. Ob mehr gearbeitet wird, weiß ich nicht, ich bin krank geworden und bleibe ein paar Tage im Lager.

Der russische Kommandant hat eine Tochter. Sie soll in die sieben Kilometer entfernte Ortschaft fahren und für die Russen Verpflegung holen. Er hat sie zu uns ins Lager geschickt, und sie fragt, ob ich mitfahren könnte. Mit Freuden bin ich dabei. So krank bin ich nicht, als dass ich mir das entgehen lasse. Ich stecke einen großen leeren Beutel in die Tasche, den ich mir extra genäht habe, setze mich auf den zweirädrigen Karren, der von einem Ochsen gezogen wird, und wir fahren los. Der Ochse hat es nicht eilig, und wir auch nicht. Über zwei Stunden brauchen wir, bis wir in dem Ort sind. Immer wieder schau ich mir die Gegend und die Berge an und finde sie schön. Wenn ich ein paar hundert, nein, nicht einmal hundert Kilometer südlicher wäre, wäre ich in der Türkei und in der Freiheit. In der Ortschaft habe ich weiter nichts zu tun als zu warten, bis meine Begleiterin fertig ist. Ich weiß nicht einmal, wo sie hingegangen ist. Für mich ist das gerade recht und ich gehe »Klinkenputzen« oder fechten. Klinkenputzen ist eigentlich falsch, denn eine Türklinke gibt es in der ganzen Ortschaft nicht. Das Dorf besteht nur aus ein paar Häusern und einer Bäckerei, der ich einen Besuch abstatte.

Die Leute sind sehr freundlich zu mir, und mein Beutel füllt sich mit einigen Kanten Brot. In einem anderen

Haus bekomme ich ein Glas Milch. Wie lange habe ich schon keine mehr getrunken, ich glaube, es ist schon über ein Jahr her. Nur Tabak fehlt mir noch. Doch nach ein paar neuen Vorsprachen bin ich auch damit eingedeckt.

Die Leute fragen mich, wo ich herkomme, ob ich schon schreiben durfte und Post bekommen habe. Sie haben wohl noch nie Gefangene gesehen, weil sie so voll Anteilnahme sind. Überall werde ich bemitleidet und mit einer baldigen Heimkehr getröstet. Den ganzen Tag verbringen wir in dem Dorf und erst am Abend treffen wir wieder im Lager ein.

In der Zwischenzeit ist noch eine Zivilbrigade gekommen, die auf der Nordseite ihr Lager aufgeschlagen hat. Sie suchen zwei Mann, die mit einer Nähmaschine umgehen können und ich melde mich. Es ist immer besser, mit wenig Kameraden oder gar allein bei den »Iwans« zu arbeiten, als mit vielen. Wenn was abfällt, muss man es nicht mit so vielen teilen. Gleich am anderen Morgen gehe ich mit meinem Kameraden zur neuen Arbeitsstelle. Sie sind gerade dabei, die Ochsen einzuspannen, welche die Maschinen ziehen sollen. Ein Ochse, er ist noch jung, lässt sich nicht fangen. Er steht am Heuhaufen, ein Büschel zwischen den Zähnen und schielt, ob nicht einer kommt. Sobald einer in seine Nähe kommt, haut er ab. Den Schweif steil in die Höhe gestreckt, rennt er bergauf und -ab, und die Russen auf ihren Gäulen hinterher. Oft kommen sie schweißgebadet und mit Schaum vor dem Maul zurück ohne den Ochsen. Uns ist es immer angenehm, wenn sie so viel Arbeit mit dem Vieh haben, dann brauchen wir nichts zu tun.

Der Brigadeführer ist ein jähzorniger Mensch und von uns allen gefürchtet. Meine Maschine hat sich einmal verschoppt, und ich brauche längere Zeit, um sie wieder sauber zu machen, wodurch ich hinter den anderen Gespannen zurückbleibe. Da kommt er gerade angeritten, sieht, wie ich stehe und schlägt mir die Reitpeitsche zweimal ins Gesicht. Ich weine vor Wut und Zorn, kann aber nichts dagegen machen. So steige ich eben auf die Maschine und lasse meinen Ärger an den Ochsen aus. Sie bekommen die Prügel, welche ich dem Russen gern gegeben hätte.

Die Tiere werden überhaupt nur durch die Peitsche gelenkt. Zügel gibt es keine. Das Joch besteht nur aus zwei Querbalken, die in der Mitte an der Deichsel befestigt sind. Dahinein kommen die Köpfe der Tiere. Knapp links und rechts am Hals vorbei werden zwei Eisenstangen senkrecht durch die Querbalken eingeführt, die hier durchbohrt sind. Das ganze Geschirr setzt sich also nur aus zwei Holzbalken und vier Eisenstangen für zwei Tiere zusammen. Die Ochsen ziehen nicht wie bei uns mit dem Kopf oder der Brust, sondern mit dem Nacken. Die Peitsche ist an die zwei Meter lang und hat einen kurzen Stiel. Ohne diese geht es nicht. Die Ochsen würden sonst alles machen, bloß nicht das, was sie sollen.

Ich mache fleißig davon Gebrauch, um den Abstand wieder einzuholen, und die Tiere laufen fast im Trab. Trotzdem werden die anderen Gespanne eher fertig als ich und fahren heim. Ganz allein mache ich nun meine Arbeit fertig. Zuvor kommt noch der Russe und sieht, wie ich die Tiere antreibe, da gibt er mir ein Paket Tabak und Zündhölzer und sagt, ich solle Pause machen. Ich bin überrascht, anscheinend tut ihm wieder alles leid, und er will ein wenig gutmachen. Ich rauche also zuerst eine Pfeife und mache dann fertig.

Erst bei Dämmerung komme ich im Lager an. Ich habe wohl die Richtung nicht mehr gewusst, weil Nebel aufgezogen ist, aber meine Ochsen laufen, diesmal ohne Peitsche, auf direktem Weg ins Lager. Hier fragt mich der Brigadeführer, ob ich die Messer der Maschinen schleifen kann. Zu dem Zweck steht ein Schleifstein zur Verfügung. Ich bejahe und muss gleich ein Probestück machen, welches zu seiner Zufriedenheit ausfällt. Von nun an brauche ich nicht mehr aufs Feld, sondern muss für die sieben Maschinen die Messer schleifen. Jede davon hat zwei Stück, es sind also vierzehn Messer. Früh und Mittag werden frische Messer eingesetzt, die in der Zwischenzeit von mir geschliffen werden. Ich werde immer schnell fertig und habe viele freie Stunden, in denen ich der Köchin helfe, denn die Russen haben eine Gemeinschaftsküche. Dort gibt es immer Arbeit – Wasserholen oder Nachheizen oder Umrühren. Von unserem Lager brauche ich keine Verpflegung mehr, außer Tabak und Zucker. Das andere lasse ich gleichmäßig reihum verteilen, damit jeder einmal in den Genuss von zwei Portionen Essen kommt. Brot gebe ich natürlich nicht her, denn das ist auch bei den Russen nie zu viel.

Die Verpflegung kommt alle zehn Tage mit dem Wagen aus dem Hauptlager. Seit einigen Tagen regnet es, und das Fahrzeug bleibt aus. Für zwei Tage sind wir noch mit Lebensmitteln eingedeckt, aber dann sind wir am Ende. Wenn der Wagen nicht bald kommt, müssen wir uns selbst helfen, denn die Russen borgen uns nichts, sie sind selber froh, wenn sie dreimal am Tag ihre Suppe bekommen. Zehn Mann von uns wollen heute Nacht in die Ortschaft gehen, um Kartoffeln, Rüben, Kraut und was ihnen sonst noch in die Finger kommt und für den hungrigen Magen eines »Plennis« geeignet ist, holen. Das Fahrzeug ist nicht gekommen, und sie sind heute wieder ohne Essen gewesen. Ich spüre nicht ihren Hunger, bei meiner Brigade hat es noch keine Not und die Köchin lässt mich nicht untergehen, aber ich sehe die »Plennis« umherschleichen mit hungrigen Augen und eingefallenen Gesichtern.

Über ein Jahr dauert nun dieses Sklavendasein, nie sind wir ordentlich satt geworden, und trotzdem hat man von uns Arbeitsleistungen verlangt wie von einem Gesunden und Satten. Dass wir gesund sind, kann man wohl nicht behaupten. Wenn ich mir die Gestalten so ansehe, meine ich unter alten Männern zu sein, so sind ihr Gang und ihre Haltung, als ob ein unsichtbarer Zentnersack auf unseren Schultern liegt. Der dürre Hals, die eingefallene Brust mit den hervorstehenden Rippen, die Schenkel, die man mit den Händen spielend umfassen kann, die auffallend großen Knie, weil Knochen nicht abmagern, von Waden keine Spur. Arme, so dünn wie die eines Kindes in einem zerrissenen, geflickten und wieder zerrissenen Gewand, gekrönt von einem Kopf, der die Haare seit einem Vierteljahr nicht geschnitten bekommen hat und der seit drei Wochen nicht rasiert worden ist.

Die zehn Mann, die heute Nacht um Verpflegung gehen, werden angeführt von unserem Posten, der am meisten über das ausgebliebene Fahrzeug schimpft. Mit einem Stock zur Unterstützung seines steifen Fußes stelzt er der Kolonne voran. Jeder hat einen Rucksack dabei, um ordentlich einpacken zu können. Ich lege mich schlafen, um frisch zu sein und meine Arbeit richtig zu machen, denn eine so gute Arbeitsstelle bekomme ich nicht mehr so schnell und ich kenne viele, die schon im Falle eines Falles auf meinen Posten spekulieren. In der Nacht höre ich die zehn Männer ankommen. Sie werden von allen freudig empfangen, mehr aber noch die Produkte, die sie bei sich tragen. Es hat sich aber auch gelohnt, jeder hat seinen Rucksack prall gefüllt, und für einige Mahlzeiten reicht es wieder.

Vor allem der Posten freut sich, nun kann er sich seinen Ranzen wieder vollschlagen. Am liebsten würden sie den Koch gleich zum Ofen schieben, um ihnen eine Suppe zu bereiten. Zur Freude am nachfolgenden Frühstück kommt aber auch ein bitterer Tropfen. Der Führer der russischen Brigade ist dagewesen und hat gefragt, wer von uns immer ihre Kühe melkt. Die Tiere werden zweimal am Tage an unserem Lager vorbei zur Tränke getrieben, und dabei sind unsere ehemaligen und zukünftigen Landwirte auf den Gedanken gekommen, dies für ihre eigenen Zwecke auszunutzen.

Ich habe selbst ein paarmal mitgeholfen, die Kühe von ihrer Last zu befreien, und jetzt ist es aufgekommen, obwohl wir ausgemacht haben, sie nur ein bisschen »anzumelken«, damit die Russen es nicht so schnell merken. Der Brigadier verlangt von uns Schadensersatz, und wir sehen die mühsam geholten Lebensmittel schon wieder davonschwimmen. Wenn er wüsste, dass diese auch noch geklaut sind und dass der Posten sogar der Anstifter gewesen ist, das wäre erst ein Theater. Mit dem Ausbleiben der Verpflegung ist auch der Tabak schon eine ganze Zeit zu Ende. Sogar bei dem Russen, bei dem ich arbeite, ist er knapp. Jeden Tag in der Frühe, bevor die Leute zur Arbeit gehen, legt ein junger Bursche einige Tabakblätter in die Nähe des Feuers, um sie zu trocknen. Bis er zu Mittag wieder kommt, könnte er sie schon gebrauchen, wenn sie noch da wären. Bei mir in der Pfeife brauchen sie nicht so trocken zu sein. Außerdem bekommen die Blätter bei mir den letzten Schliff und die letzte Reife in der Hosentasche. Ein paarmal hat er mich schon misstrauisch angeschaut, aber in seiner Gegenwart habe ich nie geraucht.

Nun bin ich meinen guten Posten doch losgeworden, weil ich Wasser in den Beinen habe. Ganz dick und unförmig sind sie. Die Haut an den Waden glänzt wie eine Speckschwarte. Nicht genug damit, es kommen noch eitrige Stellen dazu, aus denen dauernd eine wasserhelle Flüssigkeit läuft. Solange ich liege, geht es, aber wenn ich die Beine beim Sitzen nach unten hängen lasse oder gar gehen will, dann kribbelt es, als ob ich in einem Ameisenhaufen stünde. Mit dem nächsten Verpflegungsauto, das zurückfährt, muss ich mit und komme wieder ins Kartoffellager. Damit sind die drei besten und schönsten Wochen der Gefangenschaft vorbei, die ich bisher erlebt habe. Noch einmal bin ich durch die Berge gefahren und habe mich an ihrer Schönheit, die fast unberührt erscheint, erfreut.

Im Lager werde ich nicht sonderlich freundlich empfangen, weil ich doch als schwarzes Schaf angeschrieben bin. Es ist mir egal, ich weiß schon, wie ich mich zu verhalten habe. Die Kartoffelernte ist nun im Gange und wieder ist Verstärkung gekommen. Wir sind nun 250 Mann im Lager, dreimal so viele wie Platz haben. Kein Fleckchen auf dem Boden, wo nicht einer liegt. Wie immer ohne Schlafsack, ohne Decke auf nacktem Lehmboden. Jede Bank und jeder Tisch ist belegt. Der Rest liegt im Freien, und wenn es regnet, müssen sie in der Latrine ihr Lager aufschlagen, um im Trockenen zu sein.

Ein Teil von der Belegschaft sind Ungarn. Gerade sie kann unser russischer Kommandant gar nicht leiden. Jeden Tag in der Frühe müssen die Kranken nach Abmarsch des Arbeitskommandos antreten. Einzeln fragt uns dann der Russe, was uns fehlt. Ich habe beide Beine von oben bis unten verbunden, denn meine offenen Stellen werden immer ärger und größer. Es sieht aus wie bei einem Aussätzigen. Die Knie kann ich nicht beugen und wenn ich gehe, meine ich, statt Beine Stelzen zu haben. Mich kann er nicht zur Arbeit schicken, aber wenn es irgendwie geht, scheut er nicht davor zurück, die Kranken zur Arbeit zu treiben. Wir haben keinen Arzt, der ihm das verbieten könnte.

Einmal steht ein Ungar mit einem Stock bei uns Kranken. Auf die Frage, ob er krank sei, antwortet er dem

Kommandanten, er habe Rheuma in den Beinen. Da sagt der Russe, er solle zur Arbeit gehen. Rheuma sei keine Krankheit, sondern eine Einbildung der Kapitalisten. Der Ungar humpelt aus dem Lager und stützt sich dabei auf seinen Stock. Der »Iwan« schaut eine Weile zu, wie er so langsam dahinstelzt, da stürzt er ihm auf einmal nach, entreißt dem Ungarn den Stock und gibt ihm einen Stoß, dass er hinfällt. Das scheint den Russen erst in Wut zu bringen, denn er schlägt den Ungarn derart mit dem Stock und schreit dabei immer »Simulant«, dass jener nur noch wimmert. Er muss am ganzen Körper Striemen haben. Zur Arbeit muss er trotzdem gehen.

Ich bin nun in der Küche als Teekocher. Der Kessel steht im Freien, weil die Küche zu klein ist. Um den Köchen den Weg zu ersparen, immer hin- und herzulaufen, nimmt man eben einen Kranken. Zurzeit bin ich an der Reihe. Das Essen ist seit der Ernte so, dass wir nicht wissen, wohin damit. Früh, mittags und abends gibt es Kartoffelsuppe, so dick, dass der Löffel steckenbleibt. Wie oft haben wir uns gewünscht, nur einmal so viel zu essen, wie wir wollen, und nun ist es so weit, aber trotzdem sind wir nicht zufrieden. Am Anfang der Ernte haben sich alle gefreut, wenn sie nachfassen konnten. Jetzt ist jeder froh, wenn er den Koch mit seinem Suppenkessel nicht sieht. Ich habe einmal gehört, dass man auch verhungern kann, wenn man immer nur Schweinebraten zu essen bekommt. Dass nun unser Körper die Aufnahme des ewigen Einerleis verweigert, ist verständlich. Wir versuchen es mit Kartoffelpuffern, vermengt mit unserer täglichen Fischportion, aber auch das ist nur einige Tage genießbar und macht wahnsinnig viel Arbeit.

Das Einzige, was uns noch schmeckt, ist der gute russische Tee. Mich wundert oft, dass sie für uns so etwas übrig haben. Noch einmal kommt Verstärkung, und die Männer freuen sich, dass man bei uns nach Herzenslust essen und trinken kann. Gleich am ersten Abend holen sich zwei Neue einen ganzen Eimer voll Kartoffelstampf. Dann setzen sie sich auf den Boden, Gesicht zueinander, den Eimer zwischen den Beinen und einträchtig und bedächtig essen sie ihn mit ihrem Holzlöffel leer, pro Mann fünf Liter. Manche sind wahre Fresskünstler. Einer fällt mir auf, der ein ganzes Kochgeschirr voll Fische, sie sind immer nur fünf bis zehn Zentimeter lang, essen kann. Wenn man bedenkt, dass diese salzkonserviert sind, eine erhebliche Leistung.

Meine Beine sind einigermaßen geheilt, und ich gehe wieder auf den Acker, um die Kartoffeln möglichst schnell herauszubekommen. Die Russen treiben uns an, als ob schon jede einzelne Kartoffel gebraucht würde. Man hört aber auch ganz nette Dinge.

Die Ernte ist so schlecht, dass die tägliche Brotration auf vierhundert Gramm gesenkt wird. Nicht nur bei uns, sondern auch für die Russen. Bei ihnen sind Kontrollen gekommen, die ihnen ihre Schweine und einen Teil ihrer Hühner schlachten, um zu vermeiden, dass zu viel Getreide verfüttert wird, das der menschlichen Ernährung zugutekommen könnte. Vor unserem Lager liegt ein riesiger Haufen Getreide im Freien. Tag und Nacht wird er bewacht, damit ja kein Hühnchen ein Körnchen wegnimmt. Aber als der Haufen dann wegkommt, bleibt eine Schicht von zwanzig Zentimeter liegen, die schon austreibt und damit unbrauchbar geworden ist. Wie viele Haufen werden in Russland so im Freien liegen, wie viele Schichten werden verderben, wie viele Tonnen werden das sein und wie viele Brote könnte man davon backen, wenn es sachgemäß gelagert werden würde? Auf der einen Seite wird Kohldampf geschoben, auf der anderen Seite verfault und verdirbt ein großer Teil der Lebensmittel.

Die Kartoffeln werden mit dem Spaten herausgestochen. Jeder Mann muss zwei Reihen zu fünfhundert Metern roden, um auf die Norm zu kommen. Auflesen und Einsammeln wird wieder von anderen gemacht. Auch das Verladen. Das ist wieder eine Sache für die russischen Fahrer. Sackweise haben sie die Kartoffeln verschoben.

Ein Russe sagt mir einmal: »Die reichsten Männer in Russland sind die Minister und die Chauffeure!«

Am ersten Tag meines Arbeitseinsatzes geht es gut, doch schon am darauffolgenden habe ich mit unserem Brigadier, einem Deutschen aus Kassel, eine Auseinandersetzung. Von mir sind beim Ausstechen ein paar Kartoffeln übersehen worden. Der Brigadier fängt zu meckern an, und ich sage ihm, er soll kein Theater machen wegen den Kartoffeln, wenn nicht mehr verfault, sei es gut. Daraufhin schlägt er mir seine Gerte ins Gesicht, die er immer bei sich hat. Sollte ich einmal nach Kassel kommen und ihn treffen, werde ich es ihm heimzahlen.

Rückkehr nach Georgijewsk

Ein Tag reiht sich an den anderen, es wird kälter, die Ernte geht ihrem Ende zu, und langsam werden die »Plenni« wieder abgezogen. Auch ich bin dabei. Wieder kommen wir nach Georgijewsk in das Erholungslager. Der alte Dreh ist uns schon bekannt: Zählen, Filzen, Entlausen, Baden und Einweisen in die Baracken. Die Arbeit auf dem Feld ist zu Ende, aber es gibt so viel zu tun.

Einmal geht das ganze Lager Maisstroh holen, damit die Küche was zu heizen hat. Wenn das aufgebraucht ist, dann wird in den Wald gegangen, um Buschholz zu holen. Die Bäume bleiben stehen, sie sind zu wertvoll. Ruhe hat man jedenfalls nie. Nur am Sonntag liegen alle den ganzen Tag auf dem Strohsack und reden vom Essen oder von zu Hause. Ich habe mich mit einigen Kameraden näher angefreundet, und wir haben uns versprochen, nicht mehr vom Essen zu sprechen, sondern uns die freie Zeit mit dem Erzählen von Filmen zu vertreiben. Jeder kommt einmal dran, und wir haben unsere Freude, weil die Zeit vergeht.

Das Gerücht vom Kartoffellager, dass es nur mehr vierhundert Gramm Brot statt sechshundert Gramm geben soll, ist wahr geworden. Die Russen begründen das mit einer sehr schlechten Ernte. Auch die Zivilisten sind davon betroffen. Hätten sie nicht so viel verschlampt und verschoben, dann sähe es besser aus. Nur noch morgens und mittags gibt es eine Scheibe Brot zu der dünnen

Suppe. Abends nur die Suppe allein, vielleicht noch mit einer Salzgurke oder einem Stück Salzfisch so groß wie eine Zündholzschachtel. Der Hunger nimmt weiter zu. Noch nie war es so schlimm wie jetzt.

Die Landser schleichen Tag und Nacht im Lager herum, um irgendetwas Essbares zu ergattern. Nichts ist vor ihren hungrigen Augen sicher. Kein Krautblatt, keine Rübe, kein Knochen, der von der Küche abfällt, nicht einmal die Brotkrumen am Fenster vom Brotschalter.

Ich war 1941 in Orel, unsere Einheit lag dort in Ruhe. Da sah ich, wie ein russischer Junge beim Fensterbrett unseres Brotmagazins die Brotkrumen und kleine Stücke sammelte. Wie tat er mir leid, und trotzdem konnte ich nicht verstehen, dass man so Hunger haben kann. Wie sehr kann ich es jetzt. Der Junge hatte es gut, keiner neidete ihm die Krumen, keiner trieb ihn weg, und immer waren welche da. Bei uns finde ich nie welche, das Fensterbrett ist im wahrsten Sinne gefegt. Die Abfallgrube der Küche, wo die Knochen und Eingeweide der Fische sowie Kartoffelschalen, Kürbiskerne, Spülwasser und sonstige Abfälle hineingeworfen werden, ist immer von zehn bis fünfzehn Mann besetzt, die noch brauchbare Ware für den ewig hungrigen Magen suchen. Diese Art von Essen lehne ich ab. Meine Gesundheit ist mir mehr wert. Sollte wirklich einmal die Versuchung an mich herantreten, dann denke ich nur an die Krankheiten, die dadurch entstehen können. An meine Eltern, meine Schwester und an meine geliebte Heimat, die ich doch alle einmal wiedersehen will, gesund wiedersehen, nicht wegen Krankheit entlassen werden und dann daheim sterben.

Mit dem Essen wird von manchen ein wahrer Kult betrieben. Die Suppe wird bedächtig mit dem Löffel gegessen. Es erinnert an einen Weinkenner, der den Wein schlürft und dann ein Weilchen auf der Zunge liegen lässt, um ihn dann genießerisch zu schlucken. Der »Kasch« oder Brei wird mit einer kleinen Holzspachtel gegessen, um nicht zu viel auf einmal in den Magen zu kriegen. Hinterher noch das Stück Brot, sofern nicht Abend ist. Da gibt es noch welche, die es mit Messer und Gabel essen, die sie sich selbst gemacht haben. Nicht wenige gibt es, die auf diese Weise eine geschlagene Stunde essen, obwohl es ohne zu eilen in fünf Minuten vorbei sein könnte.

Zucker gibt es wohl zeitweise, aber schon öfter haben wir gemerkt, dass man Salz daruntergemengt hat. Tabak gibt es überhaupt nicht mehr. Auf diese Art kann es nicht weitergehen, ich muss wieder einmal etwas tun, um nebenbei ein klein wenig zu verdienen. Das Normbrot, welches wir für unsere ganztägige Arbeit bekommen, beträgt fünfundzwanzig bis fünfzig Gramm, ein Stück so groß wie eine Sechserpackung Zigaretten. Dafür rennen wir den ganzen Tag im Wald herum. Für das Normbrot tausche ich mir wieder eine Nähnadel ein.

Ich bin jetzt auf dem Holzplatz beschäftigt, der, wie schon erwähnt, im äußeren Teil des Lagers untergebracht ist. Auf dem Hin- und Rückweg komme ich mit dem Kommando immer am Kleidermagazin vorbei, wo des Öfteren Klamotten auf- oder abgelöst werden. Gleich in den ersten Tagen ist es mir gelungen, eine alte Hose zu erwischen, die ich so dringend für mein Geschäft brauche. Bei der Schneiderei hole ich mir noch ein wenig Faden und dann kann es losgehen.

Ich beginne mit dem Nähen von Füßlingen. Füßlinge sind eine Art Socken, nur aus Stoff genäht und am Rist vorne offen, denn das Material dehnt sich ja nicht. Den Schnitt dazu habe ich schon lange, weil ich mir selbst einmal welche gemacht habe. Die Dinger zu nähen ist keine Kunst, aber sie zu verkaufen. Eine Möglichkeit gibt es bei den ungarischen Offizieren, dort ist die Zentrale der Händler, und es geht dort manchmal zu wie auf einem Markt. Die Ungarn sind mit dem Bezahlen sehr knauserig. Für ein Paar Füßlinge, die mich einen halben Tag Arbeit gekostet haben, geben sie mir nur drei bis vier Zigaretten oder den Tabak dafür. Das Maß ist sehr einfach, die Menge Tabak, die man zwischen drei Fingern halten kann, ist eine Zigarette. Eine andere Verkaufsmöglichkeit besteht beim Küchenpersonal und bei den Bäckern. Die sind aber die schlechtesten Kunden, sie sind zu sehr mit der Bekleidungskammer befreundet, die ihnen auf Gegenseitigkeit Bekleidung liefert.

In der Krankenbaracke ist auch nicht viel zu machen, wer nicht zur Arbeit hinaus muss, braucht auch keine Socken. Bleiben nur noch unsere deutschen Offiziere, die fast regelmäßig Tabak empfangen. Ich komme mir vor wie ein ganz armseliger Hausierer. Habe ich wirklich einmal ein wenig zu rauchen, dann werde ich von allen Seiten angepumpt. Wenn ich selber pleite bin, gehe ich auch zu anderen, und nur von wem ich etwas bekomme, der kriegt auch von mir. In dieser Beziehung ist man sehr empfindlich geworden, und keiner vergisst, wenn er von irgendjemandem einmal nichts bekommen hat.

Wer hat von uns schon etwas zu verschenken, wo wir alle bis über unsere Kraft in Not und Elend stecken? Wann wird diese Zeit einmal zu Ende sein, wann wird man endlich aufhören, das tun zu müssen, was andere wollen? Einen eigenen Willen gibt es nicht mehr, nur den zur Selbsterhaltung und der hat bei vielen schon Schaden genommen. Alles, was zu tun ist, wird von der Lagerleitung befohlen. Ob es zu unserem Vorteil oder Nachteil ist, wissen wir oft nicht zu sagen. Einer wie der andere trottet so dahin im Haufen von tausenden von Leidensgenossen, weil es irgendeiner so haben will.

Nach der Tagesarbeit müssen wir oft noch in der Küche Kartoffeln schälen, Rüben putzen oder Kürbisse entkernen. Manche schälen die Kartoffeln so dick, dass sie aus der Schale noch eine Suppe kochen können. Unter Protest der anderen werden sie ihnen wieder abgenommen. Ich bin beim Entkernen von Kürbissen und mache damit meinen Magen voll. Es schmeckt nicht, aber schadet auch nicht. Momentan gibt es viel Krautsuppe, die aus den äußeren Blättern des Krautkopfes gekocht wird. Die sauberen Köpfe kommen in das Silo, wo sie für den Winter gelagert werden. Die Blätter der Krautköpfe werden auf einen kleinen Heuwagen geworfen und dann vor das Küchenfenster geschoben. Ein Mann, bewaffnet mit einer Heugabel, wirft dann die Blätter durch das Fenster, so wie bei uns die Bauern ihr Viehfutter abladen. In der Küche werden die Blätter geschnitten, ein wenig durch das Wasser gezogen und gekocht. Die Suppe schmeckt immer irgendwie nach Erde, manchmal findet man auch eine Schnecke, aber wer stört sich schon an solchen Kleinigkeiten.

Bei der Arbeit auf dem Holzplatz tun wir uns auch nicht weh. Wir müssen das Brennholz für die russischen Offiziere schneiden, und oft staune ich, wie genau es bei der Verteilung geht. Jeder, der Holz will, braucht einen Zettel, also eine Art Bezugsschein, auf dem die zu empfangende Menge angegeben ist. Der Verwalter des Holzplatzes, ein Deutscher aus Dresden, gibt kein Scheit zu viel her. Er ist überhaupt ein sonderbarer Heiliger. Oft hält er uns Vorträge, dass wir die Gefangenschaft verdient, dass wir es viel zu gut hätten, und er überhaupt nicht mehr nach Hause wolle, hier gefiele es ihm viel besser. Na, dann soll er doch hierbleiben, wir werden ihm zu Hause bestimmt nicht nachtrauern.

Einmal hält er abends in den Baracken einen Vortrag über die Herstellung von Fruchtsäften, betitelt: »Flüssiges

Obst«. Wir schlafen alle bei seinem Vortrag, und er ärgert sich maßlos. Überhaupt werden jetzt wieder des Öfteren Vorträge gehalten. Der eine spricht über Bienenzucht, der andere über den Bau eines Kaninchenstalles. Kein Thema bleibt unberührt, das eine interessiert mehr, das andere weniger, aber im Großen und Ganzen ist es für uns immer ein Betthupferl, und wir schlafen bei den Vorträgen immer prächtig.

Zurzeit bin ich zur Wäschekammer abkommandiert. Arbeit gibt es hier nicht viel. Die Wäsche muss sortiert und die zerrissene Kleidung zur Schneiderei gebracht werden. Mir ist es eigentlich gar nicht recht, denn es ist schon lausig kalt. Es geht auf Weihnachten zu, und ich friere den ganzen Tag. Die Kammer ist nicht geheizt, wo sollten wir auch Brennzeug herhaben? Der dicke österreichische Offizier, der die Kammer unter sich hat, sitzt fast den ganzen Tag in der warmen Bäckerei gegenüber von uns und sperrt während dieser Zeit die Kammer zu, damit ich ihm nichts klauen kann. Im Freien stehen mag ich auch nicht und so besuche ich eben die anderen Kommandos, denn in die Bäckerei darf ich nicht hinein.

Am liebsten gehe ich in die Schreinerei. Dort ist es warm und immer überfüllt von frierenden Landsern. Ich schaue zu, wie sie mit primitivem Werkzeug Schränke, Tische, Betten und Kästen machen. Hobelbänke gibt es nicht. Das zu hobelnde Stück wird mit der Stirnseite an die Wand geschoben oder an einen Nagel, dann wird es bearbeitet. Die Werkbank ist ein langer Tisch, das Werkzeug ein Hobel, eine Säge, eine Raspel, ein Hammer und eine Zange. Das meiste ist von den Landsern selbst gemacht. Die Nägel, die gebraucht werden, werden aus Stacheldraht gefertigt, dafür sind zwei Mann angestellt. Sie sitzen gleich neben dem Ofen und schieben eine ruhige Kugel.

Vor der Schreinerei ist das Sägewerk. Vier Mann sind hier beschäftigt, die die nötigen Bretter schneiden. Der zu schneidende Balken wird auf ein zwei Meter hohes Gestell gelegt, das aus vier in die Erde gerammten Pfählen besteht, die am oberen Ende miteinander verbunden sind.

Ein Mann steht oben auf dem Balken, einer unten, dann ziehen und schieben sie mit einer langen breiten Säge und schneiden ein Brett nach dem anderen ab. Die Arbeit ist sehr schwer, besonders für den Untermann, der die schwere Säge immer nach oben drücken muss und dafür noch die Sägespäne in die Augen bekommt. Ein Stück weiter ist die Kalklöscherei. Immer wenn es kalt ist und in der Schreinerei zu viele sind, dann gehe ich hierher, weil die Löschwannen Wärme abgeben. Manchmal fährt an der Bekleidungskammer das Kraut- oder Rübenfuhrwerk vorbei, und wenn ich Glück habe, kann ich davon etwas erwischen.

In der Wäscherei, wo die schmutzige Wäsche gewaschen wird, gibt es immer Feuer, und in die glühende Asche lege ich einen Krautkopf oder einige Rüben, um sie zu dünsten. Die äußeren Blätter des Krautkopfes verkohlen und geben eine feste Hülle. Das innere Wasser fängt zu kochen an und macht das Kraut weich und gar. Bei den Rüben ist es ähnlich, und manchmal kann ich es gar nicht erwarten, bis es fertig ist. Weggehen darf ich vom Ofen natürlich nicht, denn sonst verschwinden meine Kostbarkeiten auf Nimmerwiedersehen. Sie immer anschauen müssen und noch nicht essen dürfen, kostet unglaubliche Überwindung, weil der Hunger einen regelrecht verrückt macht.

Jetzt weiß ich auch, wo sie die Rüben herholen. Es ist ein großer Stadel zwischen zwei Baracken am Trennungszaun vom äußeren und inneren Lager, fünfzig Meter vom Tor weg, das von einem russischen Posten bewacht wird, der auch den Stadel übersehen kann. Als ein Trupp Landser vom Außenkommando zurückkommt und der Posten mit dem Zählen beschäftigt ist, gehe ich zwischen den Baracken hindurch, tue, als ob ich müsste und gehe an die Seite, die der Posten nicht sehen kann. Unauffällig schaue ich mich um, aber ich glaube nicht, dass man mich beobachten kann. Fieberhaft wühle ich das Stroh beiseite, das die Rüben bedeckt, halte die Umgebung im Blick, ob nicht doch jemand kommt und habe endlich eine Rübe in der Hand. Fünf, sechs Stück schiebe ich ein, mache den Laden wieder dicht, tue wieder »als ob«, gehe zurück und mit aufgeregt klopfendem Herzen am Posten vorbei. Ich muss ganz rote Backen haben vor Erregung und meine, der Posten muss es mir ansehen, aber ich komme unbehelligt vorbei. Im Feuer der Wäscherei werden sie gleich geröstet, damit ich sie in der Baracke beim Abendessen mitverspeisen kann. Ich glaube, Schmuggeln und Wildern kann nicht aufregender sein als Rübenklauen in der Gefangenschaft.

Weihnachten 1946

Schon wieder ist Weihnachten, und wir sind immer noch irgendwo in der Weite Russlands. Ob wir irgendwann wieder nach Hause kommen? Wer weiß das schon? Wie geht es mit unserem Leben überhaupt weiter? Viele Jahre Zwangsarbeit in Russland, um dann irgendwann an einer Krankheit halb verhungert elendig zu verrecken? Werden wir unsere Heimat und unsere Familien jemals wiedersehen? Keiner weiß es. Nur wenig Hoffnung hält uns am Leben.

Das zweite Weihnachten in unserem »Plenni«-Dasein. Wenn man uns vor einem Jahr gesagt hätte, dass wir jetzt immer noch nicht zu Hause sind, wären wir wohl verrückt geworden. Wieder liegen wir auf unseren Strohsäcken und wissen nichts zu sagen. Wir denken an zu Hause, an einen Weihnachtsbaum, an Kerzenlicht, an Lametta, an Bratäpfel, an all die Dinge, die wir hier so sehr entbehren. An keinem Feiertag des Jahres kommt einem die Lage so trostlos vor wie gerade an Weihnachten. Mit ganzem Herzen sehnt man sich nach Hause und all das, was uns hier umgibt, kommt einem kalt, widrig, ja sogar feindlich vor. Immerhin ist es um vieles besser als voriges Jahr.

Die Küche gibt sich alle Mühe, aus den schon lange eingesparten Produkten ein würdiges Essen zu kochen. Wir bekommen die doppelte Menge als sonst und als Nachspeise eine Art Roulade mit Hühnerfleisch gefüllt. Hunger haben wir also an dem Feiertag nicht. Überhaupt haben wir in letzter Zeit öfter Geflügel erhalten, aber nur, weil es wegen der Missernte nicht mehr verfüttert werden konnte.

Die schönste Überraschung aber ist die eingetroffene Post. Ich bekomme gleich mehrere Karten und freue mich sehr darüber. Nach zwanzig Monaten das erste Lebenszeichen von zu Hause! Endlich weiß ich, wie es dort aussieht. Sehr rosig muss es auch nicht sein, aber besser als bei uns jedenfalls.

Für mich gibt es noch eine Überraschung, die mich sehr freut, obwohl ich davon keinen Vorteil habe. Ich habe Hauptmann Walter H. getroffen. Er ist hier im Lager, im Bunker. Man hat ihn zu drei Monaten verdonnert, weil er stiften gehen wollte. Nun kann er von sechs Uhr früh bis acht Uhr abends arbeiten und hat Zeit, über die »deutschen Schweine« nachzudenken.

Auch an Tabak hat die Lagerführung gedacht, ein wenig werden wir für die lange rauchlose Zeit entschädigt und empfangen pro Mann fünfzig Gramm. Endlich kann ich mir einen anständigen »Balken« drehen und mit Ruhe rauchen, ohne zu fürchten, dass einer kommt, der einen »Schnapper« machen will.

Weihnachten geht und Neujahr kommt. In den Tagen dazwischen friere ich weiterhin in der Wäschekammer und gehe zum Aufwärmen in die Schreinerei. Ich klaue dem dicken Major ein Handtuch und ein paar Socken und bediene mich noch einmal an dem Rübenstadel, um den Verpflegungssatz aus eigener Kraft zu heben. In der Schreinerei nehme ich ein Brett mit, um es in der Offiziersbaracke zu verkaufen, weil sie dort ein Schachbrett suchen. Abends schiebe ich es in das Rückenfutter des Mantels und gehe so am Posten vorbei. Es bringt mir immerhin zwanzig Gramm Tabak ein.

Heute ist Silvesterabend. Ich will mir zum Jahresabschluss noch einmal Rüben holen und schleiche zum Stadel, stopfe meine Taschen voll, gehe zurück und will am Posten vorbei, aber diesmal habe ich Pech. Ich werde durchsucht, und die Rüben werden mir abgenommen. Die Fragen des Postens kann ich vor Aufregung kaum beantworten. Die Angst, zu Neujahr im Bunker zu sitzen, sitzt mir in allen Gliedern. Was ich nicht für möglich gehalten habe, tritt ein. Der Posten lässt mich gehen. Ich haue ab wie ein Hundert-Meter-Läufer, um möglichst viel Boden zwischen uns zu bringen, denn es ist ja möglich, dass ihm seine Güte wieder leidtut.

Pjatigorsk

Aber auch die Zeit in diesem Lager geht zu Ende. Ein neuer Transport geht ab, und ich bin dabei. So gerne bin ich noch nie von einem Lager weggegangen wie von hier. In jedem Lager sieht man immer ein bisschen Heimat, ein bisschen Zuhause, man wechselt nicht gerne, weil man nicht weiß, wie es woanders ist. Aber hier hält mich nichts. Dünner und weniger kann die Suppe nicht werden und nasser das Brot auch nicht. Jeder Mann bekommt noch frische Wäsche und einen Strohsack, dann geht es auf Lastwagen in das neue Lager.

Nach stundenlanger Fahrt erreichen wir die Stadt Pjatigorsk. Dies ist ein russischer Kurort am Rande des Kaukasus, östlich von Krasnodar. Das Vorgebirge reicht bis an den Stadtrand heran und auf ihm stehen Hotels und Kurheime. Die Russen sind sehr stolz darauf, obwohl es eigentlich sehr wenig Proletarisches an sich hat. Das Lager steht drei Kilometer außerhalb der Stadt und ist zurzeit nur von einer kleinen Gruppe belegt, die tagsüber zur Arbeit geht.

Vorerst gibt es für uns noch keinen Bedarf. Wir verbringen die Zeit im Lager damit, den Stacheldraht zu erneuern, eine Latrine zu bauen und die Baracken zu weißeln. In denen ist während des Krieges eine Panzerwerkstätte gewesen, und an den Wänden sind Schlagworte von unserem seligen Adolf zu lesen, die mit sehr gemischten Gefühlen aufgenommen werden. So ist das nun einmal, früher waren wir hier die Herren und nun sind wir noch weniger als Knechte.

Am Lagertor steht ein ehemaliger Pferdestall, der von uns zu einer modernen Dreizimmerwohnung für den russischen Kommandanten ausgebaut wird. Die eingebauten Schränke, der Fußboden, die Lichtanlage und die Leuchten – nicht ein Stück, das nicht von »Plennis« gemacht worden ist.

Bei uns in der Baracke ist es nicht so gemütlich. Es ist lausig kalt und wir frieren abscheulich. Die Wände glitzern wie Schnee und man kann seinen Namen an die Wand schreiben. Strohsäcke haben wir ja, aber kein Stroh. Arme »Plennis«, armes Russland. Immer zwei, drei Mann liegen eng beieinander, um sich zu wärmen, aber es hilft nicht viel. Handschuhe und Pelzmützen werden bei Nacht anbehalten, die Füße stecken in leeren Zementtüten, die uns das Außenkommando mitgebracht hat, aber warm werden sie nicht. Das Leben der Hunde bei uns zu Hause ist da unvergleichlich besser. Zwölf- bis fünfzehnmal stehen wir bei Nacht auf und gehen zur Latrine. Verbessert haben wir uns also im Vergleich zum letzten Lager nicht viel. Nur das Essen ist reichlicher. Wenn wir erst zur Arbeit gehen, dann gibt es auch mehr Brot und vielleicht lässt sich auch draußen was ergattern.

Heute sind wir zum ersten Mal in der Stadt zum Schutt aufräumen, der hier noch überall zu sehen ist. Ich habe das Gefühl, dass die Russen damit extra auf uns gewartet haben. Auf dem Weg zur Arbeit kommen wir an einem Luftschutzbunker vorbei. Einer von uns geht hinein und findet ein Paket mit Fleisch. Es ist blutig und sieht sehr unappetitlich aus. Welches Fleisch es ist, weiß keiner. Ich glaube, es stammt von einem Hund. Trotzdem will der Finder es mitnehmen und im Lager kochen und essen. Wir nehmen es ihm und werfen es weg, weil wir Angst haben, dass er krank wird und uns vielleicht noch ansteckt. Fast weint er, so zornig ist der Kamerad geworden.

Täglich in der Frühe werden wir nun mit dem Lastwagen geholt und zur Arbeit gefahren. Es ist noch Verstärkung gekommen, und das Lager ist nun mit einigen hundert Mann belegt. Der deutsche Kommandant ist ein ehemaliger Schausteller und wird von uns »Eiserner August« genannt.

Die Arbeitskommandos gehen alle in die Stadt. Die einen in die Brotfabrik, die anderen in die Molkerei, einige in eine Omnibusreparaturwerkstätte, und ich bin beim Kommando Schlachthof. Der Schlachthof ist zusammengeschossen worden und wird von uns wieder aufgebaut. Um das ganze Gelände herum verläuft eine hohe Mauer. Wir brauchen daher nur einen Posten, der den ganzen Tag am Tor steht, damit keiner hinauskann. Einige Mann von der Lagerpolizei sind noch dabei, die im Hof nach dem Rechten sehen, also den ganzen Tag spazieren gehen. Obwohl sich das hier Schlachthof schimpft, sehen wir selten Fleisch. Und wenn wirklich einmal ein Stück abfällt, zögern die »Plennis« keinen Augenblick. Wie die Fleischfliegen stürzen wir uns darauf, und jeder schneidet mit seinem Messer ab, was gerade geht. Im Kühlhaus liegt nicht nur Fleisch, sondern auch Gemüse, Obst oder Sirup.

Einmal kommt ein Waggon, das Gleis geht bis an das Kühlhaus, und wir müssen den Waggon leeren. Dabei essen wir so viel Sirup, dass uns dabei der Magen zusammenpappt. Gemeinsam mit ein paar Kameraden nehme ich noch einen Blecheimer voll ins Lager mit, und wir brauchen acht Tage kein trockenes Brot mehr zu essen. Aus amerikanischer Trockenmilch wird hier auch Speiseeis hergestellt, es schmeckt ausgezeichnet und ist von uns natürlich sehr begehrt. Das fertige Eis kommt in kleine

Körbe und wird von einem russischen Mädchen in den Kühlraum getragen, wobei sie über den Hof gehen muss. Die Körbe hat sie unter die Arme geklemmt, und wenn sie durch die Türe geht, muss sie sich seitlich drehen, damit sie durchkommt. Sobald sie uns den Rücken zuwendet, klauen wir das Eis aus den Körben. Manche sagen nichts, aber es sind auch Mädchen dabei, die machen Krach. Einmal ist eine da, die wirft die Körbe hin, als sie merkt, dass sie bestohlen wird und rennt demjenigen nach. Als sie zurückkommt, sind die Körbe leer.

Die Zivilisten sind im Allgemeinen gut zu uns, und hie und da kann man von ihnen etwas »erben«, besonders, wenn es nicht aus ihrer eigenen Tasche kommt. Ich muss schon recht armselig schauen, sonst würde mich nicht ein Russe fragen, ob ich Fleisch haben will. Selbstverständlich bejahe ich und er sagt, ich solle warten. Nach einiger Zeit kommt er zurück mit einem Päckchen, in dem lauter Fleischschnitzel sind. Er wird von einem Stück zum anderen gegangen sein und überall ein wenig abgeschnitten haben. Ich bedanke mich und gehe gleich in die Bauhütte, wo immer Feuer ist, um es zu kochen. Es ist noch ein Kamerad da, der Fleisch kochen will und auf meine Frage, ob er es auch bekommen habe, verneint er und sagt, er habe es erst fangen und schlachten müssen. Das »Es« war eine Katze, die sich in einer Kalkgrube gefangen hat. Wir machen aus, dass immer abwechselnd einer nach dem Fleisch sehen soll, damit es nicht auffällt. Die Brühe wird getrunken und das gekochte Fleisch zur Verstärkung des Abendessens mitgenommen.

Nicht immer geht es so, die meiste Zeit hungern wir und jagen nach jedem Knochen, der zu haben ist. Die Russen haben eine Gemeinschaftsküche, und wir wissen immer genau, wann sie sauber gemacht wird. Wenn man

Glück hat und nicht zu viele darauf warten, fällt manchmal etwas ab. Meistens aber sind es zu viele, und einmal rennen wir die Köchin über den Haufen, als sie die Knochen heraustragen will.

Die Bettelei mag ich nicht gerne, ich suche mir lieber eine männliche Arbeit, um zu etwas zu kommen. Holz ist in Russland ein sehr rarer und gutbezahlter Artikel. Ein Kumpel von mir, der schon länger hier ist, kennt eine Frau, die uns welches abnehmen würde. Es wäre genügend da, nur ist ein großes Risiko dabei, es zu nehmen, um es zu verkaufen. Wenn sie uns erwischen, brummen sie uns einige Jahre auf. Trotzdem versuchen wir es. Gleich nach dem Essen haben wir eine Stunde Mittag und in dieser Zeit muss es passieren. Die Seite gegenüber vom Eingang ist die günstigste. Sie kann nicht eingesehen werden, weil Schuppen davorstehen. Dorthin bringen wir einen Riegel von zwanzig mal zwanzig Zentimetern und vier Metern Länge. Es fällt weiter nicht auf, weil wir ja oft Holz tragen. Der Riegel wird an die Mauer gestellt, und mein Kamerad steigt hinüber. Wir machen aus, wenn er pfeift, soll ich den Balken hinüberwerfen und nachkommen. Ich warte und warte, aber er pfeift nicht. Mir wird es zu dumm und ich werfe den Riegel einfach über die Mauer und komme nach. Der Balken wäre beinahe einem kleinen Mädchen, welches mit seiner Mutter vorbeigeht, auf den Kopf geflogen.

Wir nehmen also das Holz auf die Schulter und marschieren los. Vorne am Kühlhaus können wir nicht vorbei, da sieht uns der Posten, der am Tor steht. Wir gehen also hinten herum und kommen in die Nähe des Bahnhofs, wo viele Leute auf die Züge warten. Von da müssen wir nach links abbiegen, aber hier versperrt uns ein Stacheldraht die Straße, weil ein Kartoffelmagazin da steht. Um einen größeren Umweg zu vermeiden, bleibt uns nichts anderes übrig, als den Drahtverhau kriechend zu überwinden. Wir robben unten durch und ziehen den Balken wie eine gestreckte Ladung neben uns her. Die Leute am Bahnhof deuten mit Fingern auf uns und einer macht den anderen auf uns aufmerksam. Ihr Lachen und Reden schallt bis zu uns rüber. Sie wissen genau, was bei uns los ist und trotzdem macht uns keiner Schwierigkeiten.

Endlich haben wir das Hindernis überwunden und im Laufschritt geht es zur Mamka, die uns das Holz abnehmen soll. Gar so freigiebig ist sie allerdings nicht, wie wir geglaubt haben. Sie bietet uns nur fünf Rubel dafür, obwohl zwanzig nicht zu viel wären. Alles Handeln und Feilschen hilft nicht. Wenn wir es nicht wollen, sagt sie, sollen wir das Holz wieder mitnehmen. Das ist ja nun ganz unmöglich. Wir nehmen also das Geld und gehen den Weg wieder zurück, den wir gekommen sind. Am Bahnhof hören wir noch, wie uns ein Russe zuruft: »Skolke Ruble?«, also, »wieviel Rubel?« Wir tun, als ob wir taub wären und rennen weiter. Alle beide sind wir nervös. Wenn inzwischen Kontrolle gewesen ist, dann sind wir geliefert. Bei der Mauer helfen wir uns gegenseitig hinüber und schauen und horchen, ob wir nichts Verdächtiges bemerken. Gott sei Dank, die Kameraden sitzen noch herum und unterhalten sich, und wir mischen uns unauffällig darunter. Mir ist ganz mulmig im Magen vor Aufregung und ich gehe zur Latrine. Auch im Lager ist das Holz rar, und die Köche wissen oft nicht, wie sie das Essen kochen sollen.

Die Russen haben für eine neue Lichtleitung Telegrafenmasten gesetzt, und ich würde gerne ihre Gesichter sehen, wenn sie bemerken, dass ihnen einer fehlt.

Durch ehrliche Arbeit kommt man zu nichts, immer muss geklaut und organisiert werden. Wenn man zum russischen Kommandanten sagt, wir brauchen Holz, dann sagt er, wir sollen welches holen. Wenn wir Benzin brauchen für unsere selbstgemachten Lampen, ist es genauso. Woher wir das Zeug nehmen, ist ihm egal, also wird geklaut. Es werden Bänke und Tische gemacht, es wird ein Clubzimmer gebaut, hölzerne Wandtafeln für die Gefangenenzeitung, die es seit Neuestem gibt, und für Propagandamaterial, das dort angeheftet wird und wo dann zu lesen ist, dass in Russland alles Volkseigentum ist. Die Birnen für das elektrische Licht, das nur die halbe Zeit brennt, der Draht für die Leitung, die Sicherungen, nichts ist auf ehrlichem Wege erworben.

Kommt es da noch auf einige Meter Feuerwehrschlauch an, den ich brauche, um mir ein paar leichte Schuhe zu machen, denn das Frühjahr ist nahe? An zwei Tagen nehme ich mir abends je einen Meter mit, den ich unter der Kleidung um den Bauch wickle. Schuhe machen ist leichter gesagt als getan. Ich habe weder Ahle noch Faden und Nadeln. Alles muss erst gemacht werden und ich komme mir manchmal vor wie der erste Mensch. Am Arbeitsplatz finde ich eine Stahlfeder von einem alten Autositz, die zu einer Ahle wird. Gleich daneben ist eine Schlosserei, in der Feilen und Schleifsteine sind, und ich kann mir damit viel helfen. Mit der Ahle geht es ja, aber nicht mit den Nähnadeln. Aus Stahl kann ich sie mir nicht machen, da bringe ich kein Öhr hinein, ich nehme also Messingdraht, der auch noch den Vorteil hat, dass er nicht abbricht. Das eine Ende, das das Öhr erhalten soll, wird breit geklopft und dann mit einer dreikantigen Stahlnadel, die ich mir auch erst wieder machen musste, durchbohrt. Immer abwechselnd von einer und von der anderen Seite. Wenn es durch ist, dann wird das Ende wieder ein wenig zusammengeklopft, damit es nicht zu sehr stärker ist als der Nadelschaft. Anspitzen ist kein Problem. Ich mache mir gleich ein halbes Dutzend, weil doch einige flöten gehen. Dann brauche ich noch den Zwirn. Lange suche ich, bis ich dann im Maschinenraum des Kühlhauses Putzwolle finde, deren Fäden ziemlich stark sind. Damit sie beim Nähen nicht fransen, lege ich sie in dickes Maschinenöl. Nun muss ich nur noch die Schuhe zuschneiden. Ich habe davon keine Ahnung, keinen Schnitt und bin kein Schuster. Aber ich kriege ich es doch hin.

Schon am ersten Tag habe ich an den Händen Wasserblasen vom Nähen. Der Schlauch lässt sich furchtbar schwer stechen. Fast vierzehn Tage brauche ich, bis ich fertig bin. Mit Kalk werden sie dann noch schön weiß gemacht, dann gehe ich zum ersten Mal an die Arbeit damit. Beim Heimgehen habe ich schon wieder andere an den Füßen. Eine Russin hat sie mir für zehn Rubel abgekauft und mir ihre alten Latschen gegeben.

Tag reiht sich an Tag, es werden Wochen und Monate daraus. Ich bin inzwischen Lagerpolizist geworden und muss bei einem Zug aus Ungarn Posten stehen. Immer wollen die Ungarn zum Betteln oder zum Bazar gehen. Wenn ich es ihnen erlaube, geben sie mir etwas ab. Um Tabak bin ich in dieser Zeit nie verlegen. Dann gehe ich allein auf Kommando. Meine schönsten »Plenni«-Tage.

Eines Tages in der Frühe kommt ein russischer Hauptfeldwebel zu uns, als wir gerade am Tor stehen und zur Arbeit eingeteilt werden. Er fragt, ob ein Polsterer dabei ist. Dies ist endlich mein wahrer Beruf, und ich melde mich. Zusammen gehen wir an die neue Arbeitsstätte. Unterwegs sagt er mir, um was es sich handelt. Wir haben nur einen Kilometer zu gehen, dann sind wir bei der russischen Garnison, der auch ein Gefangenenlager angeschlossen ist. Das Lager besteht aus einem riesigen zweistöckigen Bau. Die Verpflegungsmagazine sind außen. Auf der einen Seite ist ein großer Fahrzeugpark, auf der anderen schließt sich ein Flugplatz an. Der Feldwebel erzählt mir, dass vor einiger Zeit die Gefangenen noch auf dem Flugplatz gearbeitet hätten. Aber dann seien einmal drei Mann mit einer Maschine abgehauen, und seitdem sei es aus. Er führt mich in die Garnison zu einem Schuppen, wo schon zwei Russen an einem alten Mercedes arbeiten, der einem Offizier gehört. Vom Wagen ist alles abgerissen, was abzureißen ist. Er hat keine Türen, keine Räder, keinen Motor und keine Lenkung. Der Fahrer und der Mechaniker sagen mir nun, dass ich die Sitze polstern und die Verspannungen neu machen müsse. Vor allem aber dürfe ich nicht eher fertig sein als sie. Die Sache dauere drei Wochen und in drei Tagen würde ich bequem fertig sein.

Ich gehe die meiste Zeit spazieren, schaue den russischen Soldaten zu, den »Plennis« im Lager und den Flugzeugen, wie sie starten und landen. Mittags gehe ich in die Garnisonküche zum Essen. Die Köchin ist die Frau vom Mechaniker und er hat sie offensichtlich schon darauf aufmerksam gemacht, dass sie auf meinen ausgehungerten Körper Rücksicht nehmen soll, denn jedes Mal füllt sie mir das Kochgeschirr bis zum Rand voll. Es fühlt sich an, als ob wir uns schon jahrelang kennen würden. Ich komme mir gar nicht mehr vor wie ein Gefangener, sondern ich komme und gehe, wenn eben die Zeit dafür ist. Abends, bevor ich ins Lager muss, mache ich noch einen Spaziergang durch die Felder und bin erst zum Abendessen da. Trotz dieser faulen, schönen Zeit bin ich einer der besten Arbeiter im Lager.

Es ist nun schon überall der Brauch, dass Normtafeln mit den namentlichen Verzeichnissen der besten und schlechtesten Arbeiter des Lagers aufgestellt werden. Ich stehe fast an der Spitze mit hundertvierzig Prozent. Gleich zu Anfang, als ich den Druckposten bekomme, fragt mich der russische Offizier, wieviel Prozent ich brauche, um mehr Brot zu bekommen, und ich sage ihm: hundertvierzig Prozent. Daraufhin erhalte ich immer täglich die darauf lautende »Prozentovka«. Ein Beispiel dafür, was die Russen selbst von den Normen und Prozenten halten. Vielleicht kommt es auch daher, dass ich seiner kleinen Tochter für ihren Puppenwagen eine kleine Matratze und das Bettchen dazu gemacht habe.

Ich bin nun wieder im Kühlhaus, und die schöne Zeit ist zu Ende. Der Neubau ist inzwischen fast fertig geworden, und jetzt werden große eiserne Behälter an doppelten Trägern, die schräg an der Wand stehen, in den ersten Stock befördert. So ein Bottich wiegt einige tausend Kilo und die Winde, mit deren Hilfe sie hochgezogen werden, zittert wie Espenlaub. Jeden Moment sind wir darauf gefasst, dass die Seile reißen. Alle stehen wir hinter der Winde, keiner davor, und drehen die Kurbel. Zentimeterweise kommt der Behälter nach oben. Drei Stück sind es und wir brauchen zwei Tage dazu. Beim Letzten sind an der Seitenwand zwei Löcher von einem halben Meter Durchmesser und in jedem ist ein dreiflügeliger Propeller eingebaut, bei einem ist ein Flügel abgebrochen. Ich bekomme von dem Russen, der die Sache unter sich hat, in der Frühe den Auftrag, den Flügel zu suchen. Hinter dem alten Bau ist ein großer Haufen von altem Eisen, fast fünfzig Meter lang und einige Meter hoch. Dort sollen wir suchen, und wenn wir ihn gefunden haben, kriegen wir hundertfünfzig Prozent. Also, dann nichts wie hin.

Es ist aussichtslos, das ganze Zeug umzukrempeln. Alles ist schon ineinander verbissen und verbogen. Zu zweit sind wir viel zu schwach dazu. Wir setzen uns erst mal hin und rauchen eine Pfeife. Ich schaue mir den Haufen von vorne bis hinten an und kann es kaum fassen: Da liegt doch glatt der Flügel ganz oben auf, ich brauche ihn nur wegzunehmen. Er wird versteckt und den ganzen Tag tun wir nichts mehr. Der Russe kommt einige Male und fragt, ob wir ihn schon haben, aber immer verneinen wir. Erst kurz vor Feierabend rücken wir damit heraus. Wir sagen ihm nun, dass wir ihn schon in der Frühe gefunden haben. Er lacht nur dazu, und die Prozente kriegen wir trotzdem angerechnet.

Das Verhältnis zwischen »Plenni« und Russen hat sich überhaupt deutlich gebessert. Nur die dauernden politischen Vorträge im Lager sind nicht ganz nach unserem Geschmack. Des Öfteren kommt ein russischer Polit-Offizier und hält Vorträge über das politische Leben und die Ziele der KPD in der Sowjetunion. Es ist immer der alte Dreh: Die Russen haben angeblich keine Arbeitslosen, sind am besten bezahlt, haben die fortschrittlichsten sozialen Einrichtungen, haben alle Erfindungen immer vierzehn Tage vor den anderen gemacht und sind in jeder Hinsicht besser dran als die Arbeiter und Bauern in den kapitalistischen Ländern. Einmal wird es uns zu dumm und wir fragen, wie es kommt, dass im kapitalistischen Amerika jeder Fünfte ein Auto hat und im sozialistischen Russland jeder Fünfhundertste nicht mal ein Fahrrad?

»Ja«, antwortet der Redner, »momentan, aber kommen Sie in zwanzig oder dreißig Jahren wieder, dann sind wir allen voraus!«

Wir danken im Stillen für die Einladung, was wir bis jetzt zu sehen bekommen haben, reicht uns, und in den nächsten zwanzig Jahren würde sich nicht viel ändern. Teilweise hat er nun doch wieder Recht. In Russland kostet kein Arzt etwas, der Krankenhausaufenthalt ist frei und die Medikamente sind sehr billig, aber ein russisches Hospital ist mit einem deutschen nicht zu vergleichen.

Wenn uns russische Offiziere solche Vorträge halten, haben wir noch Verständnis, aber wenn die Herren vom

Antifa-Club feurige Reden für unsere Gastgeber halten, fehlt bei vielen das Verständnis. Ist es nicht eine bodenlose Frechheit, monatelang Vorsitzender vom Antifa-Club zu sein, Reden zu halten, die ihm mehr Schweiß kosten als uns bei der Arbeit, um dann von einem Neuzugang als ehemaliger SS-Posten vom Konzentrationslager Dachau entdeckt zu werden?

Was denkt sich der deutsche Genosse Fritz H., wenn er zum 1. Mai beim Mittagessen dreizehn Frikadellen frisst, während wir nur eine bekommen und uns dann anschließend einen Vortrag über Gleichheit und Brüderlichkeit von ihm anhören müssen? Er muss später einige Jahre in den Steinbruch, und eines Tages wird er als Spätheimkehrer von allen Seiten bedauert werden für eine Sache, die er allein seinem dreckigen Charakter verdankt.

Unser Kommandant, der »Eiserne August«, steht über allen. Gewiss, er geht in die Küche und isst was er will, aber es bleibt im Rahmen und er lässt uns arme Schlucker auch mitkommen. Vor allem, wenn uns die Russen schikanieren wollen. Er hat es durchgedrückt, dass wir unsere Haare wieder wachsen lassen dürfen, die Filzungen, welche noch öfter gemacht werden als beispielsweise am 1. Mai, sind dank ihm nicht so streng.

Wir dürfen manchmal in die Stadt ins Kino gehen und bekommen alle zehn Tage frische Wäsche zugeteilt, können baden und werden entlaust. Zum Baden fahren wir immer nach der Arbeit mit dem Wagen vor die Stadt, wo die vielen Hotels an den Bergen stehen. Bei einem von den Hotels steht das Bad. Fast wie bei uns sieht es aus, groß und geräumig mit Brausen und einem Schwimmbassin. Vor dem Bad ist eine Terrasse und man hat eine wunderschöne Aussicht auf die Stadt. Nur beim Heimfahren ist unsere einzige Sorge, ob wir noch ein Auto erwischen.

Die Russen sind oft zu faul zum Warten, und einmal haben wir schon zu Fuß heimgehen müssen, immerhin fünfzehn Kilometer. Jeder hat Blasen an den Füßen von den Holzschuhen und weil die Haut so weich ist vom heißen Wasser.

Natürlich gehen wir gerne ins Kino. Einige sind immer dabei, die nicht mögen. Wir sagen dann, die sind noch zu faul zum Bergabschauen. Als Erstes sehen wir den deutschen Film »Die Frau meiner Träume«. Nicht nur wir, auch die Russen sind von dem Film begeistert. Noch viele Wochen danach singen die »Iwans« die Schlager daraus.

1. Mai 1947

An diesem 1. Mai ist bei uns im Lager Volksfest und abends Zirkus. Ein paar Buden sind aufgebaut, bei denen man Bälle auf Büchsen werfen, angeln oder Lose kaufen kann. Es kostet jeweils einen Rubel. Bald stellt sich heraus, dass die wenigsten Geld haben oder es für das Stück Brot, das zu gewinnen ist, nicht opfern wollen. Wir stellen also den Betrieb um, und es werden Wettspiele gemacht wie Sackhüpfen, Eierlaufen, Schubkarrenrennen, wobei immer einer den Karren machen muss und die Ersten dann den Preis bekommen.

Auch ein Boxring ist aufgebaut, in dem so ein aufgeblasenes Antifa-Mitglied steht und immer schreit: »Wer will ein Stück Brot verdienen und mit mir boxen?«

Wir alle können den Kerl nicht leiden, weil er nur auf Betrug aus ist und viele schon hereingelegt hat, die ihm etwas geborgt haben. Aber in den Ring trauen wir uns auch nicht, er würde uns schön heimleuchten. Fast zum Schluss kommt dann doch noch einer, steigt in den Ring und zerschlägt dem Schreier die Fresse. Wie die Kinder freuen wir uns und bei jedem Schlag, der ihn trifft, schreien wir und klatschen Beifall.

Abends beim Zirkus verbiegt der »Eiserne August« Eisenstangen, macht Hufeisen gerade und legt sich einen Felsblock auf die Brust, den dann zwei Mann mit Vorschlaghämmern kleinschlagen. Anschließend kommen noch ein paar Auguste mit dem üblichen Blödsinn, und doch können wir von Herzen wieder einmal lachen. Alles in allem ist der Tag ein schönes Erlebnis in unserem grauen Dasein und wir haben wieder Gesprächsstoff für Tage. Das Brot, das als Preis verteilt wird, wird teilweise eingespart, teilweise den Kameraden, die ihr Brot für Tabak verkaufen, abgezogen, indem sie acht Tage immer eine Portion weniger bekommen.

Jetzt geht wieder die alte Leier weiter. Aufstehen, Essen fassen, arbeiten, schimpfen und abends hungrig in die Klappe. Oft träumt man bei Nacht vom Essen und stets dann, wenn man damit anfangen will, wird man wach. Zwei Jahre sind wir nun in Gefangenschaft, und immer noch ist kein Ende abzusehen. Kein Licht am Ende des Tunnels, nur ein wenig Hoffnung.

Der »Eiserne August« ist weggekommen, und wir haben einen neuen Kommandanten. Neu für viele, doch für mich ein alter Bekannter: Walter H. Ich traue meinen Augen nicht, als er ankommt. Aber er ist es und er erkennt mich auch. Bin neugierig, wie er sich aufführt. Bis jetzt ist er sehr leutselig und kameradschaftlich. Wenn es so weitergeht, können wir zufrieden sein.

Das Lager hat seine eigene Gerichtsbarkeit. Der Kommandant als Vorsitzender, einige von der Antifa als Beisitzer und noch ein paar Schöffen, zu denen auch ich gehöre. Ein Kamerad hat in der Küche zweimal Essen gefasst, ist dabei erwischt worden und nun sitzen wir darüber Gericht, wie er zu bestrafen ist. Der Vorsitzende spricht von Kameradendiebstahl, von Disziplinlosigkeit und wenn das jeder machen würde, wo käme man da hin. Er sei für fünfzig Hiebe mit dem Koppelriemen auf den nackten Arsch. Fünfzig Hiebe für einen Topf voll dünner, fettfreier Suppe. Ich denke an die dreizehn Fleischpflanzerl, die mal einer gegessen hat und dabei nichts gesagt worden ist.

Vorerst reden noch die Beisitzer, dann kommen wir Schöffen dran. Der arme Kerl sitzt dabei, schaut mit ängstlichen Augen von einem zum anderen und wartet abwechselnd zwischen Bangen und Hoffen auf sein Urteil. Mir tut er leid, und ich bin dafür, dass wir ihm die Suppe einmal abziehen und ihn mit einer Verwarnung davonkommen lassen. Ich stehe mit meiner Meinung nicht allein da, aber auch der Kommandant hat einige auf seiner Seite und bei der Abstimmung haben sie ein paar Stimmen mehr. Damit sind die fünfzig Hiebe für den Kameraden fällig. Es dreht sich nur noch darum, wer die Prügel verteilen soll. Hier liegt nochmal eine Chance, und ich schlage vor, dass derjenige die Schläge verabreichen soll, der noch nie in der Gefangenschaft Unrecht getan, der nie geklaut, der noch nie zu mogeln versucht hat, also ein Muster-»Plenni« ist. Keiner traut sich, den Riemen zu nehmen, denn jeder hat eine schwarze Seele. Nach einer abermaligen Debatte fallen die Schläge ganz weg, und es wird mein vorheriger Antrag angenommen. Der arme Teufel atmet sichtlich auf , und auch mir selbst wird leichter ums Herz.

Nicht immer geht es so glimpflich ab. Ein anderer, von Beruf Medizinstudent, hat bei Nacht immer in sein Kochgeschirr gepisst, weil er zu faul zum Aufstehen gewesen ist, und in der Frühe hat er daraus seine Suppe gegessen. Er wird zu zwanzig Hieben auf den Arsch verurteilt und schreit beim Strafvollzug, als ob es um sein Leben ginge. Wer klaut, kommt unter fünfzig Schlägen nie davon, und das finde ich richtig. Gemeint ist natürlich nur Kameradendiebstahl, denn wer einen bestiehlt, der selber nur das Allernotwendigste zum Leben hat, verdient nicht mehr.

Manche Kameraden sind schon ganz durchgedreht, und man zweifelt manchmal an ihrer Zurechnungsfähigkeit. Waschen können wir uns nur in unseren Kochgeschirren und ich schaue einmal einem zu, der sich zuerst die Füße wäscht, dann den Oberkörper und mit dem Rest des Wassers das Gesicht. Von Beruf ist er Direktor einer Fabrik. Ein anderer – er kann weder lesen noch schreiben, die Kameraden müssen ihm seine Karten schreiben und seine Post vorlesen – macht überall Reklame für seine selbstgemachten Fleischpflanzerl, die er aus Kartoffelschalen, Fischköpfen und -schwänzen fabriziert hat und die fast so gut seien wie zu Hause, wie er sagt. Die meisten lehnen ab. Freilich haben wir immer Hunger, aber was einmal auf dem Abfallhaufen liegt und von Krähen und Ratten angeknabbert ist, soll man liegen lassen.

Übrigens, einige versuchen, mit Schlingen Krähen zu fangen, aber es glückt ihnen nie. Der stellvertretende russische Lagerkommandant hat einen kleinen Hund, von dem man eines Tages nur mehr das Fell findet. Wochenlang suchen sie nach dem Täter, aber es ist vergeblich. Auch die zwei Lagerkatzen sterben einen nützlichen, wenn auch unnatürlichen Tod.

Einmal komme ich in die Wohnung des Kommandanten und werde von seiner Frau sehr freundlich empfangen. Sie gibt mir ein Stück Brot und Marmelade und sagt bedauernd, mehr Brot habe sie leider nicht. Ich weiß sowieso, dass es auch bei den Russen knapp ist, wir sehen sie nämlich oft in langen Reihen am Brotmagazin auf Brot wartend stehen. Manchmal bekommen dann die Letzten nichts mehr und gehen schimpfend nach Hause. Ich esse so viel Marmelade, dass mir ganz schlecht ist und habe ein paar Tage ordentlichen Durchfall.

Vor unseren Baracken ist ein freier Platz, der mit Gras bewachsen ist, das nun so lang geworden ist, dass es geschnitten werden soll. Unser Hauptmann Walter H. sagt uns, der Russe wolle, dass die Wiese gemäht werde. Mit was, sei ihm egal. Das ganze Lager geht nun auf die Wiese und mäht mit dem Taschenmesser das Gras ab. Immer ein Büschel nach dem anderen wird gefasst und abgeschnitten. Das würde es beim »Eisernen August« nicht geben. Da würde man uns eine Sense oder mindestens eine Sichel geben. Der Hauptmann tut aber nicht immer das, was die Russen wollen.

Ich erinnere mich, wie der wachhabende »Iwan«, er hat den höchsten russischen Orden und ist ein sogenannter »Held der Sowjetunion«, abends um zehn Uhr zur Zählung antreten lässt, was noch nie der Fall gewesen ist. Anschließend sollen wir ihm ein Lied vorsingen. Da geht der August hoch und sagt, wenn er schon zählen wolle, dann solle er schnell machen, die Leute müssten den ganzen Tag arbeiten und bräuchten ihren Schlaf. Gesungen wird jedenfalls nicht. Der Russe sagt wiederum, die Leute bleiben so lange stehen, bis sie gesungen haben. Da macht der August kurzen Prozess und lässt uns wegtreten. Zum Posten sagt er, wenn er es haben wolle, singe er ihm allein etwas vor. Der Posten ist dann aber offensichtlich nicht für einen Sologesang.

Seit Stunden stehen wir schon am Lagertor und warten auf die Lastwagen. Kurz nach Mitternacht sind wir geweckt worden und es hat geheißen, alles antreten mit Löffel und Kochgeschirr. Die Optimisten unter uns glauben schon, es gebe eine »Futterei« außer der Reihe, bis sich dann herausstellt, dass ein Heuschreckenschwarm gemeldet ist, den wir mit dem Klappern unserer Kochgeschirre vertreiben sollen. Endlich kommen die Autos und bringen uns zu der befallenen Stelle. Viel ist nicht mehr zu machen. Die Maisfelder sind bis auf die Stängel kahlgefressen, und die Heuschrecken fliegen einem ums Gesicht. Ein Sausen und Brausen liegt in der Luft, und wir klappern mit Löffeln und Kochgeschirr, mehr zu unserem Nutzen und Schutz als für die Pflanzen. Die halbreifen Maiskolben, die die Heuschrecken nicht mögen, nehmen wir mit. Selten ein Schaden, wo kein Nutzen dabei ist. Den ganzen Tag treiben wir uns auf dem Feld herum, jagen die Insekten durcheinander und leben von den Maiskolben, weil kein Essen kommt.

Einige Zeit nach dieser Episode gibt es Hochwasser. In der Früh, als wir aufstehen und aus der Baracke sehen, ist unser erster Gedanke, heute brauchen wir nicht zu arbeiten. Das ganze Lager ist überschwemmt, und das schmutzige Wasser rauscht und gurgelt von den Bergen kommend vorbei. Zum Essenfassen müssen wir die Hosen hochkrempeln, die Köche stehen in der Küche teilweise im Wasser. Doch auch hier gibt es eine gute Seite: Zur Latrine gehen und die Latrine reinigen fällt flach.

Ich bin jetzt wieder bei einem anderen Kommando, das sich Autostation nennt. Wir sind siebzehn Mann, Schlosser, Mechaniker, Schreiner und Schmiede, dazu ich als Polsterer. Wir sind in einer Omnibusreparaturwerkstätte beschäftigt, das beste Kommando des ganzen Lagers. Nie haben wir einen Posten dabei. In der Früh holt uns ein Russe mit dem Auto ab und abends fahren wir mit dem Zug zurück. Eigentlich müssten wir auch nach Feierabend wieder mit dem Wagen zurückgebracht werden, aber der Zivilist ist meistens zu faul, um noch einmal zu fahren. Nur einmal kommen wir mit einem Omnibus ins Lager zurück. Als wir am Tor halten, meinen die drinnen, es werde eine Abordnung erwartet, die das Lager besichtigen will, und alles tritt an. Der Kommandant Walter H. kommt auf den Wagen zu und möchte Meldung machen. Wir alle schauen zum Fenster hinaus und lachen uns in den Bart.

Ich fahre viel lieber mit dem Zug, man kann sich eine halbe Stunde am Bahnhof rumdrücken, und es gibt immer etwas zu sehen. Manchmal fährt der »Blaue Express« durch. Es ist eine Art Diplomatenzug und der Stolz der »Iwans«. An einem heißen Junitag stehen wir am Bahnhof und warten auf den Zug, da kommt ein Russe mit einem lachsfarbenen Schlafanzug daher und grünen Aufschlägen und Knöpfen. Stolz und eingebildet in seinem Sommeranzug geht er auf dem Bahnsteig auf und ab. Nicht genug damit, nach einigen Tagen sehen wir ihn wieder, diesmal mit einem cremefarbenen Anzug und rotem Aufputz. Je mehr wir ihn anschauen, desto stolzer wird er.

Die Züge sind meistens überfüllt, und um die Plätze wird oft heftig gekämpft. Ein russischer Offizier geht mit seiner Dame am Bahnsteig auf und ab und tut sehr vornehm. Die Dame lacht immerzu und hängt sich bei ihm ein. Die Leute werden immer mehr und mehr, und endlich kommt der Zug. Der Offizier vergisst seine Dame, rücksichtslos drängt er sich mit dem Ellenbogen arbeitend zum Zug durch und ergattert einen Stehplatz am Fenster. Seine »Holde« steht hilflos in der Menge und weiß sich nicht zu helfen. Der Zug fährt ab, und noch einmal winkt der Russe seiner Begleiterin vom Fenster aus zu. Einmal rennen sie einen Kriegsversehrten über den Haufen. Seine Krücken liegen unter dem Zug, und wir »Plenni« helfen ihm wieder auf die Beine. Einem alten Mütterchen mit zwei großen Taschen geht es auch nicht besser. Sie ist im Zug, die Taschen liegen draußen.

Es ist eine Krankheit der Russen, möglichst viel Gepäck mitzunehmen. Oft ist mehr davon im Zug als Leute, und wenn man einsteigt oder in die Mitte geht, muss man immer wieder über Gepäckstücke steigen, die zahlreich überall herumliegen. Oft werden wir angesprochen, und man kann sich des Öfteren ausgezeichnet unterhalten.

Die Russen sind freundlich und nett zu uns, und es kommt sogar vor, dass uns einer dreißig Rubel schenkt, die dann geteilt werden. Manchmal bekommen wir auch Esswaren, diese aber meistens von Frauen. Jeden Tag fahren mit uns einige Mädels, die in die höhere Schule gehen, und auf dem Bahnsteig stehen wir oft beisammen und plaudern. Sie müssen in der Schule Deutsch lernen und wollen bei uns ihr Wissen loswerden. Auch von Soldaten werden wir oft angesprochen, meistens von solchen, die in Deutschland als Besatzungstruppen waren. Sie wollen dann wissen, wo man zu Hause ist. Es ist ganz egal, was man darauf antwortet, fast immer behaupten sie, auch dort gewesen zu sein. Sie haben keine Ahnung, wo die Zonengrenzen sind. Wenn ich also sage, ich bin von Rosenheim, bekomme ich sicher zur Antwort: »Rosengeim dopre, ja dosche!« »Rosenheim schön, ich war auch dort.«

Die Russen kennen den Buchstaben »H« nicht und sprechen dafür ein »G«.

Wenn der Zug überfüllt ist, warten wir auf den nächsten, der eine Stunde später fährt. Wir sitzen dann vor dem Bahnhof und schauen den Verkäufern von Eis oder Sonnenblumenkernen zu. Die Russen haben davon immer welche in der Tasche und mit einer staunenswerten Geschicklichkeit verstehen sie es, die Kerne aufzubeißen und die leeren Schalen in der Gegend herumzuspucken. Manchmal kriegen wir auch welche geschenkt, aber davon bekommt man immer Hunger, weil man mit dem Essen nicht fertig wird. Aus den Kernen wird in den Ölmühlen das Fett ausgepresst und der Rest als Futtermittel verkauft. Es ist dieser Ölkuchen, den die Russen »Makucha« nennen. Dieser »Makucha« ist uns lieber, wenn man sich auch die Zähne daran ausbeißen kann, aber er füllt den Magen. Sogar von den Russen wird er gegessen, denn auch bei ihnen ist das Brot knapp. Früher, wenn man irgendwo gesessen ist, hat man immer gerne den jungen Mädchen nachgeschaut, das ist alles vorbei. Wenn ein hübsches Kind kommt und daneben ein altes Weib mit einem Stück Brot oder einem Sack Kartoffeln, dann schauen wir alle bestimmt dem alten Weib nach. Einmal fahren wir mit der Straßenbahn zum Lager, und die Schaffnerin will Geld von uns. Als sie dann aber merkt, wer wir sind, gibt sie sich auch so zufrieden.

Bei der Arbeit geht es mir nicht schlecht. Vormittags muss ich in der Schmiede für das Kommando kochen und nachmittags arbeiten. Die Lebensmittel bekommen wir vom Lager mit, aber wie immer sind es zu wenige. Ich gehe also Gartenmelde und Brennnesseln holen, um sie ein wenig dicker zu machen. In der Nachbarschaft wachsen keine mehr, sie sind schon alle aufgegessen. Wenn die Luft ganz rein und unser Direktor weggefahren ist, dann gehe ich auf den Bazar und schnorre Zwiebeln oder Knoblauch. Ich gehe deshalb besonders gerne, weil für mich persönlich immer etwas übrigbleibt. Von allem, was hier verkauft wird, kann man Kostproben nehmen, sofern es zum Essen oder Räuchern ist. Es ist anscheinend eine alte Sitte, aber nicht die schlechteste. Besonders beim Tabakhändler. Der Tabak, es ist sowieso nur »Machovka«, ist in einem Sack und wird staganweise verkauft. Ein »Stagan« ist ein Trinkglas. Ich gehe hin und tue interessiert, dann sagt der Russe bestimmt, »dawei proba«, ich solle eine Probe nehmen. Ich drehe mir also mit dem bereitliegenden Papier einen kleinen Balken, mache ein paar Züge und sage dann, er sei mir zu schwach oder zu stark und gehe wieder zu einem anderen. Wenn ich das zwei- oder dreimal gemacht habe, reicht es wieder für einige Tage. Verkauft wird auf dem Bazar alles, was man sich denken kann. Alte Schuhe und Kleider, sogar noch deutsche Uniformstücke. Auch Gras und Brennholz. Dieses aber nicht ster-, sondern stückweise. Die Scheite werden beim Verkauf gezählt. Das Gras wird korbweise gehandelt. Wenn man Geld hätte, könnte man ganz gut leben.

Unserem Brigadeführer kann ich einmal in die Brieftasche sehen, die er sonst nie zeigt. Ich glaube, es sind mehrere hundert Rubel darin. Er ist zugleich unser Schmied und macht für die Autos die Federn. Jetzt weiß ich auch, wo er das Geld herhat. Von Zeit zu Zeit macht er einige Federn schwarz, die dann verkauft werden. Abnehmer sind genügend da. Was sind wir da für arme Schlucker dagegen.

Alle Tage sehe ich eine Henne bei uns im Hof herumlaufen, sie gehört dem Nachbarn nebenan und ist mir ein Dorn im Auge, denn eine Henne gehört nicht in den Hof, sondern in den Kochtopf. Lange überlege ich, nachts träume ich sogar davon. Aber dann passiert es. Zusammen mit einem Kameraden treibe ich sie in meine Werkstatt, wo sie gleich geschlachtet wird. In der Toilettenanlage wird sie gerupft und ausgenommen, danach wird alles gleich weggeräumt. Die Suppe mittags schmeckt wunderbar, aber so ganz ruhig kann ich doch nicht sein. Wenn es aufkommt, bin ich geliefert. Am Abend sehe ich ein paarmal die Nachbarin an der Mauer auftauchen und sich suchend im Hof umherblicken. Ich kann sie gar nicht mehr anschauen und bin froh, als es Feierabend ist.

Die Russen haben anscheinend alle Omnibusse von Deutschland mitgenommen. Jeden zweiten, dritten Tag kommt ein anderer angefahren, der dann hergerichtet wird. Ich lese immer die Städtenamen, die draufstehen und bekomme leises Heimweh dabei. Die Bezüge und die Polsterung der Sitze sind fast durchwegs herausgerissen, und es ist ja meine Arbeit, diese zu reparieren. Als Polstermaterial werden alte Wattehosen, -jacken und -mützen hergenommen, schön nebeneinander auf der Sitzfläche platziert und der Bezug darübergelegt. Tapeziererstifte, wie sie bei uns üblich sind, gibt es keine. Wir verwenden nur Drahtstifte, die ein- oder zweimal abgezwickt werden. Die Teile mit dem Nagelkopf kann ich gerade einschlagen, die anderen aber muss ich umklopfen. Die Arbeit geht nie aus, denn ein frisch gemachter Sitz hält höchstens acht Wochen. Neue Federn habe ich noch nie zu sehen bekommen. Die Fahrer, die für ihre Sitze welche brauchen, müssen selber zusehen, wo sie einige auftreiben.

Seit einiger Zeit verwenden wir als Bezüge schwarze Wachstücher. Von Zeit zu Zeit nehme ich ein Stück mit und nähe im Lager Brieftaschen davon, die ich dann auf meinen Gängen um Grünzeug verkaufe. Pro Stück für fünf Rubel. Das Geschäft geht nicht schlecht, und ich habe mir schon manches zusätzliche Päckchen Tabak kaufen können. Am wichtigsten aber ist mir eine Zahnbürste. Bis jetzt habe ich immer nur einen entkernten Maiskolben hernehmen können, und wenn man sich damit die Zähne putzt, hat man den ganzen Mund voll Brösel, die wie Kork schmecken. Auch Maiskolben stehen nicht dauernd zur Verfügung, und oft dauert es Monate, bis wir die Zähne wieder einmal putzen können. Manche von uns haben ein Gebiss, als ob sie Teer gefressen hätten.

Einmal am Sonntag müssen wir ausnahmsweise arbeiten. Ein Stück Straße ist mit Schlaglöchern übersät, die wir einebnen sollen. Die Straße führt neben dem Bahnhof vorbei, dort, wo die Lokomotiven ihre Asche auswerfen. Riesige Haufen von Schlacke liegen da und von morgens bis abends sind Frauen, Männer und auch Kinder damit beschäftigt, noch brauchbare Kohle aus dem Abfall zu kratzen. Wenn es schon sonntags so ist, wie dann am Werktag.

Ein Leichenzug kommt vorbei, der Tote liegt in einem roten, offenen Sarg, und jeder kann ihn sehen. Der Sargdeckel wird, wie der Sarg selbst, von vier Mann hinter dem Toten nachgetragen. Die Frauen, welche dem Verstorbenen am nächsten sind, schreien und schluchzen zum Steinerweichen, eine Blechmusik spielt dazu ihre Weisen. Jeder kann mit dem Leichenzug mitgehen, und es soll nach der Beerdigung so lustig sein wie auf einer Hochzeit. Ich bin froh, als der Tag vorbei ist, da ist mir meine reguläre Arbeit schon lieber.

Gegenüber von unserer Arbeitsstätte ist der Güterbahnhof und dort werden Sojabohnen ausgeladen, ganze Berge liegen schon dort am blanken Boden unter freiem Himmel. Wenn man davon nur ein Kochgeschirr voll haben könnte. Ich gehe hinüber und peile die Lage. Meine Vermutung bestätigt sich, es ist ein Posten mit Gewehr dabei. Als er mich sieht, droht er sofort mit seiner Büchse, aber ich gehe gerade auf ihn zu und frage ihn, ob ich ein wenig haben könnte. Er verneint, ich zeige ihm eine Brieftasche, aber auch damit ist er nicht zu fangen. Bei so einem sturen Kerl ist nichts zu machen, und ich gehe immer am Bohnenhaufen entlang in Richtung Zaun, der den Güterbahnhof umgibt. Als ich mich umschaue, sehe ich, dass der Posten nicht hersieht, und bücke mich blitzschnell, fahre mit dem Kochgeschirr durch die Bohnen, sodass sich der Topf füllt, und haue ab durch die Zaunlücke, durch die ich gekommen bin. Der Posten schreit noch ein paarmal sein »stoj, stoj«, aber ich kümmere mich nicht darum. Schießen tut er ja doch nicht. Nach Feierabend sehen wir den Zaun von jugendlichen Russen belegt, die sich eine Gaudi daraus machen, den Posten zu ärgern, und sie klauen ganze Säcke voll Sojabohnen. Wo soll er auch hinsehen, wenn der ganze Haufen aus Bohnen von allen Seiten belagert ist. Wenn er einem der Kerle nachläuft, lachen und schreien die anderen und füllen sich derweil ihre Taschen.

In den Tagen darauf wird von unserem Lager ein Arbeitskommando abgestellt, das die Sojabohnen verladen muss. Ich binde nun die Hose unten zu, gehe hinüber und mische mich unter die Kameraden. Während die einen arbeiten, schütte ich mir die Bohnen in die Hose, bis die Beine ganz dick sind und ich kaum gehen kann. Mit einem Wagen, der die Ware zur Ölmühle bringt, fahre ich unter der Ladebrücke mit und springe unterwegs ab. Ein paarmal geht es gut, bis sie mich dann beinahe entdecken. Rechtzeitig erwische ich noch ein Fahrzeug, das gerade anfährt und mich aus der Gefahrenzone bringt, aber ich traue mich auch nicht mehr.

Für unseren Direktor muss ich ein Kanapee machen. So ein richtiges altes Monstrum, wie sie bei uns vor fünfzig Jahren Mode waren. Es wird mit schwarzem Wachstuch überzogen. An den Seitenrollen sind Löwenköpfe aus Messing angebracht, die einen Ring im Maul haben. Das Ganze stellt das Prunkstück der Wohnung unseres Vorgesetzten dar. Als wir das Kanapee hinbringen, kann sich die Frau gar nicht beruhigen, so schön ist es geworden. Aber sie gibt uns nichts, und enttäuscht gehen wir wieder heim. Wenn die Russen Brot kaufen, legen sie es am Arbeitsplatz oft irgendwohin, und wir schneiden mehrmals ein Stück ab. Merken dürfen sie es nicht, denn Brot ist bei den Russen die Hauptnahrung.

Die Hoffnung wächst

Endlich ist bekannt geworden, wann wir heimfahren dürfen. Eine russische Zeitung hat es geschrieben, und bei der nächsten Ausgabe der Gefangenenzeitung können wir es selber lesen. Bis Ende 1948 werden alle Kriegsgefangenen entlassen sein. Der Platz, an dem die Zeitung liegt, ist den ganzen Abend umlagert, jeder will es mit eigenen Augen lesen, doch glauben kann es keiner. Jetzt haben wir 1947, also wären es noch eineinhalb Jahre bis zu unserer Heimfahrt. Das muss ein Druckfehler sein, das soll wohl heißen bis Ende 1947. Nach einer diesbezüglichen Anfrage wird es zur Gewissheit – 1948 ist schon richtig. Also haben wir noch über ein Jahr und einen Winter vor uns, den wir am meisten fürchten. Aber wenigstens ein Silberstreif am Horizont, ein Ziel, Hoffnung, die Familie endlich wiederzusehen.

Seit Neuestem bekommen wir zur Verpflegung Hafer zugeteilt. Er muss gemahlen werden, und dafür haben unsere Fachleute eine Mühle gebastelt, ein Stück Rundholz, einen halben Meter lang, darüber ein Blech genagelt, in das zuvor Löcher eingeschlagen wurden wie bei einem Reibeisen. Dann nochmal so eine Art Reibeisen, aber rund und so stark, dass es über das andere Stück geht. Daran kommt ein Handhebel zum Drehen. Das Ganze steht senkrecht auf dem Tisch, und Tag und Nacht kommt die Mühle nicht zur Ruhe. Die Kranken müssen immer abwechselnd den Hafer mahlen. In der Suppe sind dann die Spelzen drin, und sie bekommt dafür den Namen Spucksuppe.

Einmal steht auf dem Küchenzettel zum Abendessen »Guass«. Keiner kann sich unter »Guass« was vorstellen, und wir glauben schon, dass es Quark heißen soll. Endlich einmal kein trockenes Brot essen müssen wäre wie eine Delikatesse. Wir essen aber dann doch das Brot trocken. »Guass« ist Russisch und heißt Hefe. Sie soll gut für Blutreinigung sein. Einige sind dabei, die saufen ganze Kochgeschirre davon. Dem »Plenni« ist nichts zu blöd. Hauptsache, er kann sich den Magen füllen.

Mehrere Male im Jahr werden wir geimpft, und jeder hat davor schon Angst. Wer sich nicht impfen lässt, bekommt nichts zu essen. Es tut scheußlich weh und noch Tage danach spürt man es. Ich kann mir gar nicht denken, wo sie hinstechen, denn Fleisch ist bei keinem mehr dran. Vor Kurzem ist ein Kamerad von uns in einem Krankenhaus gestorben. Er hatte so viele Zwetschgenkerne gegessen, die er auf der Straße gefunden und aufgeklopft hatte, dass er Blausäurevergiftung bekam. Daraufhin wurde er ins Krankenhaus eingeliefert, wo dann noch eine Lungenentzündung dazukam. Nach einigen Tagen war er tot.

Die österreichischen Kameraden werden zusammengezogen und gesondert in ein Lager gebracht. Sie sollen, wie man hört, nach Hause kommen. Wir gönnen es ihnen von Herzen, denn für uns ist es ein Beweis, dass wirklich einige heim dürfen. Auch aus unserem Kommando sind ein paar dabei. Ich bin jetzt allein in der Werkstatt mit meinem russischen Meister. Der andere ist mit den Österreichern weggekommen. Der Meister ist sowieso fast nie da, er geht lieber seiner Bienenzucht nach. Nur abends kommt er vorbei und sieht beim Werkzeug nach, ob nichts fehlt. Besonders seine Nähmaschine liegt ihm am Herzen. Es ist zwar noch eine mit Handbetrieb, aber der ganze Stolz seines Besitzers.

Im Lager haben wir jetzt eine Bücherei, aber fast nur Propagandahefte der Russen, die keiner lesen mag. Die anderen Bücher sind immer vergriffen, und man muss sich schon lange vorher dafür anmelden. Auch ein Kochbuch ist dabei. Es ist die begehrteste Lektüre des Lagers.

Sogar eine Musikkapelle und eine Kulturgruppe gibt es wieder. Die Musikinstrumente, die die Russen aus Deutschland mitgenommen haben, müssen wir von ihnen kaufen. Ein gutes Geschäft für sie. Jeder »Plenni« muss für seinen Lebensunterhalt monatlich hundertvierzig Rubel verdienen. Was darüber hinausgeht, soll er auf die Hand bekommen. Ich habe einmal fünfundsechzig Rubel bekommen. Manche sind dabei, die zweihundert Rubel auf die Hand bezahlt bekommen haben, aber das sind einzelne. Die allermeisten haben noch kein Geld gesehen. Da verlasse ich mich schon lieber auf mich selbst.

Ein Russe hat eine kleine Holzkiste und ich soll sie mit schwarzem Wachstuch überziehen, damit sie aussieht wie ein Koffer. Für die Arbeit bekomme ich dreißig Rubel. Auch Salz verkaufen lohnt sich. Es liegt offen in Haufen am Güterbahnhof und ist fast schwarz vom Ruß. Wie Kohle wird es mit Schaufeln auf- und abgeladen. Bei dieser Gelegenheit sehe ich einmal einen Boxkampf zwischen einem Russen und einem Deutschen. Alle beide haben nach dem Kampf blaue Augen, aber sie tun, als ob sie es nicht merken, klopfen sich auf die Schultern, loben und bewundern sich gegenseitig und trennen sich im besten Einvernehmen.

Immer mehr Ungarn kommen in unser Lager und sie handeln und schachern, was das Zeug hält. Ich kann mir gar nicht denken, woher sie alles haben. Ganze Säcke voll Tabak, Milch, Eier, Brot, Mehl, Sonnenblumenkerne, alles, was halt ein »Plenni«-Herz begehrt, ist vorhanden. Der reinste Bazar. Bloß haben wir kein Geld, um es zu kaufen. Meistens handeln die Ungarn unter sich. Ihre Sprache hängt uns zum Halse heraus und wir können sie schon nicht mehr hören.

Verlegung in ein neues Lager

Wieder einmal ist es so weit, wir ziehen um. Unser bisheriges Lager wird von den Ungarn belegt, und wir kommen in das Lager, an dem wir alle Tage auf dem Wege zur Arbeit vorbeigefahren sind. Es ist nur einen Kilometer entfernt. Der Aus- und Einzug von einem zum anderen geht ohne viel Kontrolle vor sich, und eingewöhnt ist man bald. Einen Strohsack hat man überall und die wenigen Habseligkeiten als Kopfkissen. Eines ist besser, hier gibt es noch nicht so viele Wanzen, dafür ist die Arbeit schlechter, das Lager hat nur ein Kommando für Straßen- und Brückenbau. Die Posten dürfen mit dem gleichen Kommando immer nur drei Tage mitgehen, damit die Freundschaft nicht zu groß wird. Bei jedem Verlassen des Lagers zur Arbeit muss der Posten für seinen Haufen unterschreiben. Sie machen es dann so, dass einer für den anderen unterschreibt und jeder bleibt bei seinem alten Haufen.

Wir sind ihnen dafür dankbar, sind wir doch selber froh, wenn der Aufpasser nicht dauernd wechselt. Das Werkzeug, das sie uns in die Hand geben, ist für die Arbeit völlig unzureichend. Spitzschaufeln gibt es überhaupt nicht, nur so eine Art Kohlenschaufel. Die Stiele sind klobig, voller Äste und krumm. Wenn man eine Schaufel voll Dreck werfen will, kippt das Ding, und bis zum Abend haben wir Wasser- und Blutblasen an den Händen. Bei der Pieke ist es dasselbe. Die Stiele sind rund, und bei jedem Schlag auf den festen Straßengrund dreht sich das Werkzeug. Damit sollen wir unsere Norm erfüllen. Bis jetzt ist es noch keinem gelungen.

Wir verladen Kies, der für den Straßenbau benötigt wird, auf Autos und eine Frau beaufsichtigt uns. Sie treibt uns an und schimpft dabei, weil wir ihrer Meinung nach zu wenig arbeiten. Je mehr sie tobt, desto langsamer arbeiten wir. Die einen von uns haben eine klobige Schaufel, die anderen einen Spaten. Mit dem Spaten ist es noch schlechter. Wenn man ein paar Steinchen draufhaben will, muss man jedes Mal eine Kniebeuge machen und den Spaten dann schön waagrecht halten, damit die Steinchen nicht wieder runterfallen. Das Weib ärgert sich grün und blau und abends schickt sie uns mit fünfundzwanzig Prozent ins Lager. Normbrot gibt es dafür keins. Wir beschweren uns darauf beim Antifa-Leiter, der erste und einzige seiner Art, zu dem man Vertrauen haben kann, welcher am anderen Tag mit uns mitgeht und der Aufseherin gehörig die Leviten liest. Beim Straßenbau ist man täglich woanders und macht auch dauernd andere Arbeit.

Schön ist keine Arbeit, besonders nicht das Fahren der Schubkarren. Sie haben nur ein ganz kleines Rad, sind vorne schmal und hinten breit. Mit dieser Linie laufen die Holme, die an der Stelle, an der man sie fassen soll, so weit auseinander sind, dass man die Arme seitwärts strecken muss. Beim Schieben kommt man daher wie ein Seiltänzer, der alle Augenblicke abstürzt. Fast täglich gehen einige davon kaputt. Man sucht einen Schreiner, der sie wieder in Ordnung bringt, und ich melde mich. Mit Hammer, Nägeln und Säge gehe ich zu dem Haus, das in einem Garten steht, wo wir das Werkzeug bei Nacht abstellen. Aus den fünf Beschädigten mache ich zwei Ganze und dann verkaufe ich die restlichen Nägel und Bretter bei dem Russen für Essen. Einmal möchte ich mich wieder sattessen.

Die Verpflegung im Lager haut gar nicht hin, und dauernd schielen wir während der Arbeit auf die vorbeigehenden oder -fahrenden Russen, ob keiner mit uns Mitleid hat. Wenn von einem Fahrzeug eine Kartoffel herunterfällt, stürzen sich gleich zehn Mann darauf wie bei einem Rugby-Spiel. Nicht immer warten wir, bis etwas fällt, sondern laufen hinter den Wägen her, die Mais, Kartoffeln oder Ölkuchen geladen haben, und klauen es direkt vom Fahrzeug. Unsere Augen sind geschärft wie bei einem hungrigen Tier. Wir sind ohne Weiteres in der Lage zu erraten, was in einem Sack drinnen ist und können dabei sogar den Unterschied zwischen Äpfeln und Kartoffeln erkennen.

Als ich die Schubkarren repariert habe und mit dem übriggebliebenen Zeug ein Geschäft mache, sehe ich, wie beim Nachbarn eine Frau ihrem Hund eine Schüssel voll Maisbrei hinstellt. Ich renne gleich zu meinen Kameraden und frage, wer Hunger hat. Hunger hat doch jeder, und ich erzähle ihnen, was ich gesehen habe. Da laufen gleich einige hin und nehmen dem Köter sein Fressen weg. Manchmal, wenn ein geeigneter Posten dabei ist, gehen wir in die Häuser, die in Gärten stehen, und betteln um Krautköpfe oder Kürbisse, die wir dann roh essen. Das Mittagessen wird an die Baustelle gebracht, und wir sitzen während der Pause im Straßengraben oder auf einem Kieshaufen und essen unsere Suppe und das Stückchen Brot. Einige Male passiert es, dass ein Russenjunge kommt, der in der Hand irgendetwas Essbares hat, womit er die Gefangenen zu sich herlocken möchte. Mancher meint natürlich, dass er etwas kriege und geht hin. Wenn einer dann vor ihm steht, schlägt ihm der Russe ins Gesicht und haut ab. Bei mir versucht er es auch, aber ich weiß schon Bescheid und tippe mir nur mit dem Finger an die Stirn. Da wirft er vor Wut Steine nach uns, bis der Posten kommt.

Die Posten müssen sich gut mit uns stellen, sonst bekommen sie zu Mittag von uns nichts zu essen.

Solange wir nicht zu arbeiten brauchen, schauen wir uns das Leben und Treiben auf der Straße an. In der Nähe ist ein Bazar, und es ist den ganzen Tag ein ewiges Kommen und Gehen. Die meiste Arbeit machen die Frauen. Sie schleppen so schwere Kisten und Säcke, dass man oft meint, sie müssten unter der Last zusammenbrechen. Die Kleidung ist schlecht und oft zerlumpt. Die Männer haben alle Einheitskleidung, und jeder zweite steckt in einer Uniform. So viele Offiziere gibt es nirgends wie in Russland, und jeder ist stolz darauf, eine Pistole mitzuschleppen. Manchmal bekommen wir von den Zivilisten einen gekochten Maiskolben oder ein wenig Tabak. Von den Soldaten trauen wir uns nie, etwas zu verlangen. Es wäre auch zwecklos, die haben ja selber Hunger, sonst würden die Posten nicht immer warten, bis sie von uns einen Schlag Suppe bekommen.

Auf ihre Autos sind die Russen besonders stolz, besonders auf einen Personenwagen, den sie, glaube ich, »Moskowitsch« nennen. Dieser »Moskowitsch« ist unser guter alter Opel Olympia. Keine Schraube ist anders, auch keine Zierleiste oder diverse Kleinigkeiten. Bei einem Lastwagen ist es ähnlich. Der »Molototsch«, wie er heißt, setzt sich aus amerikanischem Studebaaker und englischem Dodge zusammen. Die meisten Wägen, die laufen, sind amerikanischer Herkunft. Manchmal werden die Lasten von Stachanovisten gefahren. Das sind die Stiere unter den Fahrern, die bei einem Auto nur Vollgas oder Stehen unterscheiden. Bei uns ist mal eine Frau darunter, die kurz nach dem Aufladen wegfährt und unglaublich schnell wieder zurückkommt. Sie fährt zwei- oder dreimal so oft wie die anderen. Sehr viel Freude haben wir an dieser Dame nicht, schließlich müssen wir dementsprechend mehr arbeiten.

Im Allgemeinen geht es aber in diesem Lager gemütlicher zu. Wir laden Kies in eine Grube, die am Rande des Kulturparks liegt, und in der Mitte der Grube ist ein kleiner Weiher. Ein Fahrer der Russen hat ein kleines Schiffchen, in das man eine brennende Kerze stellen muss, dann fährt es. Eine Kerze hat er keine, aber der Russe kann sich behelfen. Er zupft ein wenig Watte aus seiner gefütterten Jacke, tränkt sie mit Benzin und zündet sie an. Das funktioniert genauso gut und dann wird gespielt.

Immer mehr Fahrer kommen an, und wir laden ihre Autos auf, wegfahren will keiner. Sie spielen Krieg und werfen Steine nach dem Schiff. Wenn es getroffen wird, dann lachen und schreien sie und es macht ihnen nichts aus, ihre Stiefel auszuziehen und es wieder herauszuholen. Als nach einer Stunde der Ingenieur kommt und schaut, wo der Kies bleibt, setzt er sich auch noch dazu und spielt mit. Der halbe Vormittag geht so dahin, und wir rasten uns aus.

Bei der russischen Wehrmacht wird nur der direkte Vorgesetzte gegrüßt und der übt auch die Befehlsgewalt aus. Wieder arbeiten wir in der Kiesgrube und haben fast nichts zu tun, denn die Hälfte der Lastwagen ist andernorts eingesetzt. Dann kommt ein Offizier und sagt zu dem Posten, dass er einige von uns mitnehmen soll, weil es an einer anderen Stelle Arbeit für sie gibt. Der Posten will aber nicht, denn er hat für uns unterschrieben, und wenn einer abhaut, ist nur er allein dafür verantwortlich. Sie streiten eine Zeit lang herum, bis der Offizier zu einigen von uns hingeht und sagt, dass sie mitgehen müssen. Als sie losmarschieren, versperrt ihnen der Posten den Weg. Wieder streiten sich die beiden Russen. Das Wortgefecht wird immer erregter, der Offizier hat einen krebsroten Kopf und reißt in einem Anfall von Wut die Pistole heraus. Doch der Posten hat im gleichen Augenblick den Karabiner unten, durchgeladen und schon kracht es, der Schuss geht dem Offizier knapp am Schädel vorbei. Er steht ganz blass, die Pistole in der Hand und weiß nicht, was er tun soll. Keiner sagt mehr ein Wort, und der Offizier haut ab, ohne jemanden von uns mitzunehmen. Dem Soldaten ist nichts passiert, im Gegenteil, er ist ja im Recht gewesen. Er ist überhaupt ein besonders guter Kerl.

Im Kulturpark gibt es neben vielen Obstbäumen und Sträuchern auch Rüben- und Krautfelder. Wenn es mit der Arbeit nicht gar zu wild ist, dürfen immer zwei Mann von uns eine halbe Stunde weggehen zum Obst stehlen. Bedingung ist aber, dass wir dem Posten etwas mitbringen. Auch abends ist es oft so, wenn wir ins Lager gehen. Kurz davor ist ein Feld mit Mais und Bohnen, und dahinein lässt er uns manchmal gehen. Wir legen uns dann auf den Boden, damit wir vom Lager aus nicht gesehen werden, und knabbern Maiskolben und Bohnenkerne. Auch der Kommandant ist ein guter Vorgesetzter, und wenn wir von der Arbeit kommen, steht er von Zeit zu Zeit am Tor, fragt uns, wie es gegangen ist und schaut nach unserer Bekleidung. Es ist schon vorgekommen, dass ein Posten eingesperrt worden ist, weil er einen Gefangenen geschlagen hat. Beim Holen des Werkzeugs stößt mich einmal einer mit dem Gewehrkolben, es geht ihm zu langsam, und ich drehe mich um und sage, dass ich es dem Kommandeur erzähle, wenn er es nochmal tut.

»Halt deine Klappe, du Idiot!«, schreit er und holt nochmals zum Schlag aus.

Er meint, ich hätte Angst, aber ich bleibe stehen mit der Schaufel in der Hand, wie damals auf dem Kartoffelacker. Da traut er sich nicht mehr. Den restlichen Tag bin ich dann recht faul, aber der Posten sagt nichts zu mir. Bis zum Abend, da fragt er mich, ob ich zum Kommandanten gehe. Ich sage nein und sehe ihm an, dass er froh darüber ist.

Bei unserem Kommando ist ein Kamerad, der im Verdacht steht, bei der Erschießung russischer Partisanen dabei gewesen zu sein. Fast jeden Tag nach der Arbeit muss er zum Politoffizier zum Verhör. Diese Quälerei dauert die halbe Nacht und nicht selten bis zum Morgen. Wir fragen ihn oft, wie es bei dem Verhör zugeht, aber viel erzählt er uns nicht. Nur, dass sie ihn mit Zigaretten und Essen locken wollen. Sie sagen, er solle alles zugeben, dann habe er seine Ruhe. Die Russen wechseln sich von Zeit zu Zeit ab, damit sie nicht zu müde werden. Unser Kamerad beteuert immer wieder, dass er bei keiner Erschießung dabei gewesen sei und dass er deshalb niemals etwas zugeben könne. Aber eines Tages ist er verschwunden und keiner weiß, wohin. Wir erfahren nur, dass er fünfzehn Erschießungen zugegeben hat.

In der Stadt selbst gibt es noch ein kleines Lager, das nur mit hundert Mann belegt ist, und unsere eigene Verwaltung ist dazu übergegangen, für das Arbeitskommando in diesem Lager das Essen kochen zu lassen. Jeden Morgen vor dem Abmarsch werden die Lebensmittel gefasst, und es wird dabei nach Herzenslust geklaut und beschissen. Nicht nur von uns allein, auch die Posten schieben sich gerne die Säcke mit Kartoffeln voll. Immer noch gibt es als Verpflegung Hafer, und die selbstgemachten Mühlen sind Tag und Nacht in Betrieb. Der Latrine nach zu urteilen müsste hier eine Pferdezucht sein und kein Lager für Menschen.

Ein paarmal besuchen wir wieder das Kino und sind dankbar für diese Abwechslung. Wenn man dann wieder im Lager ist, ein einigermaßen gutes Mittagessen bekommt, sich dann noch eine anständige Zigarette leisten und ein kleines Schläfchen machen kann, hat man doch wieder einige Stunden Erholung von der anstrengenden Woche.

Die Arbeit auf der Straße ist schwer, und abends ist jeder todmüde und froh, wenn er schlafen kann. Bei Nacht müssen alle ein paarmal aufstehen und die steile Treppe, die vom ersten Stock direkt in den Hof geht, hinunterrennen zur Latrine. Einer will sich den Weg sparen, pisst die Treppe hinunter und steckt dafür zwanzig Schläge mit dem Riemen auf den nackten Arsch ein.

Es ist am besten, das wenige, das man noch sein Eigen nennt, als Kopfkissen zu verwenden. Bei Nacht werde ich von einer mächtigen Streiterei wach. Einer will seinem Nebenmann die Tabakdose aus der Hosentasche klauen und der hat es gemerkt. Der Bestohlene prügelt den anderen durch den ganzen Saal, und bei jedem Bett, an dem sie vorbeikommen, gibt es noch extra Fußtritte und Puffe für den Dieb.

Mit zwanzig Mann bin ich in das kleine Lager in der Stadt versetzt worden. Es ist mir hier lieber, die Verpflegung ist besser, und nach der Arbeit hat man nicht so weit zu gehen. Die Arbeit ist die gleiche, und momentan sind wir einige Kilometer vor der Stadt in einer Kiesgrube. Posten gibt es keine, nur ein Russe, der außer seinem Namen nichts lesen und schreiben kann. Abends, wenn die Prozente ausgerechnet werden sollen, schätzt er immer unsere Arbeit. Im Allgemeinen meint es der Russe gut mit uns, und wenn wir wirklich glauben, mehr herausschinden zu können, dann nimmt unser Brigadeführer den Meterstab, misst und wirft dem Russen eine Menge Zahlen an den Kopf, bis er klein wird, da er mit diesen Zahlen überfordert ist. Die Eintragungen nimmt unser Erster vor, der »Iwan« unterschreibt nur.

Neben der Grube geht ein Bach vorbei, und drüben ist ein großes Rübenfeld. Täglich holen wir von dort unser Mittagessen. Die Rüben werden im Feuer gebacken und schmecken nicht schlecht. Einmal ergattert jeder von uns ein Stück Wurst, die erste in der Gefangenschaft. Ein Auto kommt angefahren, und wir merken gleich, dass es nicht eines von denen ist, die wir zu beladen haben. Der Fahrer kommt zu uns her und fragt, ob er eine Fuhre Sand haben könnte, bezahlen würde er schon und zeigt uns dabei die Würste. Wir überschlagen schnell, wie viel jeder bekommen wird, finden die Sache rentabel und laden den Wagen voll. Jeder Mann empfängt ungefähr ein halbes Pfund Wurst, und das ist die Arbeit wert.

Abends, wenn wir heimfahren, ist es manchmal schon dunkel, und es fällt uns auf, dass an allen Ecken, die nicht so sehr vom Verkehr berührt sind, Leute mit Kisten, Säcken und Ballen stehen, auf einen Wagen warten oder auf irgendein anderes Fahrzeug. In der Frühe, wenn wir zur Arbeit fahren, müssen wir jedes Mal durch den Fluss, der die Stadt in zwei Hälften teilt, denn die Brücke ist noch nicht fertig. Sie wird auch von deutschen und ungarischen Gefangenen gebaut. Mitten im Wasser stirbt der Motor ab, und der russische Fahrer muss aussteigen und den Wagen wieder in Gang bringen. Anlasser gibt es keinen. Der Russe steht bis über die Knie im kalten Wasser und dreht die Kurbel. Der Motor will nicht anspringen, er macht überhaupt keinen Muckser. Zündkerzen, Vergaser und Kabel werden ausgebaut und nachgesehen, und bis wir wieder fahren, sind zwei Stunden vergangen.

Die Kälte setzt dem Russen furchtbar zu, er zittert am ganzen Körper. Wir haben immerhin schon Oktober. Dann kommen wir zur Brückenbaustelle. Ich muss mit der Brigade die Quadersteine herantragen, die die Außenmauer ergeben. Die Steine sind wahnsinnig schwer, und die Arbeit geht nur ruckweise vor sich. Deshalb sind unsere »Prozente« sehr wenig. Die Hände sind so rissig wie unsere Kleidung. Abends fallen wir vor Müdigkeit in die

Klappe, um doch vor Hunger nicht richtig schlafen zu können. In der Frühe und nach dem Mittagessen geht es einige Zeit, aber dann ist man wieder so müde und phlegmatisch, jeder hängt mehr an den Blöcken als er schiebt, und der Rücken und die Hände schmerzen. Zwei Wochen geht das so, dann finden wir unter altem Gerümpel an der Baustelle einen Rollwagen. Jetzt ist uns wohler, wir können die Steine fahren, haben ein wenig freie Zeit und werden lange nicht so schnell müde.

Die Welt sieht wieder anders aus. Den Ungarn sehen wir schon lange zu, wie sie immer Maiskolben rösten. Sie müssen irgendwo in der Nähe ein kleines Lager davon haben, und das wollen wir finden. Bald haben wir es entdeckt, es ist in einem Heuschober. Von Zeit zu Zeit geht einer hin und holt sich welche. Wir machen nun so lange stille Teilhaber, bis sie es merken und die Sache unterbinden. Außerdem bekommt man immer wieder von den Zivilisten etwas. Eine Frau schenkt mir einen Bleistift, bei einer Ölmühle bekomme ich den begehrten »Makucha«, den mir der Posten wieder abnimmt und selber isst. Dann verkaufe ich mit dem Dolmetscher bei einem Schuster einen Rucksack, was auch wieder einige Rubel einbringt.

Der Tag der Oktoberrevolution ist der größte Feiertag der Russen. Drei Tage lang wird nicht gearbeitet. Die allermeisten sind besoffen, und wir hören ihr Grölen und Singen bis in unser Lager. Aber auch wir feiern in diesen Tagen. Die Küche hat schon lange die Lebensmittel besorgt, und wir bekommen ein Essen, zu dem man »Sie« sagen muss. Sage und schreibe acht Gänge, der Gang zur und von der Küche mitgerechnet, bleiben aber immer noch sechs. Manche vertragen nicht so viel und kotzen. Einmal werden wir also doch satt. Vielleicht klappt es zu Weihnachten wieder, wenn wir nicht schon zu Hause sind. Das hoffen wir zumindest. Immer vor dem Einschlafen drehen sich die Gedanken um das Heimkommen. Die Verbindung zur Heimat ist um einiges bereichert worden. Wir dürfen Briefe schreiben, empfangen allerdings keine.

Die Freude über die Briefe wird durch das neuerliche Gebot über den Haarschnitt wieder gedämpft. Wir bekommen alle wieder eine Glatze geschnitten und sehen aus wie die Zuchthäusler. Ein Kumpel und ich glauben, wir kommen dem Ganzen aus und schneiden uns die Haare selber. Leider hilft es nichts.

Waldlager in Maikop

Einige Wochen später kommen wir wieder ins alte Lager und werden von da in ein Waldlager bei Maikop südöstlich von Krasnodar transportiert. Die Untersuchung vor dem Abtransport ist kurz und schmerzlos. Die anwesende Ärztin erklärt fast durchweg alle zu Einsern, mich auch. Ich bin also kräftig und gesund. Wenn ich mir die traurigen, ausgemergelten und dürren Gestalten anschaue, muss ich fast lachen. Wir packen unsere Klamotten, empfangen die Verpflegung und gehen an das Tor zum Filzen. Seit einiger Zeit ist hier ein neuer deutscher Kommandant, der sich daraus ein Vergnügen macht, in unseren armseligen Sachen zu wühlen und zu nehmen, was ihm passt. Fast jeder von uns hat ein paar Holzsandalen, sogar die nimmt er uns weg. Einer von uns meckert und kriegt dafür die Sandalen auf den Mund. Einem anderen nimmt er sofort den Tabak weg, mit der Begründung, wenn er Nichtraucher ist, brauche er keinen. Alle sind wir froh, als es vorbei ist und zum Bahnhof geht, wo wir verladen werden.

Die Heizer der Lokomotiven sind durchwegs ganz junge Burschen. Die Maschinen haben vorne einen großen, goldfarbenen Stern und keine Pfeife wie bei uns, sondern eine Art Schiffsirene. Als wir die Sirene beim Transport in den Osten vor nunmehr zwei Jahren zum ersten Mal gehört haben, haben wir gemeint, dass wir uns an der Donau oder an einem Kanal befänden, auf dem Schiffe sind.

Zwei Tage fahren wir bis zum Ziel und vertreiben uns die Zeit im Waggon so gut es geht. Von der Verpflegung werden Zucker und Öl gleich verteilt. Wir mischen es untereinander, und es schmeckt fast wie Honig. Auch das Brot, das wir für die zwei Tage empfangen, wird sofort gegessen. Morgen werden wir wieder hungern und mit traurigen Augen in die Gegend schauen, aber was hilft es, die Versuchung ist zu groß.

Einmal können wir uns am Brot sattessen. Das ist, als wir mit einem kleinen Kommando in der Brotfabrik Schlacke holen müssen. Zuvor haben wir alle Möglichkeiten überdacht, ob man nicht auf irgendeine Weise zu etwas kommen könnte, aber es ist nichts zu machen. Wir stellen uns vorne am Eingang hin, wo uns vielleicht eine barmherzige Seele etwas geben kann, auch da warten wir vergeblich.

Ich gehe weiter in den Gang hinein und finde eine Türe, wo »Laboratoria« draufsteht. Hier wird also das Brot untersucht. Auf mein Klopfen hin werde ich aufgefordert einzutreten, und mit einem Blick erfasse ich die hier herumliegenden Brotstücke, große und kleine, ein ganzer Tisch voll. Auf meine Bitte fragt mich die Russin, wie viel Mann wir seien, und ich sage vier. Sie gibt mir so viel, dass jeder fast ein halbes Brot erhält, und das sind immerhin eineinhalb Kilo. Wir bekommen Sodbrennen davon und sind trotzdem glücklich. Die Arbeiterinnen in der Bäckerei haben weiße Mäntel an, und ich sehe auch, wie ein betriebsfremdes Mädchen kommt, von einer Freundin den weißen Mantel anzieht, in die Bäckerei geht, sich einige Brote unter den Mantel schiebt und wieder verschwindet. Die Kontrolleure merken davon nichts, und deshalb haben wir jetzt eben wieder mal kein Brot.

In Maikop werden wir ausgeladen, und dann geht es fünfundzwanzig Kilometer in den Wald hinein. Die Straße ist wie jede andere in Russland auch. Bei schönem Wetter staubig, als ob man durch Asche gehen würde, bei Regen eine aufgeweichte, grundlose Masse. Russischer Asphalt nennen wir den Dreck. Jeder von uns ist müde, wir fallen schon mehr als wir gehen, und der Weg nimmt kein Ende. Immer geht es durch Laubwald, bergauf und -ab. Auf einer abgeholzten Anhöhe halten wir an und können von hier aus kilometerweit die Gegend überblicken. Wald und nochmal Wald ist zu sehen. Der Posten, der uns führt, sagt uns, wenn das alles abgeschlagen sei, dürften wir heimfahren. Ich könnte ihn für diese Gemeinheit erwürgen. Muss man uns, die wir sowieso schon am Verzweifeln sind, immer wieder von Neuem die Hoffnung nehmen?

Endlich sind wir am Ziel angelangt. Man sieht einen Drahtverhau und Wachtürme, an denen ein Stück Schiene oder ein Autorad hängt, auf das die Posten bei Nacht jede Stunde schlagen müssen zum Zeichen, dass sie wach sind, und es hört sich dann an, als ob ein völlig unmusikalischer Mensch die Tonleiter üben würde. Der rote oder goldene Sowjetstern am Tor ist auch vorhanden. Vor dem Lager stehen der Werkzeugschuppen, ein Haus für den Waldaufseher mit Familie und die Garnison. Jedes Lager hat außerdem noch etwas Gutes, so auch dieses. Die Baracken sind immer beheizt, Holz gibt es ja genügend, jeder hat eine Klappe mit Stroh- oder Laubsack, und es gibt keinen Obermann, dafür aber Wanzen. Wanzen in jeder Menge und Größe.

Der deutsche Kommandant heißt Harry und ist die größte Sau, die ich jemals kennengelernt habe. Er hält es nicht einmal für nötig, uns zu begrüßen. Jede Woche fährt er einmal nach Maikop zum Verpflegung fassen und bleibt dabei zwei oder drei Tage weg. Die Lebensmittel sind ihm weniger wichtig, aber er hat dort ein Mädel, wie wir Neuen am ersten Tag schon hören, und bei ihr verbringt er die meiste Zeit. Ein Teil unserer Verpflegung bleibt auch bei dieser Schönen, demzufolge ist unser Essen einfach hundsmiserabel. Hunger haben wir immer, aber so schlecht wie hier ist es uns noch nicht ergangen. Achthundert Gramm eingelegte grüne Tomaten und fünf Gramm Mehl sind einige Tage unser Verpflegungssatz. Davon soll dreimal Suppe gekocht werden, sie sieht aus wie Spülwasser. Es gibt auch nur dieses doppelt schwere und nasse Maisbrot und manchmal einige Fische. Zum Rauchen empfangen wir nur alle heilige Zeiten etwas, und wenn man sich dann eine Zigarette genehmigt, wird einem schwindlig und man kommt daher wie ein Besoffener. Wenn das Essen wieder einmal besser ausfällt, dann gibt es zur Abwechslung wieder kein Brot, als Ersatz Maiskasch oder Maiskolben in Natura.

Harry macht mit uns, was er will, ob wir dabei eingehen oder nicht, ist ihm egal. Dabei kennen wir ihn überhaupt nicht richtig. Bei Tag sind wir im Wald und abends fallen wir vor Müdigkeit in die Klappe. In unseren Baracken hat er uns glücklicherweise noch nicht aufgesucht. Zum Lager gehören ein paar Pferde, die von einigen Landsern betreut werden. Die Tiere sind spindeldürr, sie bekommen nur Heu zu fressen, den Hafer brauchen die Landser. Morgens, wenn es noch dunkel ist, wird geweckt, Suppe gefasst, und dann geht es mit dem Werkzeug in den Wald. An den ersten Tagen müssen wir Neuen das Buschholz, das zwischen den mächtigen Eichen und Buchen steht, heraushauen, aber jetzt sind wir auch schon zum Fällen zugeteilt. Die Bäume haben alle einen Durchmesser von siebzig bis achtzig Zentimetern. Es sind aber auch welche mit über einem Meter dabei. Einmal ist uns sogar die Säge, die einen Meter dreißig lang ist, zu kurz geworden. Mehr als drei oder vier Bäume pro Tag können wir mit einer Arbeitsgruppe, die aus vier Mann besteht, nie bewältigen. Schon nach einer Stunde Arbeit schmerzen Arme und Rücken. Wenn wir Pause machen, stehen wir nicht erst auf, sondern fallen einfach auf die Seite und bleiben liegen.

Vor Erschöpfung einfach liegen bleiben – das geschieht immer und immer wieder. Braucht man eine Axt oder die Eisenkeile, so kostet es Überwindung, aufzustehen und die betreffenden Dinge aus einigen Metern Entfernung zu holen. Oft wartet einer auf den anderen, ob nicht der zuerst geht. Äste, die dünner als fünfzehn Zentimeter sind, werden verbrannt, und jede Gruppe hat ein eigenes Feuer, manchmal sogar mehrere, um das weite Schleppen der Äste zu vermeiden. Wenn der Wind weht, fliegen die Funken, und ich habe mir in die Watteweste ein großes Loch gebrannt. Klafterweise verbrennen wir hier Holz, und in dem zwanzig Kilometer entfernten Maikop kostet ein Brett von einem Meter Länge und zwanzig Zentimetern Breite fünf Rubel. Armes, reiches Russland. Mitunter sind Bäume dabei, die innen völlig hohl sind oder vermodert. Durchgesägt sind sie bald, aber sie zählen auch nicht viel. In den kranken Bäumen findet man hie und da einen Siebenschläfer, der dann zur Verstärkung unserer Verpflegung herangezogen wird. An geröstete Eicheln haben wir uns schon gewöhnt. Sie schmecken bitter, und es ekelt uns oft davor, aber wenn der Magen knurrt, sind wir wieder froh darum.

Die tägliche Norm ist pro Mann auf 2,9 Kubikmeter festgesetzt, das sind also in der Gruppe 11,6 Kubikmeter. Bis jetzt ist noch keiner auf hundert Prozent gekommen, es schwankt immer so zwischen dreißig und sechzig Prozent. Eine Gruppe erreicht einmal sogar nur fünf Prozent. Sie haben den ganzen Tag gebraucht, um einen Baum umzusägen und bei Feierabend ist nichts dagelegen. Wenn abends gemessen wird, erhöhen wir öfter die Norm dadurch, dass wir Stämme, die am Tag vorher gearbeitet worden sind, in das heutige Revier ziehen oder von einem alten Meterstapel einige abtragen.

Seit einigen Tagen werden die Bäume nur mehr umgeschnitten, weil bis zu einem gewissen Datum der Wald liegen muss. Aufgearbeitet wird später. Die Stämme liegen kreuz und quer, als ob sie ein Sturmwind umgeworfen hätte. Diesen Wirrwarr wieder zu beseitigen, bringt uns oft zur Verzweiflung und wir gehen dazu über, möglichst viel zu verbrennen.

Kaum hat man die Säge angesetzt, klemmt sie wieder, man muss mit Keilen nachhelfen oder von unten nach oben sägen und alles erfordert Kraft und Ausdauer. Gerade das, was wir am wenigsten haben. Kein Wunder, dass alle vier Wochen ein Trupp abgearbeiteter »Plenni« das Lager verlässt. Sie kommen nach Maikop zu einem Kartoffelkommando, wo sie sich erholen und von wo sie nach einiger Zeit wieder zurückkehren. Sie dürfen also mit Erlaubnis der Russen Kartoffeln klauen, damit sie wieder arbeiten können. Manche Kameraden, die zurückkommen, kennen wir oft nicht mehr, sie haben dicke Backen, Wasserköpfe und sind am ganzen Körper aufgeschwemmt. Es sind meistens diejenigen, die dann als Erste wieder wegkommen.

Jeden Abend, wenn wir ins Lager gehen, müssen wir einen steilen Hang hinauf, der mit Brom- und Himbeersträuchern bewachsen ist. Dieser Hang heißt bei uns der »Schinder«. Er holt noch das Letzte aus uns heraus, was vom Tag übriggeblieben ist. Die Beine sind unendlich schwer, und wir fallen und stolpern über die Sträucher. Jeder hat nur ein Werkzeug zu tragen, aber es ist so schwer, dass wir es am liebsten wegwerfen würden. Gleich in der ersten Zeit finden wir wilde Äpfel. Mir ist überhaupt nicht klar, warum meine Kameraden losstürmen, aber ich laufe einfach mit. Sie nehmen die angefaulten und schwarzen, ich und noch einige die grünen und gelben. Wir glauben, den besseren Teil erwischt zu haben, aber dem ist nicht so.

Wildes Obst schmeckt erst, wenn es braun ist und der Frost es erwischt hat. Unsere Äpfel können wir nicht essen, sie sind so bitter und herb, dass uns der Speichel wegbleibt.

Holzarbeit bei bitterer Kälte

Es ist November, und wir haben den ersten Schnee bekommen. Über Nacht hat es einen halben Meter geschneit, und wir waten bis zu den Knien darin zur Arbeit. Schon halb erschöpft beginnen wir damit, kratzen die zur Hälfte bearbeiteten Stämme aus dem Schnee. Der Russe treibt uns an, es geht ihm viel zu langsam, und wir arbeiten in nassen Schuhen und Kleidern. Die Hände frieren, und der Schnee von den Bäumen fällt uns in den Nacken. Endlich ist Feierabend, wir stolpern heimwärts, quälen uns mit der letzten Kraft den »Schinder« hinauf und geben das Werkzeug im Magazin ab. Die Prozente sind für heute minimal, und es gibt dafür kein Brot. Nass, ausgehungert, todmüde, eine gotterbärmliche, dünne Suppe und kein Brot. Gibt es etwas Schlimmeres? Ein Gutes haben wir wenigstens:

Die Buden sind warm. Die Kranken haben dafür zu sorgen und sie tun es. Die Ofenplatte glüht, wir können wenigstens die Kleider trocknen.

Über Nacht fällt weiter Schnee, und wir bleiben am nächsten und übernächsten Tag im Lager. Wir werden geimpft und liegen dann auf der Klappe, suchen Läuse, jagen Wanzen, warten auf das Essen und schlafen. »Kleba«, wie der »Iwan« zu Brot sagt, gibt es abends natürlich nicht, aber es ist immer noch besser, nichts zu tun und kein Brot, als zu arbeiten und auch kein Brot. Meistens bekommen wir so auch nur einhundert Gramm. Nur einmal erhalte ich mit meiner Brigade pro Mann dreihundert Gramm. Wir kommen auf einhundertacht Prozent.

Auf meine Frage hin, wie das zugegangen sei, heißt es, wir seien in der Gruppe lauter Zweier, zudem stünde das Arbeitsgebiet auf einem Hang, außerdem seien viele Buchen darunter, die mehr zählten als Eichen, und so klapperten sich die fünfzig Prozent zusammen. Den Rest erarbeiten wir und holen ihn vom Nachbarn.

So, wie über Nacht der Schnee gekommen ist, so kommt auch für die Bevölkerung und für uns die Geldentwertung. Für uns »Plenni« ist das ziemlich egal, was interessiert uns das, wir haben doch fast nie welches. Einige, die noch einige Rubel besitzen, sind dabei, sie an den Mann zu bringen. In meiner Gruppe ist ein ziemlich Schüchterner, und ich helfe ihm, seine zwei Rubel in Kartoffeln umzusetzen. Einen ganzen Kochtopf bekommen wir dafür. Die Kartoffeln werden gleich gekocht, und ich darf mitessen. Ich nehme mir fest vor, mich bei nächster Gelegenheit dafür zu revanchieren.

Weihnachten 1947

Das dritte Fest in der Gefangenschaft. Nichts deutet darauf hin, dass heute die schönsten und besinnlichsten Tage für uns Christen sind, die uns das Jahr beschert. Wir haben heute, am Heiligen Abend, gearbeitet, wir werden morgen und übermorgen arbeiten. Und wir werden den gleichen Hunger haben und doch mit unserem Herzen und unseren Gedanken zu Hause sein, mehr denn je. Das Essen ist das gleiche wie jeden Tag. Wo soll die Küche einsparen, wenn Harry nur so wenig wie möglich Lebensmittel für uns bringt? Den Bleistift, den ich in Pjatigorsk geschenkt bekommen habe, verkaufe ich beim Waldaufseher für Maismehl. Es reicht für zwei Kochtöpfe voll »Kasch«. Eines für Weihnachten, eines für Neujahr. Kamerad Karl, der mich bei den Kartoffeln nicht zusehen hat lassen, ist überrascht, als ich ihm einen Kochtopfdeckel voller Brei bringe und ihm gute Feiertage wünsche. Wir rauchen zusammen noch eine Zigarette, dann lege ich mich auf meine Klappe, krame die Postkarten, die ich bis jetzt bekommen habe, aus dem Rucksack und lese sie wieder, zum tausendsten Male, alle durch. Ich kenne den Inhalt schon fast auswendig, aber gerade heute habe ich Verlangen danach. Während des Lesens möchte ich am liebsten weinen. Warum dürfen wir nicht nach Hause, warum müssen wir hungern, Jahr um Jahr? Wenn wir satt wären, könnten wir doch alle mehr arbeiten? Ich packe die Postkarten wieder ein, lege mich auf die Seite und versuche, meine Sorgen zu verschlafen.

Bis Neujahr ist der Schnee schon wieder weg, wir bekommen eine frühjahrsähnliche Wärme, und es blühen Veilchen, Frühlingsboten und die Brombeersträucher am »Schinder«. Beim Baden und Entlausen brauchen wir nicht mehr zu frieren und in die Baracken rennen, sondern wir liegen im Adamskostüm in der Sonne und warten, bis die Klamotten rauskommen. Bei einer neuerlichen Untersuchung bin ich O.K. und komme in die Schusterei. Dort lerne ich Schuhe flicken, Schuhe besohlen und die ganz kaputten zu zerschneiden und Lederschuhbänder daraus zu machen.

An dem Tage, als ich zur Schuhmacherei kommandiert werde, kommen Neue aus einem Lager, das aufgelöst worden ist. Auch sie sind auf Holzkommando, aber es geht ihnen weit besser als uns. Sie sind in der Nähe einer Ortschaft und können bei den Zivilisten noch ein wenig helfen und vor allem Holz handeln. Wir Alten sehen, dass sie ganze Wecken Brot im Rucksack haben, Mehl und Kartoffeln, vor allem aber Tabak. So viel Tabak habe ich in der Gefangenschaft noch nie gesehen wie hier. Ganze Säcke voll Blätter haben sie. Ihrem Reden nach haben sie in den Strohsäcken Tabakblätter, weil die leichter zu haben sind als Stroh. Wenn ich mir vorstelle, dass ich, wenn ich rauchen will, nur in die Matratze zu greifen brauche, um mir einen Balken zu drehen, wäre das wundervoll. Wir Alten kommen uns vor wie ganz arme Teufel. Es ist klar, dass wir mit allem Möglichen versuchen, von ihrem Reichtum etwas abzubekommen. Mancher findet in seinem Gepäck noch etwas, das dann für Brot, Mehl oder Rauchzeug verschachert wird. Ich habe nichts mehr, was ich weggeben könnte. Nur mit Lederriemen mache ich ab und zu noch ein Geschäft. Über unsere Verpflegung lachen die Neuen, aber nur so lange, bis sie ihre Vorräte aufgebraucht haben, dann sind sie genauso hungrig wie wir. Vielleicht noch schlimmer. Eines ist ihnen doch geblieben, ihr Tabak, und sie haben noch mehr Mut als wir. Sie schimpfen, meutern und verlangen, den Kommandanten zu sprechen. Aber wann ist Harry schon für uns da? Er ist nur für seine »Banjenka« in Maikop da. Aber immerhin, es wird erreicht, dass es ein wenig besser wird. Manchmal kommen sogar bei der Verpflegung Zigaretten für uns mit.

Im Hauptlager fällt es mit der Zeit auch auf, dass gerade von uns die meisten Kranken kommen, und es werden zwei Mann von der Antifa zu uns geschickt, um die Zustände bei neutraler Beurteilung zu prüfen. Jetzt packen wir aus, alles wird erzählt, die ganze Not, der ganze Hunger, der Beschiss von Harry, alles, was uns irgendwie bedrückt und was wir glauben, verbessern zu können. Dann ist Harry plötzlich verschwunden, wohin, weiß ich nicht. Von da an wird es besser. Es gibt öfter Fisch oder Quark. Statt Fleisch manchmal Wurst, und diese dafür dann auf die Hand. Mein Gott, wie lange haben wir alle kein Wurstbrot mehr gesehen oder gegessen. Wie oft habe ich in der Gefangenschaft an den trockenen Kanten Brot gedacht, den ein Russenweib unter eine Kastenecke geschoben hat als Ersatz für einen abgebrochenen Fuß, oder an die zwei Würste, die ich als Bub am Starnberger See einmal weggeworfen habe, weil sie mir nicht mehr ganz sauber schienen. Satt werden wir auch jetzt noch nicht. Ich glaube, das können wir gar nicht mehr, aber wir merken, dass wir mehr Kraft haben und vor allem mehr Humor. An den Sonntagen bekommen wir immer etwas Besonderes wie Gulasch oder Fischsalat.

Nachmittags ist von Zeit zu Zeit Varieté. In meiner Gruppe ist ein Kamerad, der es versteht, uns alle für eine Stunde von unseren Sorgen zu befreien und uns zum Lachen zu bringen. Bei Nacht muss ich nun öfters im Lager

Streife gehen. Warum, weiß ich nicht, dafür brauche ich am Tage nicht zu arbeiten.

Eines Nachts, als ich gerade auf Streife bin, kommt der Verpflegungswagen und bleibt vor dem Magazin stehen. Der Fahrer will nicht mehr abladen, und ich werde angehalten, ein besonderes Auge auf die Ware zu haben. Den Auftrag nehme ich sehr genau und immer wieder schleiche ich um das Fahrzeug und habe ein »Auge« auf die Ware. Es sind Kisten dabei, in denen große, gesalzene Schwarzmeerfische sind. An einer Kiste ist ein Brett lose, und durch die Lücke ziehe ich einen Hering von einem halben Meter Länge heraus. Vorsichtig schaue ich mich um, ob ich beobachtet werde. Dann gehe ich noch ein paar Runden um das Lager und entschuppe dabei den Fang, verschwinde danach in der Entlausung, wo Tag und Nacht Feuer brennt, das ich auch zu hüten und zu versorgen habe.

Kopf und Eingeweide des Fischs fliegen in das Feuer, dann wird der Hauptteil am Ast gebraten, und es riecht in der kleinen Bude wie beim Herbstfest zu Hause. Nur die Hälfte davon kann ich essen, so salzig ist er. Die andere Hälfte bringe ich zu Karl, der sich freut, obwohl er mitten in der Nacht geweckt wird. In der Küche, wenn es Fisch gibt, werden sie erst zwei Tage ins Wasser gelegt. Im Küchenvorraum steht ein kleines Fass mit Trinkwasser, und ich habe es in dieser Nacht fast leergesoffen. Ich bin wie ausgebrannt nach dieser Futterei. Die Kranken und Schwachen erhalten seit geraumer Zeit doppelt Essen, vielleicht werden sie dann wieder arbeitsfähig. Auch ich gehöre zu den Glücklichen.

Das Lager bei Mineralnyje Wody

Nach einigen Wochen, es ist mittlerweile schon lange Januar, werden alle Mann erneut untersucht und ein Transport mit Leuten zusammengestellt, die in ein Erholungslager kommen sollen. Auch ich bin bei dieser Gruppe, und wir alle scheiden ohne Wehmut von dieser Stätte, die uns so viel abverlangt hat. Nur von meinem guten Kameraden Karl trenne ich mich schwer, solche Freunde wie ihn gibt es nur wenige.

Nach einigen Kilometern Fußmarsch werden wir auf Autos geladen und zum Bahnhof in Maikop gebracht. Bevor der Wald zu Ende ist, müssen wir eine mit Posten besetzte Schranke passieren, und man schaut, ob wir Holz geladen haben. Jedes Fahrzeug muss sich hier einer Kontrolle unterziehen, damit ja kein Prügel schwarz gehandelt wird. Von Maikop werden wir nach Armawir gebracht und kommen dort für zwei Tage in ein Lager.

Der Name Armawir hat für mich einen bitteren Geschmack, ist es doch die Stadt, in deren Nähe wir vor fast drei Jahren ausgeladen worden sind. Wer hätte gedacht, dass es so lange dauern würde. Hier im Lager ist es nicht schlecht. Es gehen zwei Kommandos hinaus, eines in die Ölmühle, das andere in die Maismühle. Nur noch ein paar Mann arbeiten in einer Mechanikerwerkstätte. Das Lager ergänzt sich also wunderbar, und die Belegschaft sieht im Vergleich zu uns gut aus. Sie haben eine Musikkapelle und abends ist öfter Tanz, auch während wir dort sind. An Damen fehlt es nicht, es sind die Ärztin da, eine

Schwester und noch einige Mädchen aus der Stadt. Ich möchte es auch gerne wieder einmal versuchen und wage es, eine Dame um den Tanz zu bitten. Sie ist stark und fest wie fast alle Russinnen. Mit Freuden springt sie auf, nimmt mich in ihre Arme und schiebt mich die Tanzfläche auf und ab, ich komme gar nicht dazu, sie zu führen, sie will immer anders als ich und zu guter Letzt legt sie noch ein Tempo hin, dass mir ganz schwindlig wird. Ich bin froh, als der Tanz zu Ende ist und falle vor Erschöpfung auf eine Bank.

In der Nähe des Bahnhofes ist eine Entlausungsstelle. Wir werden dort gebadet und vom Ungeziefer befreit, dann geht es auf Lastwagen weiter bis nach Mineralnyje Wody, zu Deutsch »Mineralwasser«. Unterwegs kommen wir an einer riesigen Stalinstatue vorbei, die ganz einsam und verlassen auf freiem Felde steht. Wir können uns gar nicht erklären, was sie hier für einen Zweck erfüllen soll.

In einer kleineren Ortschaft müssen alle Mann absteigen, und man sperrt uns in einen kleinen Hof, von dem aus nur eine kleine Kammer zu erreichen ist, in der wir nicht alle Platz haben. Es ist sehr kalt, und in unserer jämmerlichen Kleidung und den dünnen, durchlöcherten Schuhen frieren wir abscheulich. Erst nach Stunden geht es weiter. Durchgefroren und ausgehungert kommen wir am Ziel an und müssen von dort noch sechs Kilometer bis zum Lager zu Fuß gehen. Wie alte Männer steigen wir vom Wagen, so steif sind alle Glieder, einer muss dem anderen helfen. Ein scharfer Wind kommt auf, es fängt zu schneien an, und wir marschieren im Gänsemarsch über die weite Ebene. Immer stärker wird der Wind, er orgelt und pfeift, und die Schneeflocken, die er uns ins Gesicht treibt, stechen wie Nadeln. Fast können wir nicht mehr atmen, die Kälte geht durch die Kleider, wir möchten uns am liebsten hinlegen und schlafen. Von gehen kann keine Rede mehr sein, so sehr tobt der Sturm. Mit dem Rücken zum Wind und mit offenem Mund, um Luft zu bekommen, stehen wir da wie eine verlorene Herde Schafe und wissen nicht, was zu tun ist.

Da sieht einer von uns ein Licht. Ganz schwach nur ist es zu erkennen, wie ein Irrlicht im Moor. Und da rennen alle wie die wilde Jagd darauf los, als ob dort die ewige Seligkeit zu finden sei. Der russische Offizier, der uns begleitet, ruft noch, wir sollen die Lebensmittel mitnehmen, sonst haben wir morgen nichts zu essen. Mit ein paar Kameraden kehre ich um, nehme ein Bündel und renne hinter dem Haufen her. In einer Kate sind wir wieder alle beisammen. Der Russe hat auf das energische Klopfen geöffnet und uns, ohne ein Wort zu sagen, eingelassen. Wir sitzen oder liegen auf dem Boden und dösen vor uns hin und bald sind wir durch die Wärme eingeschlafen.

Am anderen Morgen geht es weiter. Die Straße, sofern man davon sprechen kann, ist verweht, und oft versinken wir bis zur Hüfte im Schnee. Kaum einen Kilometer hätten wir gestern noch zu gehen gehabt und wären am Ziel gewesen. Das Lager selbst ist wie jedes andere auch, nur vielleicht etwas sauberer. Die Baracken sind kalt, und den ganzen Tag laufen wir mit Mantel, Handschuhen und Pelzmütze herum. Der einzige warme Raum für uns ist der Speisesaal, der zugleich als Theater dient. Fast gemütlich könnte man ihn nennen, an den Wänden sind Bilder und überall hängen Zeitungen. Jeder Buchstabe wird von uns gelesen, was soll man auch sonst tun.

Seit jeher ist es Sitte gewesen, dass ein »Plenni« an seinem Geburtstag zweimal Essen fassen darf. Ich habe es mir zur Gewohnheit gemacht, bei jedem neuen Lager in Bälde Geburtstag zu haben. Was man hat, kann einem kein anderer mehr nehmen. Außerdem hat man den Vorteil, dass man es noch einmal probieren kann, wenn ein neuer Kommandant kommt. In einem Lager hat der Kommandant gleich dreimal gewechselt, und ich habe dreimal Geburtstag gefeiert.

Arbeiten brauchen wir hier nicht, wenn man von den zwei Stunden absieht, in denen wir die Zone harken oder einen Kartoffelbunker bauen. Aber auch hier stehen wir die halbe Zeit herum. Manchmal wäre es uns lieber, wir müssten mehr tun, damit uns warm wird, aber wenn dann einige Mann für irgendetwas gebraucht werden, drückt sich doch jeder. Woche reiht sich an Woche, und jeder Tag gleicht dem anderen aufs Haar. Aufstehen, essen, zwei Stunden arbeiten, wieder essen, in der Zwischenzeit noch frieren und schlafen.

Doch es wird März und es wird wärmer. Zur Mittagszeit kann man sich schon ein wenig im Freien aufhalten oder essen. An den Sonntagen gehen wir öfter ins Kino, manche am Kino vorbei und in die Stadt zum Betteln. Pünktlich zum Schluss sind sie wieder da und haben meistens die Säcke voll Brot, Rüben, Kartoffeln oder Mais. Einen haben die Russen mal verprügelt. Er hat in einer Hütte Seife geklaut und in der nächsten wieder verkauft. Doch auch unter der Woche gehen einige in die Stadt zum Fechten. Die Posten lassen die Leute ohne Weiteres über den Zaun steigen, wenn sie ihnen versprechen, etwas mitzubringen. Beim Heimweg helfen sie einem über den Zaun und werfen das Gepäck nach.

Das Essen im Lager ist wieder einmal zu wenig, aber dafür schmackhaft. In großen Mengen wachsen hier wilder Knoblauch, Feldsalat und vor allem Thymian. Es wird kein Brot ohne eine anständige Schicht Knoblauch gegessen. Tag und Nacht stinken wir danach. Der Salat wird nur mit Salz angemacht, Essig und Öl gibt es nicht. Die Küche macht sich einmal den Spaß zu fragen, wer noch Salatsoße will. Aber keiner will Salzwasser haben.

Wenn das Wetter schön ist, gehe ich oft spazieren. Zum Posten braucht man nur zu sagen, dass man Vitamine suchen will. Die Gegend ist leicht hügelig, etwa so wie am Samerberg im Inntal, doch ohne jeglichen Baumbestand. Wunderschöne Blumen wachsen hier wie Tulpen, Schlüsselblumen und alle Farben von Veilchen. Nicht ein einziges »Hundsveigerl«, also ein wildes Veilchen, finde ich, alle sind sie echt.

Manchmal schmücke ich mit den Blumen den kleinen Lagerfriedhof, der hier angelegt ist. Ungefähr sechzig Kameraden sind hier beerdigt. Arme Teufel. Manchmal liege ich stundenlang außerhalb des Lagers an einer sonnigen Stelle und träume vor mich hin. Ich weiß, dass schon viele Transporte in die Heimat gegangen sind und möchte so gerne dabei sein. An meinem Namenstag am 19. März ist Untersuchung gewesen, und ich habe mir gedacht, mein Schutzpatron würde mir beistehen, damit ich diesmal dabei bin. Aber er hat wohl in diesem Augenblick auf die Seite geschaut. Der Transport geht noch in diesem Monat in Richtung Heimat, leider ohne mich.

Jetzt werde ich eisern. In vier Wochen ist wieder Gesundheitskontrolle, und bis dahin will ich so weit sein. Ich melde mich zur Wäscherei und wasche mit einigen Kameraden den ganzen Tag die Hemden und Unterhosen der Lagerbesatzung. Das Brot, das ich in der Frühe empfange, vertausche ich für Tabak, ebenso den Nachschlag, der manchmal für uns Wäscher abfällt. Bei Nacht stehe ich drei-, viermal auf, um zu rauchen, obwohl es strengstens verboten ist. Ich merke, wie meine Kräfte weniger werden und habe doch eine gewisse Genugtuung dabei. Diesmal bin ich dem »Reserve-Stalin«, wie wir den Arzt aufgrund seiner Ähnlichkeit mit diesem nennen, bestimmt nicht mehr zu kräftig. Wieder stehe ich vor ihm, mit entblößtem Oberkörper und die Hose in der Hand.

»Umdrehen, Hose runter!«, schallt es mir entgegen.

Ich gehorche. Jetzt fällt die Entscheidung, ich bin ganz aufgeregt und horche auf jedes Wort, das gesprochen wird. Lange zögern sie die Entscheidung hinaus, einige Male haben sie mich schon um die eigene Achse gedreht, von vorne und hinten betrachtet und abwechselnd in die rechte und linke Arschbacke gezwickt. Endlich fällt das erlösende Wort. »Slave« (schwach), sagt der Russe, und eine Schwester trägt mich in eine Liste ein, dann kann ich gehen.

Schon am nächsten Tag werden die Kameraden, die für den Transport bestimmt sind, namentlich und dem Alphabet nach verlesen. Ich horche, und endlich kommt der Buchstabe »S«. Er kommt und geht vorbei, und als der Buchstabe »T« kommt, da weiß ich, dass wieder einmal alles für die Katz gewesen ist. Die ganze Arbeit und der ganze Hunger, den ich freiwillig all die Wochen hier erduldet habe. Diesmal bin ich zu schwach gewesen. Sie hätten sich mit mir schämen müssen.

Drei Wochen später werde ich mit noch fünf Kameraden in ein anderes Lager geschickt. In der Frühe um neun Uhr ziehen wir los und sind abends um sechs Uhr im anderen Lager. Den ganzen Tag vertrödeln wir für die acht Kilometer, die wir zu gehen haben. Zuerst sind wir in die Stadt zum Fechten, dann treffen wir uns wieder und verzehren die Beute, anschließend wird eine Pfeife geraucht, Mittagsschlaf gehalten und jetzt stehen wir vor dem neuen Lager und hören gerade, wie sie zum Abendessen rufen. Vom deutschen Kommandanten werden wir in Empfang genommen und ins Lager eingewiesen. Jeder Mann bekommt seine Klappe, seinen Strohsack und seine Wanzen, die er zu füttern hat. Nach dem Essen fragen wir in der

Küche, ob für uns noch etwas übriggeblieben ist und ziehen mit einem Schlag Suppe wieder ab.

Neben dem Lager führt eine neue, breite Straße vorbei, die von den Gefangenen gebaut worden ist, und auf der anderen Seite stehen ein paar große Schuppen, in denen Kerzen und Schlackensteine hergestellt werden. Zwei Dinge, die überhaupt nicht miteinander verwandt sind. Dort werden wir Neuen zur Arbeit eingesetzt. Zwar sind wir alle O.K., aber wir bekommen dafür doppelt Essen und doppelt Brot. Auch wird die Arbeit nicht nach einer Norm gemessen. Leicht ist sie nicht, wir tragen Steine, rühren Mörtel, schleppen Kalk herbei oder heben Erde aus. Zu Mittag sitzen wir unter den Russen, von denen viele weiblich sind, und empfangen genau wie sie unsere Suppe.

Ein Mädel ist dabei, das immer mit Mehl gepudert zur Arbeit kommt. Das macht sie deshalb, um eine Bräunung der Haut zu verhindern. Sie arbeitet an der Mischmaschine. Wenn sie dann nach einiger Zeit zu schwitzen anfängt, hat sie Falten und Rinnen im Gesicht. Eine andere, sie ist erst siebzehn Jahre, arbeitet mit einem alten Russen zusammen, mit dem sie auf einer Trage Kalk zur Maschine bringt. Den ganzen Tag weint sie, weil der Alte nicht mehr so schwer tragen kann und auch ihr Tempo nicht mitmacht. Dadurch kommt sie bei Weitem nicht auf ihre Norm und damit nicht auf ihr Geld.

Mit zwei jungen Russen und einer großen, starken, sommersprossigen Russin muss ich Schlacke aufladen. Ich arbeite schön gemütlich und denke mir, die anderen werden schon auch etwas tun. Erst nach geraumer Zeit merke ich, der ich allein auf einer Seite bin, dass von drüben nichts mehr kommt. Eine Weile warte ich noch, dann schaue ich um die Ecke und sehe, wie die beiden das arme Mädchen an allen Ecken und Enden kneifen und tätscheln, und sie strahlt dabei über ihr sommersprossiges Gesicht. Erst als sie mich sieht, wird sie ein wenig rot und wehrt ihre zwei Bedränger ab. Doch das Schönste des ganzen Tages ist es, wenn wir abends die sechshundert Gramm Brot empfangen.

Nachmittags schon geben wir immer acht, ob der Brotfahrer, ein Invalide, auch bestimmt seinen Gaul vor den zweirädrigen Karren spannt und in die Stadt zum Brotmagazin fährt. Einmal brennt ihm der Gaul durch, als er ihn einspannen will. Wie der Teufel sind wir »Plenni« hinter ihm her und fangen ihn wieder ein, damit ja das Brot noch rechtzeitig kommt. Bevor wir dann in das Lager gehen, versuchen wir noch einige Kerzen zu klauen, die dann auf der Straße an vorüberfahrende Russen verkauft werden. Pro Stück zwei Rubel.

Im Lager bekommen wir die uns zustehende Verpflegung mit dem Brot. Wir sechs Mann kommen im Tag also auf 1200 Gramm Brot. Jeden Tag hebe ich mir zweihundert Gramm auf, damit ich am Sonntag, wenn nicht gearbeitet wird, auch genug Brot habe. Es ist klar, dass wir deshalb viele Neider im Lager haben, und viele Streitigkeiten haben darin ihre Ursache.

Unser deutscher Kommandant ist ein Speichellecker erster Güte. Die Russen sind für ihn Götter, und er tut alles, um ihnen zu gefallen. Kameraden, die er nicht leiden kann, sind vor seinen Zornausbrüchen keine Sekunde sicher. Einer ist dabei, der seine Seife für Tabak verkauft hat. Karl, so heißt unser Kommandant, stellt ihn darum zur Rede, nennt ihn eine Drecksau und einen Saboteur. Immer ausfallender wird Karl und er schlägt den armen Teufel ins Gesicht, gibt ihm einen Stoß, sodass er zu Boden fällt. Dann springt er ihm mit den Stiefeln auf den Bauch und stößt ihn ins Gesicht, in Brust und Rücken, wohin er gerade trifft. Er schlägt, bis der andere bewusstlos wird. Obendrein wird der Geschlagene noch bestraft. Er darf in den nächsten vier Wochen keine Baracke mehr betreten und muss notgedrungen im Freien schlafen. Mantel und Decke nimmt Karl ihm eigenhändig ab. Vier Wochen im Freien ohne Mantel oder Decke zu schlafen heißt, achtundzwanzig Nächte zu frieren, achtundzwanzig Nächte ausgestoßen zu sein aus der Gemeinschaft und achtundzwanzig Nächte keinen Schlaf zu finden. Der steinige Boden und das Rheuma tun das Übrige. Bei Tage muss er arbeiten wie jeder andere auch.

Ein anderer bekommt von Karl Anweisung, für den Posten am Tor Brennholz zu machen. Der Kommandant ist schon im Weggehen, als der Holzmacher vor sich hinbrummt: »Die Kanaken sollen ihr Holz selber machen!«

Aber Karl hat es noch gehört. Mit einem Wutschrei stürzt er auf den Holzmacher los und packt ihn, reißt ihn hin- und her und ohrfeigt ihn bis zum Posten. Bei jeder Ohrfeige schreit er: »Das ist für den Kanaken!« Dem Russen erzählt Karl dann alles.

Dieser winkt nur mit der Hand ab und sagt: »Nu ladna« – »Lass nur!«

Respekt vor dem »Iwan«, pfui Teufel vor dem Deutschen.

Karl hat überhaupt eine Freude daran, irgendwelche Kreaturen zu quälen. Im Lager gibt es, wie fast überall, viele Wanzen, die dann mit der Lötlampe ausgerottet werden. Karl fährt nicht einfach mit der Lampe in ein Wanzennest, sondern er wartet, bis sie zu laufen anfangen, dann fährt er ihnen damit langsam nach, kommt den Tieren immer näher, bis sie durch die Hitze nicht mehr können und die Beine ausstrecken.

Für die Wahl des Antifa-Vorstandes ist auch Karl nominiert, aber gewählt haben ihn wenige, und er ist sehr zornig darüber. Wenn er diesen Posten bekommen hätte, dann hätte ihm keiner mehr etwas dreinreden dürfen. Eine grauenhafte Vorstellung!

Seit einiger Zeit dürfen wir uns alle, sofern wir einen Kamm haben, die Haare wachsen lassen. Das wiederum hindert Karl nicht daran, einem, der ihm nicht genehm ist, eine Glatze schneiden zu lassen. Er ist ein Schläger und Schinder, nicht einmal die Russen mögen ihn.

Baldige Heimkehr

Im Lager ist eine russische Schwester, die uns sechs O.K.-Leute nach acht Wochen untersucht und zu verstehen gibt, dass wir in einigen Tagen wegkommen und nach Hause dürfen. Mein Gott, wenn das wahr wäre. Eine irrsinnige Freude erfasst uns und wir wollen am liebsten den ganzen Tag nur singen. Karls kleine Schikanen können uns nicht mehr aus der Ruhe bringen. Uns wurmt nur, dass wir auch nicht mehr zur Arbeit dürfen und damit nicht mehr auf die gewohnte Brotmenge kommen.

Den ganzen Tag vertrödeln wir im Lager, meist in der Nähe des Tores, wo der Posten sein Grammophon spielen lässt. Das erste, das ich in der Gefangenschaft höre. Schon in der Frühe um fünf Uhr fängt es mit der russischen Hymne an, dann folgen Wiener Walzer, und wir hören deutlich, dass es schon sehr alte Platten sind. Manchmal bleibt die Nadel hängen und quietscht ein wenig, bis sie von irgendjemandem weitergeschoben wird. Nachrichten und Propaganda füllen die meiste Sendezeit aus, die wieder mit der Hymne beschlossen wird.

Wir können aber auch dem Küchengehilfen zusehen, wie er die Fische, die zur Verpflegung gehören, für uns räuchert. Sie schmecken dann viel besser. Manchmal gibt es sogar Fischsuppe, die ein wenig Verwandtschaft mit einer geräucherten Suppe hat. Die Küche hier kocht allgemein gut. Am Sonntagmittag gibt es fast immer Gulasch mit Nudeln. Einmal bekommen wir als Fleisch Kamelköpfe. Sie sind enthäutet, lang und schmal. Wir wissen gar nicht, was das sein soll. Keiner kann sich erinnern, solche Dinger jemals in einem Metzgerladen gesehen zu haben.

Waschen ist seit einigen Tagen verboten wegen der Trockenheit, die zu Wassermangel geführt hat. Ich stehe schon vor dem Wecken auf, um mir wenigstens die Augen auszuwaschen und die Zähne zu putzen. Schon am zweiten Tag erwischt mich Karl und schreit und tobt, als ob Wunder was los sei. Bandit und Saboteur schreit er mir ins Gesicht und er werde schon dafür sorgen, dass ich nicht nach Hause komme. Ich kratze die Kurve, damit ich ihm aus den Augen bin und nicht noch einige Watschen fange. Gleich nach mir erwischt Karl einen, der auf nüchternen Magen eine Zigarette raucht und dabei die Zeitung liest, die an der Wand hängt. Auch er entgeht nur mit Ach und Krach einem Strafvollzug.

Doch einige Stunden darauf ist unser Auto da, auf das wir schon seit Tagen warten. Unsere Tagesverpflegung ist schnell gefasst, dann steigen wir aufs Auto. Die Schwester weint fast vor Freude, weil wir heim dürfen, und die Kameraden rufen uns Grüße an die Heimat und ihre Adressen zu. Nur Karl schaut finster, mit Fleiß schaue ich ihn recht höhnisch an, damit er sich ärgert. Endlich fahren wir. Stundenlang geht es eine staubige Straße entlang, durch Dörfer, die sich ähneln wie ein Ei dem anderen. Manchmal fahren wir an gefangenen Kameraden vorbei, die an der Straße arbeiten, dann winken wir und rufen ihnen zu, dass wir heim dürfen. Erst am Abend kommen wir im Entlassungslager an. Es liegt ungefähr fünf Kilometer südlich der Stadt Naltschik. Wir steigen ab und fragen ein paar Alte, die in der Nähe sind, wann der Transport abgeht. Transport? Heimfahren? Ein Vierteljahr sei schon keiner mehr abgegangen, es seien überhaupt keine Aussichten dafür vorhanden, bekommen wir zur Antwort. Habe ich eine kalte Dusche bekommen oder habe ich geträumt?

Ich bin hierhergekommen, um heimzufahren, aber hier will keiner etwas davon wissen. Wie soll das bloß weitergehen? Soll diese Leidenszeit wirklich noch kein Ende haben? Haben wir noch nicht genug von unserer Gesundheit für die Wiedergutmachung geopfert?

Wir gehen in das Lager, werden in die Baracken eingewiesen und schlafen trotz der Wanzen im Freien. Arbeiten brauchen wir nicht. Die meiste Zeit verbringen wir beim Schachspiel und Lesen. Gerade weil der Russe ein leidenschaftlicher Schachspieler ist, haben wir immer die Gewähr dafür, dass wir nicht mit irgendwelchen Arbeiten belästigt werden. Zum Lesen gibt es die üblichen Propagandahefte und Gräuelgeschichten über die deutsche Wehrmacht. Aber was tut man nicht alles, wenn einem langweilig ist. Alle zwei, drei Tage geht eine Gruppe in den Wald zum Holz holen. Es dauert jeweils immer vom Frühstück bis zum Mittagessen. In keinem Lager habe ich bisher so viel Brennnesseln, Melde und anderes wildes Kraut zum Essen bekommen wie hier. Die Suppe ist nur aus diesem Zeug gemacht. Uns »Plenni« ist es nicht unangenehm, weil die regulären Suppengrundlagen für den »Kasch« verwendet werden, und wir davon fast das Doppelte der gewohnten Menge bekommen. Tabak gibt es selten, und jeder bettelt sich so gut es geht durch die rauchlosen Tage. Von einem Transport ist nichts mehr zu hören, und die Untätigkeit und Ungewissheit zehren an den Nerven.

Nach drei Wochen ist Visite. Ich werde wieder arbeitsfähig und komme mit einer Gruppe von Kameraden in ein Lager, welches nur einige Kilometer von hier entfernt ist. Ich bin froh, dass ich wieder Arbeit habe und die Zeit schneller vergeht. Das ganze Lager ist im Straßen- oder Brückenbau beschäftigt. Gearbeitet wird in zwei Schichten, jeweils acht Stunden, und alle haben dadurch mehr

Freizeit. Normbrot gibt es jede Woche. Das hat den Vorteil, dass man sich einmal in der Woche vollessen kann.

Erst eine Stunde bin ich im neuen Lager, als ich schon unangenehm auffalle. Die Schuster und Schneider haben hinter den Baracken Tabak angebaut, und ich sehe, wie einer die braunen Blätter, welche abgefallen sind, aufhebt und einsteckt. Natürlich gehe ich sofort hin und hole mir auch einige, dabei sieht mich der Kommandant und verurteilt mich sofort zu acht Tagen Latrinen reinigen. Wenn das so weitergeht, kann es heiter werden. Statt mich auszuruhen, renne ich nun mit Besen und Kratzer in der Latrine umher und warte, bis mir einer Arbeit macht.

Auf der Baustelle ist es nicht übel. Die Straße, die wir bauen, verbindet Moskau mit Naltschik. Es ist eine schöne breite Teerstraße, und jeden Tag wird sie um dreihundert Meter länger. Der Asphalt wird mit 120 Grad Hitze aufgeschüttet und verteilt, dann mit der Walze glattgebügelt. Es geht schon wieder dem Sommer zu und es ist mächtig heiß. Dazu kommt noch die Hitze des Materials, das wir zu verarbeiten haben. Die Frühschicht ist besser, denn zu Mittag ist Feierabend. Aber die Spätschicht: Bei der größten Hitze fangen wir an und erst gegen Abend wird es besser. Sobald die Sonne weg ist, frieren wir mit der dünnen Kleidung, und jeder ist froh, wenn der Wagen kommt und uns ins Lager bringt. Fast jeder, der auf Spätschicht geht, nimmt deshalb seinen Mantel mit.

Neunzig Prozent der Lagerbelegschaft schläft im Freien. Wir sind schon allerhand an Wanzen gewöhnt, aber was uns hier geboten wird, ist einmalig. Sogar an Tischen und Bänken und in den Bodenritzen sind sie zu finden. Von dem Russen, der die Straßenwalze fährt, habe ich mir Rohöl erbettelt, bespritze damit meinen Strohsack und reibe mir vor dem Schlafengehen den Körper damit ein.

Die Löcher und Ritzen der Klappe verschmiere ich mit Teer, somit habe ich doch ein wenig Ruhe vor den Quälgeistern. Manche von meinen Kameraden haben morgens ganz dicke Gesichter und sehen nur mit Mühe aus den Augen.

Ich arbeite jetzt nicht mehr auf der Straße, sondern dort, wo der Asphalt gemacht wird. Eine riesige Tonne, die unter Ächzen und Stöhnen von einem Motor gedreht wird, nimmt das Material auf. Kies und Sand werden von den Gefangenen zu einem Transportband gebracht und von da zur Tonne. Das ganze Zeug wird mit einem Heizgebläse erhitzt, Teer wird dazugegeben, und wenn es fertig ist, nach hinten ausgestoßen. Dauernd kommen Fahrzeuge, welche den fertigen Asphalt aufladen. Diese Arbeit ist am schwersten. Das Produkt ist heiß, schwer und klebt wie Sirup. Trotz der hohen Prozente beneide ich keinen, der die Arbeit tun muss. Ich siebe mit einem Kameraden Sand, der dann von anderen mit Schubkarren zum Transportband gebracht wird. Es sind wieder die Seiltänzerkarren, wie sie überall in Gebrauch sind.

Schubkarren schieben tut auch keiner gern, und wenn ein Neuer kommt, wird ihm gleich eine in die Hand gedrückt. Bei mir ist es auch so, aber ich habe sie gleich ein paarmal umgeworfen und bin dann zum Sandsieben gekommen. Ein bisschen blöd sein zur rechten Zeit ist auch mal ganz gut.

Bei der jetzigen Arbeit kann ich auch viel eher weg, ohne dass man gleich vermisst wird. Es gibt schon Zwetschgen und Äpfel, und wenn ich einen schwarzen Gang durchs Dorf mache, bringe ich immer einen Beutel davon zusammen. Ich will von einem Gang gerade wieder zur Arbeit zurück, als mir ein Russe nachschreit. In der Annahme, er wolle mir etwas geben, gehe ich zu ihm, da packt er mich gleich an der Bluse und zerrt mich ins Lager.

Unser Kommandant hat sowieso einen Pick auf mich wegen der Tabakblätter und verdonnert mich aufs Neue zu acht Tagen Latrinendienst. Die Äpfel hat er mir selbstverständlich abgenommen.

Das dickflüssige Öl, welches zum Heizen verwendet wird, wird in Silos verwahrt. Einer davon ist leer, und wir müssen ihn reinigen. Bis zu den Knien stehen wir in der Brühe und schöpfen den Silo aus. Der Rest wird in Kübeln hochgezogen und in das Feuer geschüttet. Manchmal schwappt der Eimer über uns auf Rücken, Kopf und Schultern. Tagelang laufen wir fast schwarz herum, denn wie sollen wir das Zeug abwaschen? Am Bach scheuern wir uns die Haut mit Sand wund, aber helfen tut es wenig. Der Teer, der zur Herstellung des Asphalts benötigt wird, liegt wie ein riesiger schwarzer Fladen auf einer freien Fläche nahe der Tonne. Bei Tag, wenn die Sonne scheint, fängt das Zeug unaufhaltsam zu laufen an. Bei Nacht wird es dann an den Endstellen, wo es dünn ist, bearbeitet. Stück für Stück muss es mit Hacken und Brechstangen losgeschlagen werden. Die Hände und Kleidung sind voller Teer, und wir wissen noch nicht, wie es wieder wegzukriegen ist.

Eine Woche bin ich bei diesem Kommando, dann wechsle ich zu dem Sandkommando. Auch dieses arbeitet in zwei Schichten und ich bin bei der Nachtschicht. Die Arbeit selbst ist nicht so anstrengend. Die russischen Fahrer, die den Sand wegbringen sollen, schlafen oft. Nur die Beine kann man sich leicht brechen. Überall sind Löcher, wo nach Sand gegraben worden ist, und wenn es nicht sternenklar ist, sieht man oft nicht die Hand vor den Augen und alle Augenblicke fällt man eben in so ein Loch.

In der Nähe unserer Arbeitsstätte ist ein Obstgarten. Nach einiger Zeit ist es nur noch ein Garten. Das Obst haben wir geklaut. Ganze Rucksäcke voll haben wir in das Lager mitgenommen und gegessen, auch Kompott davon gekocht. Die Gegend hier ist von Russen und Kabardinern besiedelt. Diese beiden mögen sich nicht und sprechen ganz verschiedene Sprachen. Wenn wir mit unserer Beute im Lager ankommen, so sagen wir zum Posten immer: »Wir haben es von einem Kabardiner geklaut!« Dann freut er sich und lässt uns ein.

Einmal gehen wir aus Rache zu dem Russen, der mich beim Fechten geschnappt hat, und plündern ihm mit zehn Mann den Garten. Beim Posten sagen wir dann, dass es Kabardiner gewesen seien.

Wenn wir von der Arbeit in das Lager gehen, müssen wir über eine Brücke, die erst gebaut worden und deshalb noch mit Holz verschalt ist. Sie ist mit Stacheldraht und zwei Zivilisten gesichert, damit kein Holz geklaut wird. Ein russischer Fahrer will sich einen Hasenstall bauen, dazu braucht er Bretter und fragt mich, ob ich welche beschaffen könne. Die einzige Möglichkeit ist die Brücke. Das ist sehr gefährlich. Trotzdem machen wir es. Leise schleichen wir uns ran, ich habe mir einen Kameraden mitgenommen. Wir schauen nach allen Seiten, kriechen durch die Lücke im Stacheldraht und sind dann bei einem Bretterstapel. Wir nehmen uns keine Zeit zum Suchen, fassen das Erstbeste, es ist ziemlich lang, und hauen ab. Sehr leise müssen wir dabei in der Aufregung nicht gewesen sein, denn einer der Posten macht Krach und ruft nach seinem Kumpel. Ich habe Angst im Bauch, dass sie uns schnappen, und wir rennen, stolpern und raffen uns wieder auf, bis wir am Fahrzeug sind. Das Brett wird hinaufgeschoben, und wir springen auf, dann geht es los. Fünf Rubel pro Mann ist uns die Aufregung wert. Zehn Rubel dem Russen der Hasenstall. Ein Dutzend Lager habe ich in den drei Jahren schon kennengelernt, aber nirgends ist so viel geklaut worden wie hier.

Die Getreideernte ist in vollem Gange und Lastwagen bringen die Körner in die Ortschaft. Für die Kameraden, die an der Straße arbeiten, ein gefundenes Fressen. Täglich gehen mehrere Dutzend Kochgeschirre voll Getreide in das Lager. Es ist sehr einfach, man muss nur die Gelegenheit abwarten, bis ein voller Wagen kommt, dann das Kochgeschirr eintauchen. Wenn das Auto vorbei ist, dann ist das Geschirr voll. Einer bleibt dabei mit der Kleidung an der Bordwand hängen und es gibt Beulen und Schrammen. Ein anderer wird vom Posten, der nur zum Straßenbau mitgeht, beim russischen Kommandanten gemeldet und zu zwei Jahren Straflager verurteilt. Zwei Jahre für einen Kochtopf voller Körner im Wert von circa dreißig Pfennig.

Die Körner werden im Lager mit einer Handmühle gemahlen und in der Küche verkocht. Wer ein Kochgeschirr voll »Kasch« will, muss einen Deckel voll Mehl abgeben. Alles wird in einem Kessel zusammen gekocht, ob es nun Weizen-, Roggen- oder Gerstenkörner sind. Und täglich stehen fünfzig und mehr Pötte vor der Küche und warten auf ihre hungrigen Abnehmer. Es bleibt der russischen Schwester im Lager und dem Kommandanten nicht verborgen, woher die Lebensmittel sind. Warum nun ausgerechnet ein Mann dafür so hart bestraft wird, ist mir ein Rätsel. Die Handmühle kommt nach wie vor Tag und Nacht nicht zur Ruhe, man kann wach werden, wann man will, immer hört man das Mahlen der Mühle.

Ein Kamerad kommt beim Straßenbau ums Leben. Er ist Fahrer der Walze und hantiert bei der Arbeit zu nahe an der Böschung. Das Fahrzeug rutscht ab, überschlägt sich und begräbt den Fahrer unter sich. Er wird auf einem russischen Friedhof beerdigt. Gerade um diesen Kameraden tut es uns besonders leid, er hat eine gute Tenorstimme besessen und oft abends einige Lieder zum Besten gegeben.

Immer mehr verdichten sich die Gerüchte um eine baldige Heimkehr. Schon lange haben wir uns innerlich darauf vorbereitet, und stundenlange Gespräche drehen sich nur um den einen Punkt. Es werden sogar schon Kleider- und Wohnungssorgen besprochen, obwohl alles noch in unbestimmter Ferne liegt. Wir werden langsam eitel: In der Frühe kämmen wir unsere kurzen Haare mit einer Hingebung, als ob wir auf einen Ball gehen würden. Kamm und Spiegel sind Eigenfabrikate. Der Kamm aus einem Stück Aluminiumblech, der Spiegel aus einem Stück Glas und Teer. Er ist also nicht weiß, sondern schwarz. Zum Frisieren erfüllt er seinen Zweck, und das ist wichtig.

Von den fünf Rubel, die ich mir verdient habe, will ich mir Brot kaufen und gehe bei günstiger Gelegenheit zum Brotmagazin, das wie immer von Leuten aller Schichten belagert wird. Meist sind es Frauen, und sie wissen genau, dass meine Zeit beschränkt ist. Sie selber haben umso mehr, und ich werde aufgefordert, nach vorne zu gehen. Zögernd tue ich es und merke, wie mir im Gedränge jemand einen Geldschein in die Hand drückt. Am Schalter sehe ich, dass es wieder fünf Rubel sind, bleiben also meine übrig. Dafür kaufe ich mir Brot, und abends wird alles auf einmal gegessen. Ich weiß, dass ich wieder Sodbrennen haben werde, aber was macht das schon.

Ich fahre allein mit einem Russen in seinem klapprigen »Siss« über Land, um irgendetwas zu holen. Nach zwanzig Kilometern hat das Fahrzeug ausgeklappert und fährt keinen Meter mehr. Der Russe quält sich noch einige Zeit damit, aber ohne Erfolg. Er schickt mich ins Lager zurück. Es ist noch früher Morgen, und ich habe einen ganzen freien Tag vor mir. Nach der Art von Globetrottern latsche ich durch die Gegend. Mal rastend, mal bettelnd, zwischendurch nehme ich an einem Bach ein Bad. Erstes Gebot für einen »Plenni«: »Gehe nie ohne Löffel fort, denn man kann nie wissen!« Ich habe es befolgt und brauche den Löffel an diesem Tage sehr oft. Die Taschen voller Obst und satt bis zu den Ohren komme ich abends im Lager an.

Wieder wechsle ich die Arbeit und komme zum Brückenbau. Es ist keine große Brücke, die zu bauen ist, höchstens vier Meter lang. Demgemäß ist auch das Kommando nur zehn Mann stark. Bewacht werden wir von einem Russen, der zugleich auch die Prozente ausrechnet, auf das Bauholz aufpasst und uns zur Arbeit antreibt. Es ist ein junger Schnösel, höchstens zwanzig Jahre alt, dem es Spaß macht, uns ein wenig zu schikanieren. Wohl hundertmal am Tag schreit er uns sein einziges deutsches Wort »schneller« in die Ohren und scheut auch nicht davor zurück, uns zu rempeln oder zu stoßen.

Das Mittagessen wird von der Küche an die Baustelle gebracht, und aufgrund dieses ekelhaften Kerls sind wir darauf angewiesen und voller Hunger. Einige Male fragt er uns, warum wir ihm nichts abgeben, und wir sagen ihm, dass es für uns selber zu wenig sei, und er sich vor allen Dingen anders aufführen müsse. Außerdem, wenn er Hunger habe, solle er Holz verkaufen, es sei genügend da. Lange überlegt er, aber dann gibt er der Versuchung nach. Einige Tage sehen wir ihm zu, wie er abschätzend und überlegend immer wieder um den gleichen Haufen Bauholz schleicht. Es sind etwa zwanzig pyramidenförmig aufeinandergelegte Riegel von vier Metern Länge. Und eines Mittags ist es so weit. Der Unterste wird auf seinen Befehl hervorgeholt, vorne und hinten ein Stück abgeschnitten und der Rest von drei Metern bei den naheliegenden Häusern verschachert. Mit einem Kameraden trage ich den Balken von einer Hütte zur anderen, bis wir ihn los sind. Holz wollen wir alle, aber mit dem Bezahlen ist es so eine Sache. Schließlich wollen wir beide ja auch ein wenig davon profitieren. In einem Haus bekommen wir einige Liter Milch, Brot und »Schureck«. Das sind Fladen, auf einer heißen Platte fettlos aus Schwarzmehl gebacken von der Form von Einlegesohlen und auch so zäh, aber uns schmecken sie.

Die Hälfte der Lebensmittel behalten wir, die andere bekommt der »Iwan«. Die beiden Stücke, die wir vorher abgeschnitten haben, werden vorne und hinten am Haufen wieder bündig hingelegt, als ob es noch ein ganzer Riegel wäre, und die anderen darüber gestapelt. Die Arbeit muss sein, weil bei Arbeitsschluss ein Nachtwächter kommt und auf das Holz aufpasst. Dieser hat eine Liste, auf der jedes Brett und jeder Balken eingetragen ist. Er geht dann an den Haufen hin, zählt das Stirnholz und sieht nach, ob es stimmt. Und das funktioniert. Wir verkaufen noch manchen Balken, bis wir nur mehr mit Mühe die Lücken verdecken können.

Dann kommen wir zur nächsten Brücke. Sie ist um einige Kilometer weiter und liegt nicht so günstig wie die vorherige. Nur einige kleine Häuser sind da, ein Tomatenfeld und eine Lehmgrube, in der ein Russe mit seiner Frau Lehmsteine für den Hausbau herstellt. In einer großen, flachen Mulde wird der Lehm zu einem Brei gerührt, dann kommt kurzgeschnittenes Stroh darunter, dann wird das Ganze stundenlang mit Füßen getreten. Manchmal nimmt er von irgendwoher Kühe zu Hilfe und treibt sie in der Mulde immer im Kreis herum. Wenn er richtig durchgetreten ist, wird der Lehm in Formen gepresst und in der Sonne getrocknet. Das Holz für Fenster und Türen liefern zum Teil wir »Plenni«. Ein billiger Hausbau. Ein Russe ist einmal erwischt worden und hat das Holz wieder zurückgeben müssen, aber am nächsten Tag hat er es schon wieder geholt. Wenn wir an dieser Baustelle zu Obst kommen wollen, müssen wir einige Kilometer gehen, und nur wenn der Posten gut aufgelegt ist, lässt er ein oder zwei Mann weg. Wir haben also allen Grund, ihn bei Laune zu halten. Die Arbeit ist nicht schwer. Es werden gerade die Pfeiler betoniert, dazu steht uns eine Mischmaschine zur Verfügung, und den ganzen Tag schieben wir mit Schubkarren Sand, Kies und Zement zur Maschine und die fertige Mischung zu den Pfeilern. Abends werden wir von Lastwagen ins Lager zurückgefahren.

Wenn eine Woche anstrengender Arbeit zu Ende geht, ist allen ein wenig wohler. Kommt doch ein freier Tag und mit ihm ein wenig Unterhaltung. Das Filzen wird nicht mehr durchgeführt, und die wenigen Stunden gehören uns allein, wenn man vom Reinigungsdienst absieht. Manchmal ist Konzert, ein anderes Mal Fußball gegen eine russische Ortsmannschaft. Einmal werden die Russen von uns 11:0 besiegt, was sie aber nicht hindert, bei nächster Gelegenheit wieder gegen uns anzutreten.

Es ist wohl irrsinnig, was bei dieser Geschichte unser Antifa-Leiter sagt: »Wenn russische Gefangene in Deutschland so hoch gewonnen hätten, wären sie von den Zuschauern verprügelt worden«.

Auch ein Sportfest der Jugend bekommen wir mal zu sehen. Wir können das Lachen nicht verbeißen, wie die Mädchen mit ihren schweren Röcken, Blusen und Kopftüchern über den Sportplatz rennen.

Einige Tage feiere ich krank, gehe in die Garnison zum Putzen, helfe auf dem Wege dorthin einem russischen Offizier, einen Apfelsack aus dem Straßengraben zu heben, mache mir alle Taschen voll, bis er sagt »Nu quadit« – »Es reicht«, und gehe weiter.

Man hat es ja nie eilig als »Plenni«, die Zeit muss totgeschlagen werden. In der Garnison komme ich gerade recht, als ein Soldat einen zerbrochenen Spiegel zum Fenster hinauswirft. Ich suche mir die größte Scherbe aus und stecke sie wie etwas Wertvolles ein. Das Betrachten des Gesichtes geht nur stellenweise vor sich, aber ich bin froh, dass ich sie habe.

Das letzte Arbeitslager

Wieder ist die Zeit für mich in diesem Lager abgelaufen, und mit noch einigen Kameraden komme ich in das dreißig Kilometer entfernte Lager nahe der Stadt Naltschik. Es soll das letzte und gleichzeitig das beste Arbeitslager sein, das ich in Russland betrete. Der Kommandant ist ein netter Kerl, der keinem etwas zuleide tut. Die Küche gibt sich alle Mühe, für uns das Bestmögliche zu kochen. Es soll aber nicht heißen, dass wir satt werden, oh nein. Nach wie vor rennen wir hinter jeder Kartoffel, jedem Apfel oder jedem Maiskolben her. Es ist schon eine Art Gewohnheit. Manchem Kameraden, der irgendeine gute Quelle hat, sieht man die Magenerweiterung schon von Weitem an.

Eine Baracke ist gesondert mit Stacheldraht umgeben, mit circa zwanzig Männern belegt und gilt als Strafabteilung. Die Leute arbeiten genau wie wir, bekommen das gleiche Essen, nur schreiben dürfen sie nicht, solange sie dort bleiben müssen.

Die Wände der Unterkünfte sind mit Sprüchen von Marx, Engels, Lenin und Stalin versehen. Teilweise auch mit Bildern von unserer schönen Heimat. Von Zeit zu Zeit kommt ein Politoffizier, um uns zu schulen und Vorträge zu halten. Haben wir in der Schule die Geschichte der Nazis gelernt und den Lebenslauf von Adolf Hitler im Schlaf hersagen können, so lernen wir hier die Geschichte der KPD und die Lebensläufe von Lenin und Stalin.

Das Lager ist in zwei Arbeitsbrigaden aufgeteilt, eine geht in die Stadt, um einen riesigen Parteibau zu errichten, die andere in einen Wald zum Grabenausheben, zwei Meter tief und drei Meter breit. Eine Gruppe von Offizieren ist noch da, aber sie brauchen nicht zu arbeiten. Das Lager in der Stadt ist natürlich das begehrtere. Ich habe Glück und komme in dieses Lager. Wir arbeiten an dem Bau, tragen Steine, rühren Mörtel und machen Verschalungen für Beton. Der russische Bauleiter ist kein unrechter Kerl, und die erarbeiteten Prozente sind so, dass wenigstens noch ein zusätzliches Brotstück abfällt. Als ein Schreiner gesucht wird, um Verschalungen zu machen, melde ich mich. Mir werden noch ein paar Mann zugeteilt, und wir sind ein eigener Verein. Um halb zwölf ist von den Leuten keiner mehr da, obwohl erst um zwölf Uhr Mittag ist.

In dieser halben Stunde wird um zusätzliches Essen gefochten, und jeder von uns hat sein eigenes Revier, das kein anderer zum Zwecke des Bettelns betreten darf. Für mich ist nur mehr ein Bezirk übrig, den die Alten gemieden haben, weil dort die Wohnung des Kommandanten ist. Wenn ich dorthin gehe, muss ich immer Angst haben, erwischt zu werden und ein paar Nächte im Bau zu verbringen. Einmal nehme ich mir Seife mit und versuche, sie zu verkaufen. Eine Frau fragt mich, was ich dafür haben will. »Fünf Rubel«. Sie gibt mir das Geld und auch die Seife wieder mit der Bemerkung, ich solle mich damit waschen. Ich kann ihren Rat nicht befolgen und verkaufe die Seife anderweitig doch noch.

Nirgends gibt es so schöne Weintrauben wie am Haus des Kommandanten. Sehr lange zögere ich, bis ich mich traue, einige zu erbetteln. Nur die Tochter des Offiziers ist da und sie gibt mir meine ganze Mütze voll Trauben. Überglücklich bedanke ich mich und ziehe von dannen.

Nicht immer geht es so, auch hier gilt die Parole: »Vorsicht bei Militärs!« Wenn wir uns nicht sicher sind und bei diesen Gängen vor einem Angehörigen der Roten Armee stehen, dann fragen wir zur Ausrede nach der Uhrzeit. Ich mache das nur einmal.

Der Leutnant gibt mir eine schallende Ohrfeige und sagt: »Ein Uhr!«

Ich bin froh, dass er nicht auf zwölf Uhr getippt hat. Seitdem horche ich nach dem Anklopfen oder Läuten auf die Schritte, die sich nähern. Man kann sehr gut männliche von weiblichen unterscheiden. Wenn ich männliche vermute, kratze ich die Kurve.

Ein Kriegsgefangener ist das bedauernswerteste, ärmste, aber auch unverschämteste und raffinierteste Geschöpf der Erde. Ich bin bei einer russischen Familie zum Essen eingeladen. Auf dem Tisch steht neben meinem Teller Suppe ein Körbchen mit geschnittenem Brot. Als mir die Hausfrau den zweiten Gang aus der Küche holt, schäme ich mich nicht, die Hälfte des Brotes unbemerkt unter mein Hemd zu stecken. Ich brauche doch auch etwas zum Abendessen.

Gleich gegenüber von unserem Arbeitsplatz ist ein Brotmagazin. Fast immer müssen die Russen um Brot Schlange stehen. Ich mische mich darunter, gehe suchend umher, als ob ich etwas verloren hätte. Immer zwischen den Russen hindurch, sie ein wenig stoßend, bis es eben einem zu dumm wird und er mich fragt, was ich suche. Wenn man ein weinerliches Gesicht macht und nicht mehr als drei Rubel als verloren angibt, kann man sicher sein, sie von irgendeiner mitleidigen Seele zu bekommen. Meistens von Frauen.

Unsere deutschen Kommandanten und Antifa-Leiter sehen aus wie Russen, und es kommt nicht selten vor, wenn man jemanden um eine Zigarette anspricht, eine Antwort auf Deutsch zu bekommen, weil es sich eben um einen dieser Herren handelt. Auch wir »Unteren« sind von oben bis unten russisch gekleidet, und als ich wieder einmal irgendwo vorspreche, sagt die Frau zu mir, ich sei jung und solle arbeiten. Ich erwidere ihr, dass ich Kriegsgefangener sei und ja sowieso arbeiten müsse. Erst dann gibt sie mir einige Rubel und tröstet mich mit einer baldigen Heimkehr. Es hat sich überhaupt schon langsam eingebürgert, mehr nach Geld zu fragen als nach Essen.

Der freie Sonntag ist bei uns eigentlich gar nicht so beliebt, weil es irgendwie nichts Besonderes gibt. Und unter der Woche bekommt man nicht so viel zusammen, dass es auch für diesen Tag reicht. Wenn wir nicht gerade schlafen, dann sitzen wir gruppenweise bei irgendeinem Kameraden auf seiner Klappe und erzählen und reden stundenlang wie alte Weiber von zu Hause, von den Transporten und ob wir bald dabei sein würden. Etwas zum Rauchen haben wir fast immer. Man handelt und bettelt sich eben so durch. Einen Sonntag ohne Zigarette gibt es nicht. Wenn ich da ein oder zwei Jahre zurückdenke, da waren wir viel schlechter dran.

Am Montagmorgen rücken wir dann wieder mit Gesang bei unserer Arbeitsstätte an. Wir singen sogar gerne, auch der russische Polizist, der an der Kreuzung den Verkehr regelt, freut sich drüber und gibt uns jedes Mal das Zeichen zur Durchfahrt.

Manchmal muss ich in die Stadt gehen, um irgendetwas zu besorgen. Es ist für mich immer ein kleines Geschenk, wenn ich so durch die Straßen schlendern kann und die Auslagen der Geschäfte betrachte. Über den Eingängen prangt nicht irgendein Firmenname, sondern es heißt nur »Magazin 10« oder irgendeine andere Nummer steht dabei. Die Käufer haben auch keine Sorgen damit, zu schauen, wo es am billigsten ist, ob bei Nummer eins oder hundert, denn der Preis ist überall der gleiche.

Wieder kommt die kalte Jahreszeit und ich habe eine neue Wattejacke bekommen. Am Abend will ich sie für eine alte und etwas Geld an einen Russen verkaufen. Beim Mittagessen wärmen wir uns immer an einem Feuer, und dabei fliegt ein Funke auf meine neue Weste. Als ich zu meinem Arbeitsplatz gehe, denke ich mir schon, warum es da so verbrannt stinkt.

»Da heizen die Russen wieder mit alten Lumpen«, sage ich zu meinem Kameraden. Wir gehen über die Straße, und der Brandgeruch wird immer stärker, bis wir es endlich doch merken. Um die Jacke geht es mir weniger, viel mehr um das Geld, das ich damit nicht mehr verdienen kann. Das eingebrannte Loch ist fast handtellergroß.

Trotz der Zusatzverpflegung hat mich unsere Lagerschwester zum Dreier gestempelt und ich darf wieder einmal nicht mehr arbeiten. In den ersten Tagen ist es mir egal, aber bald wird es mir zu dumm. Dauernd schlafen kann man auch nicht, und es sind einige Kameraden da, die mir mit ihrem ewigen Gejammer wegen des Essens auf die Nerven gehen. Einer ist dabei, ein ehemaliger Studienrat, der fragt in der Küche, wohin die Brösel kommen, die beim Brotschneiden abfallen. Beim nächsten Essen erhält er dann eine Krümelportion, und sein Brot wird in die Suppe geschnitten, wo sonst die Brösel hinkommen.

Die Zuckerverteilung vollzieht sich im alten Ritus, einer teilt, zwanzig sehen zu. Nach einigen Tagen wird es mir zu dumm und ich melde mich wieder zur Arbeit. Das alte Kommando ist vollzählig, deshalb komme ich zum zweiten, das den Graben ausheben muss. Es ist um vieles schlechter als das Stadtkommando. Fürs Erste sind schon Posten dabei, dann den ganzen Tag im Wald, ohne von irgendjemandem etwas zu essen zu bekommen und noch dazu die schwere Arbeit und die niedrigen Prozente. Was an Sträuchern und Bäumen Essbares wächst, ist schon längst gegessen worden. Nur ein Strauch ist es, der uns noch kümmerlich miternährt. Er hat Früchte wie Äpfel, aber klein und eine Haut wie ein Pfirsich. Sie schmecken nicht besonders, aber füllen den Magen. Nach einer Woche erwischt mich die Schwester, und ich muss wieder im Lager bleiben. Diesmal ist es mir recht. Hungern kann ich auch ohne Arbeit.

Zwei Kilometer vom Lager entfernt lagern 1600 Sammansteine, also Lehmsteine, welche zum Hausbau verwendet werden. Ich werde von der Schwester dorthin geschickt, um sie zu bewachen. Tag und Nacht bin ich draußen, komme nur zum Mittagessen ins Lager und verbringe die Nächte in einer Art Hundehütte, die mein Vorgänger gebaut hat. Rechts von meinem Lager ist ein Bach, nicht sehr tief, aber breit. Er dient mir zum Waschen. Links geht ein Weg vorbei, den die Frauen benutzen, wenn sie morgens zum Bazar gehen, um zu kaufen oder verkaufen. Mir dient er zum Fechten.

Von meiner Hütte aus kann ich die ganze Kette des Kaukasus mit dem Elbrus betrachten. Oft sehe ich zu, wie morgens die Sonne aufgeht und die Bergspitzen dunkelviolett färbt, wie diese langsam heller werden, zu Rot und Rosa wechseln, gelb werden und endlich in strahlendes Weiß übergehen. Die Tage verbringe ich mit Rauchen und Spazierengehen, vor allem auf den Feldern, wo die Russen arbeiten, um auch die einmal bei einer Beschäftigung zu sehen. In der Nähe sind einige Häuser, bei deren Bewohnern ich selten umsonst anklopfe.

Auch eine Mühle gibt es hier, und täglich gehen Leute vorbei, die ihre Körner mahlen lassen wollen. Von jedem bettle ich mir eine Handvoll und alle paar Tage reicht es für einen Kochtopf voll »Kasch«. Ich koche immer einige Birnen mit, die ich mir bei Dunkelheit aus einem Obstgarten hole. Alle anderen Bäume sind schon leer bis auf den einen Birnbaum. Ausgerechnet dieser steht dem Haus am nächsten, und ich muss sehr leise sein, wenn ich mir welche hole. Auf den abgeernteten Feldern sammle ich das liegengebliebene Maisstroh ein und verkaufe es bei den Russen für Tabak und Zündhölzer.

Über den Bach, der an meiner »Villa« vorbeifließt, führt weit und breit keine Brücke. Manchmal kommen Russen mit hochbeladenen, zweirädrigen Karren, die von einem Esel gezogen werden, und lassen sich, auf dem Wagen sitzend, durch das Wasser ziehen. Einem Esel ist mitten im Bach anscheinend das Wasser zu kalt und er geht nicht mehr vor- oder rückwärts. Alle Schläge mit einer Gerte des obenauf sitzenden Russen sind vergeblich. Das Tier schreit zum Fürchten und geht doch nicht weiter. Der Russe muss sich bequemen, seine Schuhe auszuziehen, und mit vereinten Kräften, Flüchen und Schlägen bringen wir die Karre wieder in Bewegung.

Der Müller mit seiner Frau kommt auch einmal vorbei und weiß, dass ich hier zur Bewachung bin. Er fragt mich, ob ich ihn und seine Frau an das andere Ufer bringen könne. Ich sehe schwarz für mich, denn seine Frau wiegt meiner Schätzung nach gut eineinhalb Zentner, und ich mit meinem kraftlosen Gestell soll sie tragen. Den Mann habe ich bald drüben, dann kommt sie an die Reihe. Sie hat ein Kostüm an, das mal irgendwo in Deutschland gemacht worden ist. Der Rock ist so eng, dass sie die Beine nicht auseinanderbringt, und ich kann sie nicht auf dem Rücken tragen. Ich sage ihr, sie solle den Rock hochziehen. Hilflos schaut sie zu ihrem Mann hinüber, was der wohl sagen würde. Er fuchtelt mit den Armen in der Luft umher und schreit einen ganzen Roman über das Wasser. Endlich hat sie begriffen, sie schürzt den Rock, und ich nehme sie Huckepack. Mein Gott, ist sie schwer. Ich schwanke wie ein

Schilfrohr, der Schweiß bricht mir aus und ein Schwindelgefühl erfasst mich. Jeden Augenblick meine ich, mit meiner Last ins Wasser zu fallen. Mit letzter Kraft kralle ich meine Finger in ihre Schenkel und tappe Schritt für Schritt vorwärts. Sie schreit vor Angst und vielleicht auch, weil ich sie ein wenig gezwickt habe. Dann sind wir am anderen Ufer. Der Mann gibt mir einige Rubel, und ich muss mich an Ort und Stelle hinlegen, um mich zu erholen.

Obst und Maisstroh sind zu Ende, aber auch jetzt brauche ich etwas zu rauchen. Ich gehe unter die Besenbinder. Weiden gibt es genügend am Wasser, ich schneide die Reiser zurecht und binde Besen davon, die wiederum an vorübergehende Russen vertauscht werden. Einer will von mir keinen Besen, sondern Steine, um seinen Ofen auszubessern. Am Anfang möchte er hundert, dann fünfzig, dann zwanzig. Ich sage ihm, dass ich nicht einen Stein hergeben darf. Ich will nach Hause fahren und nicht nach Sibirien. Lange dauert unser Gespräch, dann nimmt er zehn Steine, wirft sie auf seinen Wagen, zeigt mir sein Haus und sagt, ich solle abends zum Essen kommen.

Das mache ich auch, fresse mich bei ihm voll und krieche dann zurück in meine Hundehütte. Nachts habe ich immer auch ein paar Pferde zu bewachen, die mir ein Soldat von der Lagergarnison bringt. Der Lohn der Soldaten muss sehr niedrig sein, denn der Russe erzählt mir einmal, dass er in einigen Abendstunden den ganzen Monatslohn verbraucht hat. Er schließt seine Erzählung mit dem Ausspruch: »Tam mnogo prostitutok« – »Es gibt sehr viele Dirnen«. Wieso? Wir haben von den Politoffizieren gelernt, dass es in der UdSSR so etwas nicht gibt. Man hat uns schon viel erzählt, was in der Wirklichkeit ganz anders ist.

Den Pferden werden die Vorderbeine zusammengebunden, damit sie nicht weit laufen können, und dann lasse ich sie die ganze Nacht tun, was sie mögen. Meistens sind sie in der Frühe im Rübenfeld zu finden, das zu der naheliegenden Kolchose gehört, und oft bin ich deshalb schon geschimpft worden. An einem Morgen, als ich die Pferde suchen will, sind sie verschwunden. Ich sehe, dass sie wieder im Rübenfeld geknabbert haben und weiß darum, dass sie wohl von Leuten der Kolchose geholt worden sind. Ich gehe dorthin und frage, aber überall werde ich abgewiesen. Man will mich absichtlich ängstigen und ärgern. Endlich finde ich die Tiere in einem abgelegenen Schuppen und jage sie zurück zu meinem Häuschen. In Zukunft werde ich mich besser vorsehen müssen.

Wenn Mittagszeit ist, gehe ich langsam in das Lager zum Essen. Kein Glockenläuten und keine Fabriksirene machen mich auf die Zeit aufmerksam, sondern das Geschrei der ausgelassenen Schulkinder. Wenn die Lehrerin an meiner Hütte vorbeikommt, ist es Zeit, dass ich gehe. Die Lehrerin ist noch sehr jung und immer nett angezogen. Die Kleider sind durchwegs aus dem Westen, ebenso die Seidenstrümpfe. Wenn das Wetter schlecht ist, trägt sie die Schuhe in der Hand und läuft auf Strümpfen an mir vorbei. Ich habe das auch bei anderen Frauen schon beobachtet und kann mir nicht erklären, warum sie die Strümpfe nicht auch ausziehen.

Bei meinen Gängen durch das Dorf zum oder vom Mittagessen werde ich oft von Russen angesprochen, die irgendetwas brauchen wie Jacke, Hose, Hemd oder was anderes. Einmal verkaufe ich im Auftrag eine Jacke, komme dabei in die Stube der Russen, wo sie gerade einen Topf voll Fallobst kochen. Es sieht aus wie Schweinefutter. Auf meine Frage hin erfahre ich, dass das Zeug Schnaps werden soll. Der Mann bringt mir ein Glas voll, und ich kippe es in einem Zug hinunter. Ich meine, ich hätte Benzin gesoffen. Das Zeug brennt auf der Zunge und im Magen, momentan kriege ich keine Luft mehr und spucke und huste. Dann steigt mir der ungewohnte Alkohol in den Kopf, und ich torkle die Straße entlang zu meiner Hundehütte. Ein Kamerad im Lager hat einige Fensterscheiben, die er verkaufen will. Weiß Gott, wo er sie herhat. Ich stecke sie in meine Hose, schlage den Mantel darüber und gehe am Lagerposten vorbei nach draußen. Der Posten kennt mich schon und hat mich noch nie kontrolliert. Ich muss doch lachen, wenn ich daran denke, dass nun gerade jetzt eine Scheibe brechen soll. Sie hindern mich am Gehen, und ich muss ganz kleine Schritte machen und das Gesäß einziehen. Verkauft sind sie bald und bringen mir einen guten Preis ein.

Seit einigen Tagen gehe ich wieder mit meinem alten Kommando in die Stadt zum Arbeiten. Einige Male habe ich schon wieder die alte Runde gedreht und bin zu einigen Rubeln gekommen. Um unsere Baustelle wird von uns ein drei Meter hoher Stacheldraht gezogen, und an die Ecken kommen für die Posten Wachtürme, die den Stacheldraht noch um einige Meter überragen. Anfangs glauben wir schon, es sei eine neue Mode der Russen für uns, bis wir dann erfahren, dass es für russische Strafgegangene ist. Und eines Tages kommen sie dann an mit siebzig Mann, bewacht von fünf Posten. Sie gehen in Fünferreihen, Männlein und Weiblein durcheinander, und die Posten haben die schussbereiten Maschinenpistolen in der Hand. Wir unterhalten uns später oft mit ihnen und erfahren die unmöglichsten Dinge.

Ein Mädel von achtzehn Jahren ist dabei, das fünfzehn Jahre absitzen muss, weil sie nachts für ihre Hühner Futter gestohlen hat. Einer ist dabei, der beim Betteln geschnappt worden ist und dafür drei Jahre brummen muss. Ob es wahr ist, weiß ich natürlich nicht. Ich weiß nur, dass ihr Essen noch viel schlechter ist als unseres und auch weniger, dass sie keinen Tabak und Zucker bekommen. Wenn einer niemanden hat, der ihm von außen etwas bringt, was übrigens erlaubt ist, hält er den Zustand nicht sehr lange aus.

Seitdem diese Leute hier sind, haben wir »Plenni« die schönere Arbeit. Ich bin mit einem Kameraden zum Kalklöschen eingeteilt. Die Grube befindet sich in einem Hof außerhalb der Baustelle und ist von einer Nebenstraße aus erreichbar. Ein hölzernes Tor schließt den Hof von der Straße ab. Wenn wir arbeiten, machen wir das Tor auf, damit die Russen sehen, was wir tun, und weil Kalk einer der begehrtesten Artikel ist. Das Geschäft blüht. Wir verkaufen Kalk für Brot, für Speck, für Tabak und vor allem für Geld. In der Nähe steht ein Regierungsgebäude, in dem sehr viele Offiziere verkehren. Sogar diese kommen mit einem Eimer bewaffnet zu uns, um Kalk zu holen. So gut ist es mir in der ganzen Gefangenschaft noch nicht gegangen wie jetzt. Wann habe ich schon mal Speck oder Fett zum Brot gehabt? Oder so viel Tabak, dass ich mir für die nächsten vier Wochen keine Sorgen darum machen brauche? Eine Frau kommt noch zu uns, die ein Drahtgitter braucht, sie will uns dafür Fleisch geben. Ich besorge ein Stück zu Mittag auf der alten Baustelle. Sie zeigt uns ihre Wohnung und sagt, wir sollen uns morgen Mittag bei ihr einfinden, dann wird sie uns bezahlen. Ich komme nicht mehr dazu. Es ist mein letztes Geschäft in Russland.

Meine langersehnte Heimkehr

Noch am gleichen Tag abends ist Kommission. Wieder werde ich arbeitsunfähig und nehme an, dass ich morgen im Lager bleiben muss. Um zwei Uhr früh ist Wecken, und alle, die bei der Untersuchung ausgesucht worden sind, müssen sich beim Politoffizier melden. Ich habe das Gefühl, dass es diesmal ernst wird und überlege, was ich dem Politoffizier sagen darf und was nicht. Es sind die tollsten Parolen in Umlauf, und wenn es danach ginge, müssten wir spätestens in acht Tagen zu Hause sein.

Ich bin dran und komme zum Verhör. Der Offizier und eine Dolmetscherin sitzen mir gegenüber, fragen mich nach Namen, ehemaliger Einheit und Einsatzorten. Über Letztere ist er genau im Bilde, er weiß, wo die Division eingesetzt gewesen, wann und wo sie eingeschlossen worden ist. Ich werde gefragt, wie die Einheit bei einer Einkesselung verpflegt wurde, und ich antworte, dass sie aus der Luft versorgt worden sei. Ob die Einheit von Russen Vieh gekauft habe – wohlgemerkt, gekauft. Ich antworte, wie können wir Vieh kaufen, wenn es dem Staat gehöre? Beim Stellungskrieg haben wir sehr viel Holz geschlagen zum Bunkerbau, und ich werde gefragt, wie viele Stämme es ungefähr waren. Diesmal kann ich nicht mehr aus und ich sage ihm, dass ich in dieser Zeit in der Heimat im Lazarett gewesen sei. Noch einige Fragen lasse ich über mich ergehen, ob russische Überläufer oder Gefangene bei der Einheit gewesen seien und wie sie heißen. Ich weiß nichts mehr und dann bin ich entlassen.

An der Türe schaue ich noch einmal um und sehe, wie er meinen Namen abhakt.

Jeder, der vom Verhör kommt, wird von den Kameraden mit Fragen bestürmt, und jeder will wissen, ob der Name angekreuzt oder gehakt wurde. Wer darf nun nach Hause fahren, die gekreuzten oder die anderen? Bald haben wir herausbekommen, dass Kameraden, die bei einer SS-Einheit, einer Polizeitruppe oder Ähnlichem waren, gekreuzt wurden. Einer ist unter uns, der schon oft bei der Untersuchung gewesen, jedes Mal zum Transport zugelassen und beim Politoffizier wieder gestrichen worden ist, weil er bei der Feldgendarmerie gewesen ist. Er ist schon weit über fünfzig Jahre alt und ganz grau. Auch diesmal ist es so, und fast weint er, als er vom Verhör kommt und dutzende Male brummelt er »ich hab's ja gleich gewusst« vor sich hin. Mir tut er leid, aber helfen kann ich auch nicht.

An Schlafen ist jetzt natürlich nicht mehr zu denken. Es wird ohne Unterlass geraucht, geredet und es werden Vermutungen angestellt, wann es wohl losgehen wird. Mein Hals kratzt vom vielen Rauchen und Reden. Bis wir uns umsehen ist Wecken, und die Kameraden fassen Essen und gehen zur Arbeit. Die Offiziere im Lager, die sonst nicht arbeiten brauchen, müssen diesmal auch mit, als Ersatz für uns. Ein Major ist dabei, der dem Posten klarmachen will, dass Stalin gesagt haben soll, Offiziere bräuchten nicht zu arbeiten. Der Posten schlägt dem alten Herrn mit der Faust in das Gesicht und hilft mit dem Gewehrkolben nach. Er dokumentiert auf diese Art und Weise, dass er momentan über Stalin steht.

Die Ereignisse überstürzen sich nun. Jeden Augenblick sollen wir etwas anderes tun. Essen fassen, Bekleidung tauschen, antreten, wegtreten, in die Baracke gehen und warten, dann Marschverpflegung fassen, die sowieso gleich gegessen wird. Einige Male werden wir namentlich verlesen, ob alle da sind. Wir sind siebenundfünfzig Mann, einer aufgeregter als der andere. Endlich ist Abmarsch. Wir gehen durch das Dorf, kommen zum Bach, und ich denke an die dicke Russin, die ich einmal hinübergetragen habe. Dann geht es an meiner Hundehütte vorbei, in der jetzt ein anderer Kamerad sitzt. Die letzten Abschiedsworte fliegen hin und her, dann geht es auf die Stadt Naltschik zu. Beim Einwohneramt werden wir abgemeldet – eine stundenlange Prozedur. Trotzdem geht keiner von uns weg, jeder hat Angst, zurückzubleiben. Gegen Abend sind wir in dem Lager, in dem ich schon einmal entlassen werden sollte. Hoffentlich habe ich diesmal mehr Glück. Vorerst ist allerdings nicht zu spüren, dass ein Transport abfahren soll.

Wir gehen mit den übrigen Kameraden in den Wald zum Holz holen oder auf den Friedhof, der zum Lager gehört, um dort Ordnung zu machen. So vergehen einige Tage. Doch dann ist einmal eine Stunde früher Wecken, das ganze Lager muss antreten, es werden lange Listen verlesen, und jeder, der aufgerufen wird, muss auf die Seite treten. Die Übrigen gehen anschließend zur Arbeit, wir anderen werden eingekleidet. Jeder Mann bekommt einen neuen Anzug und Schuhe. Nicht etwa nach üblichem europäischen Maßstab, sondern eine Art Schlosseranzug, der nicht mal Taschen hat, nicht mehr als fünf Mark wert ist, und Holzschuhe. Trotzdem sind wir überglücklich, denn der Anzug ist die halbe Fahrkarte. Die Hose ziehen wir abends aus, legen sie unter die Matratze, damit sie eine schöne Falte bekommt. Man muss sich langsam wieder an so etwas gewöhnen.

Vierzehn Tage sind wir schon wieder da und immer noch wissen wir nicht, wann es losgeht. Die ganze Gefangenschaft war nicht so nervenaufreibend wie diese vierzehn Tage. Eine unglaubliche innere Spannung hat sich in mir breit gemacht. Aber die Parolen, die erzählt werden, können einem den letzten Mut nehmen. Einmal kommen die Waggons überhaupt nicht, dann sind sie für ein anderes Lager bestimmt, später sind sie zum Donezbecken gefahren, weil dort Kohle zu transportieren ist. Einer erzählt sogar, der Lokführer habe vergessen zu halten. Es ist zum Verrücktwerden.

Den ganzen Tag sitze ich im Freien und qualme. Gut, dass ich genügend Tabak habe. Wenn der »Trapper Geierschnabel« kommt, muss man immer aufstehen und artig grüßen. Der »Trapper Geierschnabel« ist die Dolmetscherin des Lagers. Sie hat dauernd einen Hut mit einer großen, weiten Krempe auf mit viel Gemüse drauf und eine Hakennase, die ihr auch den Namen eingebracht hat.

Einer hat sie mal nicht gegrüßt, da ging sie zu ihm hin: »Sie wollen wohl gar nicht nach Hause, wie heißen Sie?«

Der arme Karl wurde ganz rot und stotterte Unverständliches vor sich hin. Sie gab sich zufrieden und ging.

Wir Heimfahrer, wie wir uns nun schon nennen, »dürfen« zum Wählen gehen. Die Frage ist nur, für welche Partei wir uns bei unserer Heimkehr entschließen werden. Die SED geht mit achtundneunzig Prozent als Sieger hervor. Es ist leicht erklärlich, warum. Wir alle haben Angst, der Transport würde gestrichen, wenn das Ergebnis anders wäre. Wer garantiert mir, dass mein Zettel nicht gekennzeichnet ist und kontrolliert wird?

Am 9. November 1948 ist es so weit. Genau dreieinhalb Jahre nach Beginn unserer Gefangenschaft geht der Transport ab in Richtung Heimat. Die Tage, bis wir endlich im Zug sitzen, bringen noch viel Aufregung und Enttäuschung für Einzelne von uns. Ein Kamerad, der schon lange mit mir im gleichen Lager ist, steht bei der namentlichen letzten Vorlesung zum Abmarsch plötzlich nicht mehr auf der Liste. Keiner kann sich das erklären. Es wird abgezählt und verglichen. Auf der Liste steht ein Mann mehr als in der Kolonne und doch hat jeder hinter seinem Namen ein Zeichen, dass er aufgerufen worden ist und sich gemeldet hat. Der Betroffene ist dem Weinen nahe, er ist schon fast sechzig Jahre alt und hat sich schon sicher geglaubt. Die einzige Hilfe ist noch der »Geierschnabel«. Sie findet die Lösung. Bei der Abschrift und Übersetzung der Listen ist ein Name zweimal aufgeführt, und als Ausgleich hat man einfach einen anderen ausgelassen. Ein anderer Kamerad wird noch vor dem Tor, durch das schon Einzelne abgefertigt wurden, zurückgerufen und vom Transport gestrichen. Er hat schon zweimal nach Hause wollen. Einmal mit den Tschechen, die schon vor einem Jahr entlassen worden sind, ein anderes Mal mit den Österreichern. Nun heißt es, er solle sich erst einmal überlegen, was er für eine Staatsangehörigkeit habe.

Kurz bevor ich durch das Tor trete, sehe ich noch einen alten Bekannten, den ich in nicht sehr guter Erinnerung habe: Hauptmann Walter H. Er kommt auf mich zu und sagt: »Na, und du hast es ja nun auch geschafft!«

Ich kann mich nicht zurückhalten und antworte: »Ja, und du musst es dir erst verdienen!«

In der Banja, die außerhalb des Lagers steht, werden alle Heimkehrer noch einmal nach allen Regeln gefilzt. Vor allem auf Adressen von Zurückgebliebenen hat man es abgesehen. Auch auf Mitglieder der Waffen-SS. Bei uns nennt man das »Vogelschau«. Bei der SS wurde die Blutgruppe bekanntlich unter dem Arm eintätowiert. Wenn also solche Leute ausgesucht werden, müssen wir die Arme hochhalten, damit man sehen kann, ob wir damit belastet sind oder nicht. Auch das geht vorüber, und nach einigen weiteren Stunden, es ist bereits Nachmittag, empfangen wir unser Abschiedsessen. Es gibt Nudeln mit Gulasch. Wenn es Wasser mit trockenem Brot gegeben hätte, ich wäre genauso glücklich gewesen. Was spielt das Essen jetzt noch für eine Rolle, wenn es nach Hause geht?

Endlich ist Abmarsch. Traurig stehen die Kameraden, die zurückbleiben müssen, hinter dem Stacheldraht, rufen uns Grüße an die Heimat zu und winken müde hinter uns her. Damit die Bevölkerung sieht, dass wir nicht mehr solche Nazis sind wie vor Jahren, marschieren wir mit roten Fahnen, Bildern von Stalin, Lenin und Molotow zum Bahnhof. Letzterer wird von mir getragen. Die Russen, die uns begegnen, freuen sich genau wie wir, dass für uns diese Zeit ein Ende hat, und viele wollen uns zum Schluss noch was Gutes tun, schenken uns Brot, Zigaretten und einer bekommt sogar Schokolade.

Bei den Waggons müssen nochmal alle Mann antreten, und einer von der Antifa erzählt uns, dass nun die Leidenszeit ein Ende hat. Dass wir aber zugeben müssen, von den Sowjets gut behandelt und ausreichend verpflegt worden zu sein, obwohl wir es nicht verdient hätten. Dafür sollen wir der Regierung schriftlich unseren Dank abstatten. Er habe diese Gedanken zu Papier gebracht, und wir alle sollen unterschreiben.

Was sollen wir tun? Ob dieser Gedanke von den Russen ausgeht? Oder ob die Regierung auf ein solches Dankesschreiben wartet? Ich glaube nicht. Ich glaube auch nicht, dass sich jemals Kriegsgefangene bei der Gewahrsamsmacht bedanken mussten. Uns Deutschen bleibt das nicht erspart. Ich unterschreibe und denke dabei an die Kameraden, die gestorben sind, die abgemagert bis auf die Knochen und ohne Bekleidung in der Totenkammer liegen, an die Kameraden, die in den Lazaretten liegen, deren Körper von der Wassersucht unförmig wie eine Tonne sind, und an all die anderen, die sich durch die »ausreichende

Verpflegung und gute Behandlung« ein Leiden zugezogen haben.

Kurz vor der Abfahrt stirbt noch ein Kamerad. Zehn Mann von uns sind abkommandiert zum Wasserholen für die Küche. Beim Zurückgehen mit den vollen Eimern fällt er plötzlich um, ein wenig Blut fließt aus seinem Mund, und nach wenigen Minuten ist er tot. Wenn es schon sein muss, du armer Kerl, warum nicht früher, du hättest dir viele bittere Tage erspart. Ein anderer wird an seiner Stelle vom Lager geholt, und der ist vor Freude ganz aus dem Häuschen. »Dem einen sein Tod ist dem andern sein Brot.« Die Waggons sind geschmückt mit Girlanden, Bildern und Transparenten: »Wir danken der Sowjetunion.«

In der Nacht um zwei Uhr geht es los. Es ist der 9. November 1948. Vor dreieinhalb Jahren haben sie mich geschnappt, und nun geht es endlich nach Hause. Gleich nach dem Abendessen legen wir uns auf den Boden zum Schlafen. Doch es ist nicht daran zu denken. Wir vertreiben uns die Zeit mit rauchen und Pläne schmieden für die Zukunft. Erst nach Stunden schläft auch der Letzte von uns ein. Der erste Ruck, den der Zug macht, reißt uns alle aus dem Schlaf, und dann merken wir, dass wir fahren. Wir springen auf, schlagen uns gegenseitig auf die Schultern, lachen und freuen uns wie die Kinder. Endlich geht es nach Hause. Bei jedem Schlag der Räder kommen wir eine Schienenlänge der Heimat näher.

Als es im Waggon wieder ruhiger wird, lege ich mich in meine Ecke, stopfe mir eine Pfeife und denke ein wenig an die vergangenen Jahre zurück. Wie viel Leid und Ungerechtigkeiten haben wir über uns ergehen lassen, ohne eine Träne zu weinen. Ich danke meinem Herrgott, dass er es mich noch erleben lässt, meine Heimat und meine Angehörigen wieder zu sehen. Der Transport fährt ohne Pause die ganze Nacht und den ganzen Vormittag. Was macht es, dass wir kein Frühstück bekommen. Hauptsache, es geht nach Westen. Es ist wunderbar.

In meiner Ecke liege ich in meinen Mantel eingewickelt, die Augen geschlossen und horche auf das Schlagen und Sausen der Räder. Es ist beruhigend und beglückend zugleich. Erst mittags halten wir zum ersten Mal an. Gleich nach der Essensausgabe geht es schon wieder weiter, am Schwarzen Meer entlang nach Rostow.

Wenn wir geglaubt haben, in Ruhe nach Hause fahren zu können, so haben wir uns geirrt. Von der Verpflegung wollen wir gar nicht reden, dabei sind wir schon immer betrogen worden. Auch, dass wir keine Rauchwaren bekommen, ist nicht sonderlich schlimm. Doch dass wir in Stalino (heute Donezk) noch einmal ausgemustert werden, weil für das Bergwerk Leute notwendig sind, wie wir in Rostow hören, bringt uns in Aufregung. Was soll das bloß werden? Sollen wir wieder nicht nach Hause dürfen und dafür im Kohlenschacht schuften, bis man nicht mehr kann? Die ganze Freude an der Heimfahrt ist dahin. Das Lachen und die Unterhaltungen sind zu Ende. Jeder hängt seinen Gedanken nach, wir sehen einander in die ausgemergelten Gesichter und jeder kennt die Gedanken des anderen: »Hoffentlich bin ich nicht dabei.«

Im Bahnhof von Stalino liegen noch dutzendweise ausgebrannte Loks neben den Gleisen, und gefangene Kameraden sind dabei, aufzuräumen. Wir sind so deprimiert, dass wir nicht mal winken mögen, wie wir es sonst gerne getan haben. Stumm fahren wir an ihnen vorbei. Irgendwo in der Nähe vom Bahnhof wird gehalten, und nach kurzer Zeit schon kommt die Kommission und fängt an einem Ende des Zuges an, die Leute zu untersuchen. Wir sind mit unserem Waggon ungefähr in der Mitte und schauen nun gespannt, ob irgendjemand vom Transport den Waggon mit Gepäck verlässt. Nichts ist zu sehen. Die Untersuchung geht sehr schnell vor sich, alle paar Minuten kommt ein anderer Waggon dran. Dann sind sie bei uns, und endlich erfahren wir auch den wahren Grund der Untersuchung. Es wird nachgesehen, ob wir Läuse haben und ob sich welche von der SS bei uns aufhalten. Die ganze Aufregung ist umsonst gewesen. Bei starker Verlausung wären wir wieder entlaust und gebadet worden. Ein Aufatmen geht durch den Wagen, und mit einem Schlag setzt die Unterhaltung wieder ein. Das ist mal wieder gut gegangen.

Ein Mann haut in Stalino ab und kommt erst in Gomel wieder zu uns. Er spricht fast fließend Russisch und erzählt uns dann, dass ihm das Kohldampfschieben zu dumm geworden sei und zu rauchen wolle er auch etwas. Mit einem großen Paket kommt er an und Tabak hat er auch. Am Bahnhof von Stalino hat er eine Fahrkarte nach Gomel bekommen, wo er uns wieder trifft. Von da aus geht es weiter nach Brest-Litowsk. Hier werden wir auf Normalspur umgeladen, was aber immer einige Stunden, unter Umständen sogar Tage dauern kann. Täglich kommen hier Transporte mit Hunderten von Heimkehrern an, und die sanitären Anlagen sind dürftig und weit weg. Außerdem, wie findet sie ein Fremder, wie wir es alle sind? Was liegt also näher als unter den Waggon zu kriechen und sich seines inneren Dranges zu entledigen? Ich habe noch nie einen so beschissenen Bahnhof gesehen wie den von Brest-Litowsk. Wenn der Wind weht, muss man den herumfliegenden Papierfetzen ausweichen, denn man kann nie wissen, woher sie kommen.

Gerade an dem Tag unserer Ankunft wird es den Russen zu dumm und sie lassen den Bahnhof von einem eingelaufenen Transport reinigen. Mit Papier, Blechstreifen und Holzspachteln kratzen die »Plenni« am Boden umher, werfen den Unrat auf Haufen und tragen das Ganze dann zur Latrine. Eine nette Arbeit. Später erfahren wir, dass sie drei Tage dafür gebraucht haben.

Bis wir umgeladen sind, wird uns die Zeit mit Filzen, Vogelschau und politischem Unterricht vertrieben. In einer Baracke müssen wir uns umziehen, die Gepäckstücke vor uns ausbreiten, die Arme hochnehmen, dann kommen ausnahmsweise weibliche Offiziere und sehen sich den Kram an. Nach dem Unterricht werden wir wieder in die Waggons geladen, und in der Nacht vom 18. auf den 19. November fahren wir wieder weiter.

Zehn Tage sind wir schon auf der Fahrt. Durch Polen müssen die begleitenden Posten mit Gewehren verschwinden, und die Waggons sollen geschlossen sein. Aber es wird nichts daraus. Bei jedem Halt, und es sind sehr viele, klopfen polnische Bahnarbeiter an die Waggons und wollen irgendetwas tauschen. Sie tun so, als ob wir von Russland Reichtümer mitgebracht hätten.

Ankunft in Frankfurt/Oder

Am 20. November sind wir in Frankfurt/Oder. Deutscher Boden, deutsche Heimat und deutsche Leute nach dreieinhalb Jahren. Ich kann nicht sagen, wie mir zumute ist. So sehr es mich freut, so sehr bin ich enttäuscht, wenn ich mir die Leute anschaue, die neben dem einlaufenden Zug hergehen, nach Brennzeug fragen und von den Posten wieder vertrieben werden. Wie armselig kommen manche daher und wie verhärmt sehen sie aus. Vom Bahnhof aus müssen wir einige Kilometer gehen, bis wir in eine Kaserne kommen, die uns wieder für eine Nacht aufnimmt. Alle werden nochmal entlaust und gebadet. Zum ersten Mal nach Jahren haben wir warmes Wasser in genügender Menge zur Verfügung. Stundenlang könnte ich so unter der Brause stehen, aber es warten noch Hunderte nach mir, bis sie drankommen.

Nach dem Wäscheempfang und dem Ankleiden geht es zur Verwaltung, wo wir namentlich erfasst werden. Alles läuft wie am Schnürchen. Im Lager sind einige Leute fest angestellt. Meist solche, die keine Heimat mehr haben, wir nennen sie deshalb die Heimatlosen. Diese führen uns in Hundertschaften von einer Station zur anderen. Wir haben bald herausgefunden, dass wir mit unseren Äußerungen sehr zurückhaltend sein müssen und verhalten uns dementsprechend. Einige von diesen Heimatlosen brüllen uns an, als ob wir auf einem Kasernenhof wären. Gott sei Dank, auch das geht vorüber. Abends melden sich einige von uns sogar zum Kartoffelschälen, darunter auch ich, und wir schälen die halbe Nacht mit einer Lust und Liebe und werden nicht fertig mit Erzählen und Pläne für die Zukunft schmieden.

Am nächsten Morgen geht es weiter nach Gronenfelde. Nach einer Stunde Fußmarsch stehen wir wieder vor einem Lagertor und warten, bis wir eingelassen werden. Auch hier werden alle von einer Station zur anderen geführt, bis jeder einen Platz angewiesen bekommt zum Schlafen. Strohsäcke gibt es, genau wie am Tage davor, nicht. Am eigenartigsten ist die Gesundheitskontrolle, der wir unterzogen werden. Sie geht fast im Laufen vor sich. Ausziehen ist nicht nötig, nur die Beine müssen freigemacht werden. Nach diesen greifen zwei Ärzte, die sich auf Stühlen gegenübersitzen, wenn wir durch sie hindurchgehen. Tausend Mann in einer Stunde sind eine Spielerei. Pro Kopf werden fünfzig Mark ausbezahlt, und es gibt Schnaps und Bier im Lager. Keine halbe Stunde vergeht nach dem Geldempfang, und schon torkeln einige von uns total besoffen über den Lagerhof. Kein sehr schönes Bild. Abends gibt es für uns die nächsten vierundzwanzig Stunden Verpflegung, und ich habe wenige gesehen, die nach geraumer Zeit noch eine Krume davon übriggehabt haben. Brot, Wurst, Butter und Zucker werden restlos verzehrt. Ein Parteimitglied klärt uns noch über die gegenwärtige Lage auf, wobei der Westen nicht sehr günstig wegkommt. Niemand hätte gedacht, dass es solche Gegensätze gibt. Hier Freundschaft mit den Russen, drüben Hunger und Auflehnung und Verhaftungen am laufenden Band. Fast kann uns der Redner die Freude an der Heimfahrt nehmen.

Nach der Morgensuppe am nächsten Tag werden wir wieder eingeladen. Diesmal in Personenwagen, in denen die Fenster herausgeschlagen und teilweise mit Pappe und Bretter vernagelt sind. Es ist lausig kalt, und wir frieren.

Der schäbige Heimkehreranzug und der dünne Mantel helfen nicht viel.

In Leipzig müssen wir umsteigen, weiter geht's nach Plauen. Stundenlang stehen wir am Bahnhof und warten, bis man uns abholt und zum Nachtquartier führt. Ich kaufe mir für sechzehn Mark zwanzig Zigaretten und für das letzte Geld ein Stammgericht. In einem Laden wollen wir einkaufen, aber der Verkäufer sagt, alles, was in den Mund gehört, gehe auf Marken. Einige Frauen sind drinnen, die uns erzählen, dass oft die Volkspolizei Häuserblocks absperrt und die Wohnungen nach gehorteten Lebensmitteln absucht. Auch mit der Bekleidung hapert es, von Schuhen gar nicht zu reden. Die meisten haben Igelitschuhe an, von denen die Füße schwitzen. Das sind Schuhe aus Weich-PVC, also Kunststoff.

Erst am Abend holt man uns ab, in einem alten Schloss oder einer Burg bleiben wir über Nacht. Zum Abendessen gibt es Gulasch mit Pellkartoffeln. Die Kartoffeln sind groß wie Fäuste, und wir können uns kaum erinnern, solche schon mal gesehen zu haben. Wir essen, als ob wir den ganzen Tag Steine geklopft hätten. Kein Wunder, wir haben ja seit dem Morgen nichts mehr gehabt.

Wieder wird es Morgen und diesmal geht es nach Hof. Alle sind wir neugierig, wie es im Westen aussieht. Nach stundenlanger Fahrt und mit schmerzendem Hintern kommen wir an. Die Bahngleise sind an der Zonengrenze unterbrochen, und wir gehen die letzten hundert Meter zu Fuß am russischen und amerikanischen Posten vorbei, den letzten und den ersten, den wir zu sehen bekommen. Jetzt erst ist mir so richtig wohl zumute, jetzt erst habe ich das Gefühl, bald zu Hause zu sein.

Im Lager Hof verfährt man mit uns nach dem üblichen Schema. Aufnahme, Untersuchung, Verpflegung fassen, sowie baden und Verhöre. Alles geht uns viel zu langsam.

Jetzt, wo wir buchstäblich nur noch Stunden von zu Hause weg sind, werden wir nervös und ungeduldig. Eine Nacht müssen wir hierbleiben und dann noch bis zum Abend.

Um ein Uhr früh geht der Zug ab Richtung München. Mit noch zwei Kameraden, die den gleichen Weg haben, vertreibe ich mir die Zeit mit einem Kinobesuch. Wir fallen fast nicht auf mit unseren billigen Anzügen und den Holzschuhen. Wir klappern damit über die Straßen wie ein ganzes Infanterieregiment Soldaten. Nach dem Kino gehen wir in die Bahnhofsgaststätte und essen dort über zwanzig Fischbrote, die es ohne Marken gibt. Am Bahnhof in Hof blüht der Handel mit West- und Ostmark. Ich kaufe mir noch Zigaretten, das Stück für zehn Mark, von der Marke »Siedlerstolz«.

Endlich ist es so weit, unser Zug kommt, und wir steigen ein. Nicht wie sonst in Viehwagen oder brettervernagelte Personenwagen, diesmal fahren wir zweiter Klasse. Wir lümmeln uns in die Polster, rauchen Zigaretten und schneiden zwischendurch dicke Scheiben Brot vom Marschverpflegungswecken, die mit Butter oder Büchsenwurst beschmiert werden. An Schlaf ist nicht zu denken. Beim Morgengrauen sind wir in Augsburg und eine Stunde später in München.

So habe ich allerdings den Bahnhof nicht in Erinnerung, wie ich ihn zu sehen bekomme. Nur mehr die stählernen Träger stehen, und die Mauern sind noch schwarz vom Rauch und Feuer. Bei der Rot-Kreuz-Stelle gibt es für uns Suppe, Zigaretten und Gebrauchsgegenstände wie Rasierzeug, Spiegel und Kämme. Im Bahnhof kaufen wir uns die erste Schokolade nach Jahren. Die Zeit bis zur Abfahrt des Zuges vertreibe ich mir mit dem Ansehen von Zeitungen und Illustrierten. Was haben die Menschen hier schon wieder für Sorgen. Man wählt eine Schönheitskönigin für alle nur erdenklichen Anlässe. Es gibt eine »Miss Bein«, eine »Sexbombe« und die »schönste Frau der Welt« prangt Beifall heischend auf allen Bildern. Schenkel-, Hüft- und Brustumfang sind genauestens angegeben. Wer soll an ihrer Schönheit zweifeln? Woanders suchen sie das schönste Kind, und man sieht Frauen, wie sie mit ihren Sprösslingen zum Friseur rennen, um sie schön zu machen. Von uns »Plenni« oder Heimkehrern ist nicht viel zu lesen. Die Liebesabenteuer und Skandalgeschichten amerikanischer Filmschauspieler sind viel interessanter. Wir hätten höchstens eine »Miss Kohldampf« oder den dürrsten »Plenni« wählen können.

Nur ein Bild fällt mir auf, weil ich das gleiche schon mal in einer Lagerzeitung gesehen habe. Es zeigt Männer, die mit Schaufeln Getreidekörner um-, ein- oder ausladen. Darunter steht »Getreide aus der Ostzone für Russland«. Das Bild, das ich in der Lagerzeitung gesehen habe, war beschriftet mit: »Getreide aus Russland für die hungernde Ostzonenbevölkerung«! Wer hat da wohl recht?

Zum letzten Mal besteige ich den Zug. Wir sind nur noch zu zweit, und die Leute schauen uns teils neugierig, teils mitleidig an und stellen eine Unmenge an Fragen. Das wird uns bald zu dumm und wir gehen zur Plattform. Dann sehen wir zum ersten Mal unsere Berge wieder. Altvertraut und doch so neu. Wie oft haben wir daran gedacht und davon gesprochen. Manchmal habe ich eine stille Angst gehabt, dies alles nicht mehr zu sehen, und doch ist es nun wahr geworden.

Eigentlich habe ich mir das Kriegsende immer völlig anders vorgestellt. Ich habe davon geträumt, mit Pauken und Trompeten, mit Fahnen und Standarten des Veteranenvereins, der Freiwilligen Feuerwehr und vor allem des Jungfernbunds, mit Küssen und Hochrufen empfangen zu werden – aber es ist ganz anders gekommen. Wie ein Geächteter, wie ein Ausgestoßener bin ich zurückgekommen, und das erst nach ungefähr eintausend Tagen Gefangenschaft.

Oft habe ich mir vorgestellt, mit welcher Freude und mit welchem Genuss ich die wenigen Kilometer von Rosenheim nach Pang zurücklegen werde. Doch jetzt schäme ich mich wegen meiner abgerissenen Kleidung, meines ausgefransten Rucksackes, meiner Holzschuhe und nicht zuletzt meines vom Wasser aufgedunsenen Gesichtes. Fast im Laufschritt geht es an den Firmen Kathrein und Beilhack vorbei. An der Mangfallbrücke werfe ich die Russenmütze, die ich noch immer habe, ins Wasser. Soll sie hingehen, wo sie hergekommen ist. Wenn es irgendwie geht, meide ich die Straße und laufe über Wiesen und Felder. Ein Mädel mit Fahrrad begegnet mir, und sie wird nicht fertig, mir nachzustarren. Nach drei Jahren wird sie meine Frau.

Dann stehe ich vor dem Haus, in dem meine Eltern mittlerweile wohnen. Mein Vater ist nämlich als Postler nach Rosenheim versetzt und die bisherige Wohnung in München ausgebombt worden. Meine Eltern und meine Schwester haben keine Ahnung, dass ich wieder da bin. Ich bin neugierig, welches Gesicht sie machen werden. Die Wohnung ist offen und leer. Mutter trägt Zeitung aus, Vater holt Milch. Welche Überraschung, als sie zurückkommen. Meine Schwester kommt mit rotem Kopf vom Geschäft angebraust, so eilig hat sie es, mich zu sehen. Die Familie ist wieder vollzählig bis auf meine drei Brüder, die im Feld gefallen sind. Aus Freude über die Rückkehr des verlorenen letzten Sohnes, lässt Vater ein Schwein schlachten. So steht es in der biblischen Geschichte, und so geschieht es auch bei mir. Mutters Holzschuppensau muss mir zuliebe dran glauben.

Heute, wenn ich daran zurückdenke, was ich in den vergangenen Jahren alles erlebt habe, erscheint mir vieles unwirklich, und doch weiß ich, dass ich das alles erlebt habe.

Ich möchte allen, die nach mir kommen, vor allem aber meinen Kindern und Kindeskindern wünschen, dass ihnen all das Leid, der Hunger und die Demütigungen erspart bleiben, die ich und mit mir Millionen Kameraden erdulden mussten.

Weitere Bücher der Edition Förg

Irgendwie überlebt

256 Seiten
ISBN: 978-3-933708-95-3

In den verschiedenen Geschichten geht es meist um junge Männer, die, gerade einmal volljährig geworden, ihre Einberufung zum Wehrdienst erhalten. Beim Reichsarbeitsdienst bekommen sie eine Grundausbildung, um möglichst schnell einsatzbereit zu sein, bevor ihnen der Marschbefehl erteilt wird. Einer von ihnen kämpft in Frankreich gegen Partisanen und gerät in amerikanische Kriegsgefangenschaft. Ein anderer kommt nach Italien zur Luftwaffe, wird an die Ostfront geschickt und muss sich nach Kriegsende alleine zu Fuß bis in die bayerische Heimat durchschlagen. Dass nicht nur Soldaten unter dem Krieg zu leiden hatten, zeigt die bewegende Geschichte einer jungen Norwegerin, die sich in einen in ihrer Heimat stationierten deutschen Soldaten verliebt.

Amerikaner in Deutschland

128 Seiten

ISBN: 978-3-96600-005-5

Dieses Buch zeigt eine große Sammlung von Originalfotos der Amerikaner über ihr Eingreifen in den 2. Weltkrieg und die Jahre danach. Die zum Teil unveröffentlichten Fotos zeigen die Luftangriffe der Amerikaner in Deutschland, deren Invasion, aber auch erschütternde Bilder der Gefangenenbefreiung eines Konzentrationslagers. Der Bildband dokumentiert eindrucksvoll den Anteil der Amerikaner am Wiederaufbau Deutschlands, aber auch die Berliner Luftbrücke, bei der spätestens die Amerikaner als Freunde wahrgenommen worden sind. Schließlich dokumentiert der Bildband das GI-Leben in Deutschland bis hin zur Heimkehr der Soldaten nach USA.

Lady Death
400 Seiten
ISBN: 978-3-933708-86-1

Ljudmila Pawlitschenko war eine der erfolgreichsten Scharfschützinnen aller Zeiten. Als Hitler im Juni 1941 in Russland einmarschierte, brach sie ihr Studium ab, um in die Rote Armee einzutreten und ihr Land zu verteidigen. Innerhalb eines Jahres konnte Pawlitschenko 309 bestätigte Abschüsse vorweisen und erwarb sich damit ihren düsteren Spitznamen »Lady Death«. Nach ihrem Frontdienst nahm sie an einer diplomatischen Mission in den Westen teil und freundete sich sogar mit Eleanor Roosevelt an, der Frau des amerikanischen Präsidenten.
In ihrer mitreißenden Autobiografie kommt diese ungewöhnliche Frau selbst zu Wort und berichtet vom Alltag an der Front und den Auswirkungen, die der Krieg auf ihr Leben und die ganze Welt hatte.

Flucht auf dem Todesmarsch

320 Seiten
ISBN: 978-3-96600-006-2

David Hersch überlebte zwei der berüchtigten Todesmärsche der Nazis, 50 km lange, meist tödliche Fußmärsche vom KZ Mauthausen zum KZ Gunskirchen. Ihm gelang die Flucht und er fand Unterschlupf bei einem österreichischen Ehepaar, das ihn bis zum Kriegsende versteckte. Sein Sohn, Jack J. Hersch, erfährt durch Zufall von der tragischen Berühmtheit seines Vaters und macht sich auf, mehr über dessen Vergangenheit zu erfahren. In diesem Buch berichtet er von den grausamen Praktiken der Nazis und von einem Menschen, der ihnen zweimal entkommen konnte.

Schreie der Ertrinkenden
224 Seiten
ISBN: 978-3-933708-94-6

Mit 17 Jahren wird Hans Fackler in die Wehrmacht eingezogen und an die Ostfront geschickt. Als Pionier legt er Minen, sieht Tag für Tag seine Kameraden fallen und wird selbst durch Granatsplitter schwer verwundet. Zusammen mit tausenden von deutschen Flüchtlingen soll der Verletzte von der *Wilhelm Gustloff* in die Heimat zurückgebracht werden, doch das Schiff wird torpediert und sinkt. Hans überlebt den Untergang, der später als das verlustreichste Schiffsunglück der Menschheitsgeschichte betitelt wird, doch auch zurück in der Heimat ist er nicht sicher. Als die Russen das Lazarett besetzen, in dem er liegt, muss er fliehen und schlägt sich zu Fuß durch das besetzte Deutschland bis nach Hause. Klaus Willmann schildert den unglaublichen und doch wahren Überlebenskampf des Hans Fackler.

Todesmarsch durch Russland
288 Seiten
ISBN: 978-3-96600-011-6

1944 wird Lothar Herrmann trotz Krankheit an die Ostfront geschickt. Als die Stellungen der deutschen Soldaten gegen die Russen nicht mehr gehalten werden können, erfolgt ein chaotischer Rückzug. Dabei verliert Lothar zusammen mit einigen Kameraden den Anschluss an die Truppe. Nach einigen Tagen werden sie völlig entkräftet aufgegriffen und geraten in russische Kriegsgefangenschaft. Auf einem langen Todesmarsch sieht Lothar viele der Gefangenen sterben und verliert doch selbst nie die Hoffnung auf Heimkehr.

Verlorene Ehre Verratene Treue
400 Seiten
ISBN: 978-3-933708-51-9

Als Achtzehnjähriger wächst Herbert Maeger in den Zweiten Weltkrieg hinein und erlebt ihn als unentrinnbares Schicksal. Ohne Pathos und mit großer Eindringlichkeit beschreibt er die Not des Hungers, des schrecklichen russischen Winters, die Aussichtslosigkeit der gnadenlosen Kämpfe und das ständige Bewusstsein, vom Tode bedroht zu sein. Die Einsicht, dass eine gewissenlose Führung die Soldaten gleichzeitig zu Vollstreckern und Opfern eines skrupellosen Vernichtungsprogramms macht, steigert die Verzweiflung. Der ungeschönte Bericht eines Zeitzeugen über den Zweiten Weltkrieg, der mit den geschilderten Erfahrungen und Erlebnisse belegt: Ich war dabei.

Tausend Tage ohne Hoffnung
224 Seiten
ISBN: 978-3-475-54215-2

Am Ende des Zweiten Weltkrieges standen viele Soldaten vor dem Nichts. Der Traum vom großen Sieg war geplatzt und die Ideale, für die sie gekämpft hatten, erwiesen sich als falsch. Nun mussten sie sich in die Rolle der Verlierer einfügen. Viele von ihnen gerieten in Kriegsgefangenschaft und sollten ihre Heimat für lange Zeit nicht wiedersehen. Das Schicksal jener Soldaten ist das Thema von Christian Hubers zweitem Werk. Er hat darin Zeitzeugenberichte zusammengestellt, in denen die unmenschlichen Bedingungen in den Lagern geschildert und die unermesslichen Strapazen, denen die Gefangenen ausgesetzt waren, verdeutlicht werden. Sie mussten für die Verbrechen des Dritten Reiches büßen. Eindrucksvoll und anschaulich beschreiben die Soldaten, wie es ist, seiner Freiheit beraubt zu sein und nur noch von der Hoffnung zu leben.

In der Hölle der Ostfront

304 Seiten
ISBN: 978-3-933708-50-2

Mit 18 Jahren wird Fritz nach der Ausbildung beim RAD und der Wehrmacht an die Ostfront zur Heeresgruppe Nord geschickt. Dort wird er mit den Schrecken des Krieges konfrontiert. Ohne Erfahrung kämpfen er und seine Kameraden ums Überleben. Viele von ihnen werden auf dem Schlachtfeld verwundet oder sterben. Auch Fritz wird lebensbedrohlich verletzt. Doch selbst dann hat das Grauen für ihn noch kein Ende.
In einem bewegenden Zeitzeugenroman schildert der Autor Arno Sauer die wahren Erlebnisse seines Vaters Fritz.

Und über uns die Ewigkeit
240 Seiten
ISBN: 978-3-475-54183-4

In der Luftschlacht über England sind Kampfgeschwader in rastlosen Einsätzen unterwegs. Auf einem Stützpunkt in der Normandie treffen sich zwei alte Freunde wieder, Leutnant Hanke, jetzt Kampfflieger, und Leutnant Brechtmann, der bei seinem ersten Einsatz einen Absturz erleidet. Er wird gerettet und sieht sich der Krankenschwester Doris gegenüber, in die er sich sofort verliebt. Einst war Hanke mit ihr verlobt, trennte sich aber, mit der Begründung, ein Soldat müsse ungebunden sein. Brechtmann verlobt sich nun mit Doris und es kommt zum Zerwürfnis mit Hanke. Als Brechtmann von einem Einsatz nicht zurückkehrt, finden Doris und Hanke in ihrer Trauer wieder zueinander. Sie wissen nicht, dass Brechtmann lebt und ihr gemeinsames Schicksal eine dramatische Wende nehmen wird …

Der endlose Weg

240 Seiten
ISBN: 978-3-475-54086-8

Eigentlich hatte der Gefreite Josef Brosik gehofft, endlich in Urlaub gehen zu können, stattdessen wird er zu einer neu aufgestellten Einheit versetzt. Vom eher geruhsamen Besatzungsdienst in Frankreich geht es in die Hölle der Ostfront. Schon bei der ersten Feindberührung wird fast das ganze Regiment vernichtet; Brosik gehört zu den wenigen Überlebenden. In der Folgezeit wird er Meldegänger – eine zwar bevorzugte, doch harte Aufgabe. Sie führt dazu, dass Brosik viele Einheiten und Offiziere kennenlernt und über die Zustände an der Ostfront wesentlich mehr weiß als seine Kameraden. Da er Russisch kann, weiß er bald auch recht gut darüber Bescheid, was die Zivilbevölkerung und die russischen Soldaten denken.

Zwischen Kairo und Tunis

240 Seiten
ISBN: 978-3-475-54220-6

Unteroffizier Willi Trump schildert den Afrikafeldzug. Er beschreibt, wie er und seine Männer im blinden Gehorsam die Wüste durchqueren, auf Schlaf verzichten, Hunger und Durst leiden. Immer in dem Glauben, dass die Heeresleitung schon weiß, was sie mit ihnen vorhat. Wie mechanische Wesen, die einem fremden Willen gehorchen, kämpfen sie gegen Fliegenschwärme und die Angriffe der Gegner. Schließlich werden sie besiegt. Auf dem Rückzug müssen sie mit den unerbittlichen Angriffen der Amerikaner und Engländer fertig werden. Am Ende bleibt ihnen nur noch die Sehnsucht nach der Heimat, die viele von ihnen niemals wiedersehen werden.

Standgericht

272 Seiten
ISBN: 978-3-475-54263-3

Im September 1944 gelingt Feldwebel Helmut Klingler in einem belgischen Dorf westlich von Aachen die Flucht aus amerikanischer Kriegsgefangenschaft. Bei seinem Versuch, Richtung Deutschland zu fliehen, stößt er auf einen Bus mit belgischen Zivilisten, die nach Bergen-Belsen gebracht werden sollen. Dort begegnet er der jungen Jacqueline. Ihre Wege kreuzen sich fortan immer wieder. Klingler, der es tatsächlich bis zu seiner alten Einheit geschafft hat, wird mit 15 Mann in einem Bunker von den Amerikanern eingekesselt. Auf seiner erfolgreichen Flucht beobachtet er zwei SA-Männer, die einen Jungen beim Plündern erschießen. Er bringt sie um und gilt fortan als Mörder und Deserteur. Bei seinem Versuch sich in Sicherheit zu bringen, begegnet er wieder dem Bus mit den belgischen Gefangenen. Er kann Jacqueline retten und flieht gemeinsam mit ihr durch das zerbombte Aachen. Das Standgericht hängt wie ein Damoklesschwert über Klingler, und in den Wirren des Krieges können er und die junge Belgierin niemandem vertrauen.

Verlorene Ehre Verratene Treue

400 Seiten

ISBN: 978-3-933708-51-9

Als Achtzehnjähriger wächst Herbert Maeger in den Zweiten Weltkrieg hinein und erlebt ihn als unentrinnbares Schicksal. Ohne Pathos und mit großer Eindringlichkeit beschreibt er die Not des Hungers, des schrecklichen russischen Winters, die Aussichtslosigkeit der gnadenlosen Kämpfe und das ständige Bewusstsein, vom Tode bedroht zu sein. Die Einsicht, dass eine gewissenlose Führung die Soldaten gleichzeitig zu Vollstreckern und Opfern eines skrupellosen Vernichtungsprogramms macht, steigert die Verzweiflung. Der ungeschönte Bericht eines Zeitzeugen über den Zweiten Weltkrieg, der mit den geschilderten Erfahrungen und Erlebnisse belegt: Ich war dabei.

Informationen zu unserem Verlagsprogramm finden Sie unter www.rosenheimer.com